글예술이란 무엇인가

강희근 지음

보고사

글예술이란 무엇인가

머리말

이 책은 '문학개론' '문학원론' '문학의 이해' 등의 이름을 걸고 나와 있는 책과 같은 의도로 쓰여졌다. 문학을 학문적 체계로 올려놓으면서 문학에 대한 안내서 역할을 하는 그런 성질의 책이라는 이야기이다. 그 의도를 달성하기 위해서는 이론을 위한 이론서로 굳어있게 해서는 안 된다. 이론을 세우되 작품의 실제가 다양하게 받쳐주는 쪽으로, 그것도 오늘 우리 주변의 작품을 근거로 해야만 이해의 폭이 훨씬 커질 것임은 두 말할 나위가 없다 할 것이다.

이 책은 이름부터 상투성을 벗겨보기로 했다. 「글예술이란 무엇인가」라 이름을 붙이고 문학을 설명·이해의 마당으로 내려서게 했다. 기왕의 책들에서 힘을 많이 빌렸으면서도 총론에서는 개론서가 갖는 일반적인 패턴을 깨고 글예술이 생활과 독자 중심에 있는 것임을 강조하고자 했다. 갈래도 시, 소설, 수필, 희곡, 비평 등으로 부르지 않고 '가락으로 말하는 글예술(시)', '이야기로 말하는 글예술(소설)'. '겪은 대로 말하는 글예술(수필)', '대화로 말하는 글예술(희곡)', '따져 말하는 글예술(비평)' 등으로 부름으로써 갈래의 성격을 바로 받아들이도록 배려하였다.

'가락으로 말하는 글예술' 편에서는 가락을 기왕의 해석과는 달리해 놓았다. '이야기로 말하는 글예술' 편에서는 논쟁과 필화사건을 한 장으로 넣어 글예술의 창조성과 독자성을 강조했다. '겪은 대로 말하는 글예술' 편에서는 현장 수필이 갖는 문학성의 문제를 제기하고 대안을 제시했으며 '대화로 말하는 글예술' 편에서는 민속극의 단절과 계승에 대한 관심을 표명하면서 앞으로의 과제를 제시해 놓았다. '따져말하는 글예술' 편에서는 비평이 글예술인 한 글예술로서의 속성을 살리지 않고서는 옳은 비평이 나올 수 없음을 강조했다.

이렇게 정리해 놓고 보니 기초 이론 세우기를 빌미로 필자가 사색하고 체험하고 강의해 온 편린들을 웬만큼은 노출시킨 것이 되어 한편으로는 후련하기도 하다. 앞으로 어색한 부분은 고치고 부족한 부분은 메워 나갈 계획이다. 책을 읽는 이들이 꼼꼼히 따져 지적할 자리는 지적해 주시면 고맙겠다.

초판은 경상대학교 출판부에서 내었고 재판부터는 이름과 내용을 조금 바꾸어 보고사에서 낸다. 보고사 사장님을 비롯한 편집진에게 고마움을 표한다.

2005년 2월
가좌동 캠퍼스 인문관에서
강희근 씀

차례

제1장
글예술이란 무엇인가

글예술이란 말은 '문학'의 다른 이름으로 써 본 용어이다. '문학'이라 할 때 한자의 '學'에 걸려 문학에 있어서의 예술이란 개념이 잘 떠오르지 않기 때문에 글예술이라는 풀이말을 활용해 볼 수 있지 않은가 한다. '글+예술'을 쓰게 되면 곧 문자로 쓰여진 예술이라는 말이 되므로 '문학'의 뜻매김이 절로 이루어지게 된다.

글예술이란?

글예술이란 말은 '문학'의 다른 이름으로 써 본 용어이다. '문학'이라 할 때 한자의 '학(學)'에 걸려 문학에 있어서의 예술이란 개념이 잘 떠오르지 않기 때문에 글예술이라는 풀이말을 활용해 볼 수 있지 않은가 한다. '글+예술'을 쓰게 되면 곧 문자로 쓰여진 예술이라는 말이 되므로 '문학'의 뜻매김이 절로 이루어지게 된다.

'문학(文學)'은 동양에서 대단히 넓은 뜻으로 사용해 왔다. 처음으로 쓰여진 『논어』 선진편의 "政事冉有季路文學子遊子夏"[1]라는 대목은 문학이 학예, 경사, 시문 등을 다 포괄하는 뜻넓이를 갖고 있음을 보여준다. 우리나라에서도 '문학(文學)'이 예외 없이 그대로 쓰여졌는데 오늘날의 예술 개념으로서의 문학이란 말로 활용했던 것으로 보인다. "도덕과 문장이 일세의 사표"라든지 "저이는 우리 집안의 문장이다"라는 말이 쓰여지고 있음을 보아 그렇다.

오늘 우리가 쓰고 있는 '문학'은 일본을 통해서 들어온 서양의 literature 뒤침말인 '문학'이다. 라틴어 리테라(litera)에서 온 말이 literature인데 리테라는 레터(letter)와 같은 말이다.

---

[1] 주자(朱子)는 이를 "文學是學于詩書禮樂之文而能言其意者"라 했다.

1. 넓은 의미의 글예술

몰톤은 글예술의 여섯 개 요소로 서사시, 서정시, 희곡 및 역사, 철학, 웅변을 꼽았다.[2] 글예술은 넓은 의미로 규정해 놓은 예에 속한다. 일종의 위대한 언어라든가, 문자로 기록된 학문지식 및 상상의 결과라느니 인쇄된 모든 것이라고 규정하는 것은 모두 글예술을 넓은 의미로 규정한 것이다.

글말의 예술이 생겨나기 전에 입말예술[3]이 오랜 역사를 걸쳐 입과 입을 걸쳐 전해졌을 것이나, 입말예술(구전문학)도 일단 글자에 올려져야 연구의 대상으로 삼을 수 있다는 점에서 글예술에서 벗어나지 않는다고 볼 수 있다. 입말예술은 구연된다는 점, 여러 사람의 공동 저작이라는 점, 단순하며 보편적이라는 점, 민중적 민족적이라는 점[4] 등의 특성을 안고 있어서 결코 무시될 수 있는 성질이 아님은 물론이다. 신화, 전설, 민담, 민요, 무가, 판소리, 민속극, 속담, 수수께끼 등이 이에 속한다고 볼 때 글예술의 범위가 생각에 따라 참으로 넓게 잡힐 수 있음을 알게 된다.

그러므로 넓은 의미의 글예술에는 역사, 철학, 웅변은 물론이요 경서, 신학, 법학에다 논어, 맹자, 대학, 중용, 예기, 춘추 등 이른바 사서삼경과 입말의 예술도 다 포함될 수 있다 하겠다.

---

2) R. G. Moulton, *The Modern Study of Literature*, 1957.
3) 구비문학을 말한다. 구전문학, 유동문학, 표박(漂迫)문학, 민속문학 등으로 불린다.
4) 장덕순 등, 『口碑文學槪說』, pp.3-8.

2. 좁은 의미의 글예술

좁은 의미의 글예술은 그야말로 글로 된 예술에 국한된다고 보면 된다. 글자로 기록된 모든 것이 아니라 그 중에서도 예술로 올라서는 것이 글예술이다. 예술이란 표현된 것을 말하고 표현이라도 심미적인 표현을 거친 것을 말한다. 그럴 때 과학이나 역사나 철학과는 다른 '예술'이 되는 것이다. 예술은 사물에 대한 진실한 영상 및 추상적 관념을 포용하는 점에 있어서는 과학 등의 분야와 달리하는 바는 아니지만 그러나 예술은 오로지 그러한 것을 포용하는 것만으로 그치지 않는다. 실로 예술은 그러한 모든 것의 생명, 느낀 바의 정조, 혹은 거기에 관한 가치를 항상 포함하는 것이다.[5]

이러한 '예술'과 글이 결합하면 글예술의 범위가 절로 정해지게 된다. 표현형식이 글이라는 것, 표현이되 심미적 표현이라는 것, 인생의 탐구와 가치의 창출이라는 것 등이 그 범위가 된다. 글예술에 대한 다른 사람의 뜻매김을 유의하여 보기로 하자.

문학이란 산문이건 운문이건 간에 반성보다는 상상의 결과요 교훈이나 실제적 효과보다는 될 수 있는 한 많은 국민에게 쾌락을 줌을 목적으로 하고 특수한 지식이 아니라 일반적 지식에 호소하는 저술로 이루어진다.
(Hutcheson Posnett)

문학은 언어에 의한 사상의 표현을 뜻한다. 그리고 사상이라고 할 때 나는 관념 · 감정 · 추리와 기타 인간 정신의 다른 작용을 의미한다.
(Newman)

---

5) 미학연구회, 『美學』(1975, 文明社), p.191.

• 예술적인 언어의 구조를 문학이라 부른다. 그 독특한 우수성은 문학적 미(美)다.　　　　　　　　　　　　　　　　　　(Harold Osborne)

　문학작품의 이상적인 목적 중의 하나는 제재를 다루는 방법에서 미적 만족을 가져오게 하는 데 있다.6)

---

6) W. H. Hudson, *An Introduction to the Study Literature* 등 참조.

글예술은 어디로부터 왔나?

1. 민요무용에서 입말예술로

글예술의 기원으로 거슬러 올라가면 종합예술 형태를 만나게 될 것이다. 즉 민요무용(Ballad Dance)으로 운문, 음악, 무용이 하나로 엉겨져 있는 상태를 그려볼 수 있다. 원시시대 인류는 인간의 부족함에 대해 절실히 깨닫고는 신에 대해 무한한 경외와 기원, 신의 은혜에 대한 감사의 정을 표시하곤 했을 것이다. 그럴 때 입으로는 탄사를 발하거나 노래를 부르게 되고 이에 더불어 몸으로는 간절함의 동작을 보탰을 것이다.

말하자면 말(운문), 소리(음악), 몸짓(무용)이 한 데 어우러져 예술이라는 하나의 장을 연출해 내었을 것이라는 추리는 결코 무리가 아님은 물론이다. 세계 여러 민족들의 상고사에는 제천의식이나 그 유사한 의식에서 민요무용이 행해졌는데 희랍의 디오니소스 축제나 우리나라 상고사에서의 동맹(東盟), 무천(無天), 영고(迎鼓) 등이 그 예에 속한다.

민요무용에서의 운문은 글자로 기록되면서 이루어지는 것이 아니었고 글자가 생겨날 때까지 숱한 세월을 입과 입을 통해 전달되는 입말예술(구전문학)의 시대를 거치면서 분화 발전되어 왔다. 입말예술만 있었던 시대에 인류는 참으로 갑갑하고 답답한 세월을 보냈을 것이 아닌가 한다. 비록 입말예술이 인간 삶의 덩이를 손상없이 담아낸다는 점에서는 상당한 예술적 욕구를 담보하고 있었다 하겠으나 글자에다 예술을 구축하면서 문화를 쌓는 가운데 예술적 갈증이 해소된다고 볼 때 언제나 허전한 상태를 면하기 어려웠을 것이기 때문이다.

2. 입말예술에서 글예술로

민요무용에 글예술의 요소인 운문이 갇혀 있는 동안에 그 운문은 입말예술의 형태로 존재했다. 그러다가 민요무용에서 점차 분화되어 나오면서도 입말예술의 형태로 오랜 세월을 거쳤을 것은 두 말할 나위 없다.

언어가 원래 말로 존재하지 글로서 존재하는 것이 아니라는 관점에서 볼 때 입말예술은 결코 간과되어서는 안될 성질의 것이다. 거기다 입말예술을 바탕으로 하지 않고서는 글예술이 시작될 수 없다는 점, 글자로 기록되기 시작한 이후에도 기록을 필요로 하지 않는 입말예술은 얼마든지 있을 수 있으나, 창작이나 전달이 전혀 말과는 관계없이 글로만 이루어진 글예술은 상상하기 어렵다는 점[7] 등을 고려한다면 입말예술 시대의 비중을 가벼이 놓을 수 없음을 알게 된다.

그러는 가운데 글자가 생겨나기 비롯하면서 민요무용에 섞여 있던 문학이나 예술이 점차 분화의 가속화를 보게 되었다.

---

7) 장덕순 등, 앞책, p.2.

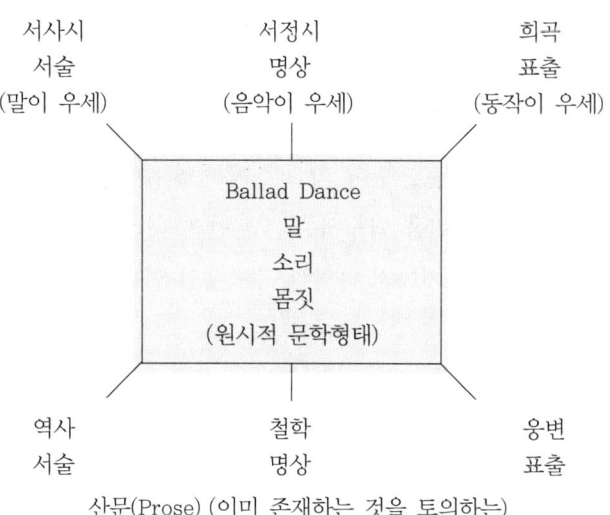

〔 문학의 형태도 〕

시(Poetry) = 창조적 문학(존재에 플러스하는)

서사시	서정시	희곡
서술	명상	표출
(말이 우세)	(음악이 우세)	(동작이 우세)

Ballad Dance
말
소리
몸짓
(원시적 문학형태)

역사	철학	웅변
서술	명상	표출

산문(Prose) (이미 존재하는 것을 토의하는)

　　시카고대학 교수였던 몰톤(R. G. Moulton, 1849-1924)은 분화 과정을 『문학의 근대적 연구』[8]에서 위쪽과 같이 그림으로 표시했다.

　　위쪽 그림에서 보는 대로 민요무용에서 갈라져 나온 운문(시)은 말이 우세하면 서사시, 소리가 우세하면 서정시, 몸짓이 우세하면 희곡이 되고 이미 존재하는 것을 토의하는 산문의 경우 각기 역사, 철학, 웅변으로 분화가 되었다는 설명이다. 물론 그 분화가 글예술의 역사가 서로 다른 민족에게 공통으로 적용될 성질은 아니다. 개연성으로 보면서 민족 나름의 문학을 갈래 지우는 근거로 삼을 수는 있지 않을까 한다.

---

8) *The Modern Study of Literature*, New York: The Macmillan and Company, 1915.

3. 두 갈래 기원설

글예술의 기원을 잡는 일은 작가 개인의 심리적 상태에서 보느냐, 아니면 작가 밖의 사회적 시각에서 보느냐에 따라 서로 달라질 수밖에 없다. 전자는 심리학의 원용을 받아 학설로 제기될 수 있고 후자는 사회학의 원용을 받아 학설로 제기될 수 있다. 심리학과 사회학은 글예술의 기원을 탐구하는 것뿐만 아니라 글예술의 본질이나 가치 문제에 이르기까지 다양한 측면에서 연관을 맺고 활용되기도 한다.

(1) 심리학적 기원설

심리학적 기원설은 예술을 만들어 내는 창작의 심리를 고려하여 기원을 따져 보는 주장이다. 창작의 심리에는 모방충동, 유희충동, 자기표현충동 등으로 보는 것이 상례이다.

· 모방충동설

사람은 모방하는 본능이 있는데 여기서 예술이 나왔다고 보는 주장이다. 자연의 갖추어져 있는 상태를 보게 되면 그 상태를 모방함으로써 기쁨을 느끼게 되고 인생의 애환이 깊은 체험이 될 때 이를 모방해 놓음으로써 기쁨을 누리게 된다는 이야기일 터이다. 아리스토텔레스는 『시학』에 다음과 같이 썼다.

시는 일반적으로 인간성에 있는 두 가지 원인에서 나온다는 것은 명백한 것이다. 모방한다는 것은 유년시절로부터 인간에게 자연스런 것으로서, 이것이 하등동물을 지배하는 인간 장점의 하나이다. 인간은 세계에서 가장 모방적인 동물이며 처음에는 모방에 의해서 지식을 얻게 된다. 그리고 모방한 작품에서 기쁨을 느낀다는 것도 역시 자연스런 것이다. 이 두 가지 사실은 우리의 경험이 말해 준다.[9]

인간은 가장 모방적인 동물이며 그럼으로써 하등동물을 지배할 수 있다는 견해이다. 그러나 이 주장의 경우 한계가 눈에 쉽게 들어온다. 모방 자체로서 예술이 될 수 있는가가 문제이고 있는 그대로를 찍어 놓은 데서 되풀이하여 기쁨을 가질 수 있는가가 문제이다.

· 유희충동설

동물에게는 생명 보존의 본능이 있고 종족 보존의 본능이 있는데 여기에다 힘을 다 쏟고 나면 남는 힘이 없지만 인간에게는 그 두 본능에다 힘을 쏟고도 남는 힘이 있다는 것이다. 그 남는 본능이 유희본능인데 이것이 예술을 만들어 낸다는 주장이다. 독일의 관념철학자 칸트(Immanuel Kant 1724-1804), 실러(Johan Christoph Friedrich von Schiller, 1759-1805)와 영국철학자 스펜서(Herbert Spencer, 1820-1903) 등이 내세웠다.

유희충돌설에 의하면 예술은 생활 활동과는 무관한 것이다. 무보상의 활동이요 목적 없는 목적성이 된다. 예술은 보상을 전제할 때 제조품이 되고, 보상에서 떠날 때 창조품이 된다고 볼 수 있다[10]. 설령 예술가가 특정 목적에 의해 예술품을 창작해낸다 하더라도 특정

---

9) Aristotle, The Rhetoric and the Poetics, Trans. by W. Rhys Roberts & Ingram Bywater(New York : The Modern Library, 1954), pp.226-227.
10) 박철희, 『문학개론』(1975, 형설출판사), p.40.

목적에 구속되지 않고 작가의 자유정신을 발휘하게 되면, 곧 유희충동을 온전히 유지하게 되면 창조적인 예술작품을 창작해 낼 수가 있다.

미켈란젤로는 바오로 3세 교황의 청에 의해 바티칸의 시스티나 성당에 천정화와 벽화를 그렸다. 성화임에도 불구하고 사람을 알몸으로 그린 것은 르네상스기의 영향이라고 볼 수 있을 것이다. 이를 카톨릭 교회가 문제삼기 시작했는데 특히 문제를 삼아 단죄를 주장했던 한 추기경을 미켈란젤로는 지옥에 떨어진 사람으로 그려 넣었다. 그러나 교회는 이 그림을 지우지 않았다. 미켈란젤로의 예술정신을 존중해 주었기 때문이다. 미켈란젤로 같은 위대한 작가는 목적을 두고도 목적을 뛰어 넘었기에 불후의 명작을 남긴 것이 아닌가 한다. 모차르트도 보수를 받고 <진혼곡>을 작곡하였다. 그럼에도 진혼곡은 훌륭한 작품이 되었다. 아무도 진혼곡을 두고 제조품이라 하지 않는다. 모차르트도 보수에 결부된 상업주의를 창조의 자유정신으로 뛰어 넘었기 때문에 예술품을 생산해 낼 수 있었던 것이다.

서정주는 『현대시조』 창간호[11]에 시조 전문지 창간을 축하하는 목적의 시조를 써달라는 청탁을 받고 <비는 마음>이라는 제목으로 썼다.

> 버려둔 곳 흙담쌓고 아궁이도 손보고
> 동으로 창을 내소 아침햇빛 오게 하고
> 우리도 그 빛 사이를 새눈 뜨고 섰나니
>
> 해여 해여 머슴 갔다 겨우 풀려 오는 해여

---

11) 1970년 9월에 가을호로 창간된 시조 전문 계간지. 주간은 이우종.

오만원쯤 새경 받아 손에 들고 오는 해여
우리들 참아 못본 곳 그대 살펴 일르소

　따옴 시조 <비는 마음>은 당시 시조단에 화제를 불러 일으켰다.
시조를 쓰지 않는 시인의 작품이 시조를 쓰는 이들의 그 달치 작품
가운데서 더 우수했다는 것이고 축하의 목적으로 썼으면서도 내심
의 소리를 드러낸 시조 작품들보다 시적 성취면에서 앞섰다는 것이
었다. 서정주는 시조잡지가 민족의 시름을 잘 드러내는 잡지로 영속
했으면 좋겠다는 뜻을 <비는 마음>에다 담으면서도 그 뜻을 눌러
오히려 창조의 깊이를 천착해낸 것이다. 실제의 목적에 갇힌 것이
아니라 유희충동의 그 자유로움에 더 충실했던 예로 삼을 만하다.
　다만 유희충동이 정력의 과잉 상태에서만 오는 것일까 하는 데에
의문을 던져볼 필요가 있다. 과잉이 아니라 궁핍상태에서도 충동의
물꼬가 트일 수 있다면 이 주장은 힘을 잃게 될 것이기 때문이다.

· 자기표현충동설

　예술은 자기를 드러내고자 하는 본능에서 생겨난 것으로 보는 주
장이다. 허드슨(W. H. Hudson)이 『문학연구서설』(Introduction to
the Study of Literature)에서 내세웠다. 인간은 자기를 표현하려는
내발적 욕망을 지니고 사는데 이점은 평소의 행위를 통해 쉽게 확인
해 볼 수 있다. 산이나 계곡에 가보면 반듯한 바위벽에 이름을 새겨
놓은 예를 얼마든지 볼 수 있다. 거창의 수승대 바위 벽이나 진주의
촉석루 아래 벼랑이 그 대표적인 예이다. 계모임의 회원 명단도 있
고 재종 형제들 명단도 있고 부자 형제 친우의 명렬도 있다. 모두가

자기 표현의 일단으로 읽힌다. 자기를 표현하는 방식이 매우 저열한 것이긴 하지만 그렇더라도 영세에 스스로를 새겨 놓고자 하는 그 뜻만은 눈물겨운 바가 있다 할 것이다. 그러다 보니 관광지에는 글자 한 자 새기는 데 얼마씩 받는 신종 글자 새기기업자가 생겼다는 소문도 있다.

신화나 설화에서 자기를 드러내지 않고는 도저히 배길 수 없는 사례가 발견되기도 하는데 이것이 자기표현충동설의 강력한 근거가 된다. 신화나 설화가 개인의 창작에서 나온 것이 아니라 집단무의식이나 인류 문화의 원형질에 이어지는 것이기 때문이다. 희랍신화에 나오는 <나귀 귀가 되어버린 미다스왕> 이야기[12]가 그 예화이다.

어느 날 판은 하잘 것 없는 일로 인하여 대담하게도 아폴론과 음악의 경쟁을 하기로 하였다. 아폴론도 이 경쟁을 응하였으므로 산의 신 토모로스(Tomolos)가 심판을 보게 되었다.

토모로스는 심판대에 의젓이 앉아 잘 들리도록 손을 귀에 대었다. 먼저 판이 피리를 불었다. 판은 자기가 부는 피리소리에 만족을 하였고, 같이 앉아서 듣고 있는 미다스도 그 소리에 넋을 잃고 듣고 있었다.

판의 피리가 끝나자 토모로스는 아폴론을 향하여 고개를 돌렸다. 그러니까 이상하게도 모든 수목들이 그와 함께 다 그쪽을 향하는 것이었다. 아폴론은 일어섰다. 이마에는 월계수를 두르고 보라색 옷자락이 길게 땅에 끌리고 있었다. 한 손에는 하아프를 들고 또 한 손에는 현(絃)을 들고 줄을 켜기 시작하였다. 그 소리는 진실로 아름다웠다. 토모로스는 이 미묘하게 흘러나오는 음악소리에 황홀해지면서 즉시 승리자는 아폴론이라고 하는 단정을 내렸다.

---

12) 신지식 뒤침, 『희랍신화』(1969, 신양사), pp.78-82.

이 판단은 누가 보아도 타당하다고 생각되었다. 그런데 오직 한 사람 미다스만은 불평스럽게 생각하여 심판자인 토모로스에게 당돌하게도 항의를 제출하였다.

이것을 본 아폴론은 성이 나서 그 이상 미다스를 인간의 형체로 그냥 두어두지 않았고, 전보다도 더 길게 귀를 늘리고 안팎으로 털이 솟아나게 하여, 그 귀가 움직이게 만들어 버렸다. 그러니까 나귀의 귀와 조금도 다름없이 변하여 버린 것이다.

이 사건으로 말미암아 미다스 왕은 큰 봉변을 당하고 말았다. 그러나 어찌 할 도리가 없어 늘 깊숙이 모자를 쓰고 이 긴 나귀의 귀를 감추고 있었다.

그러나 미다스 왕도 머리가 길어지면 이발을 해야만 했다. 그래서 그는 이발사를 몰래 궁전에 불러 들여 머리를 깎게 하였고, 나귀의 귀처럼 긴 왕의 귀에 대하여 절대로 비밀을 누설하지 못하게 하였다.

그러나 이러한 비밀을 혼자만 알고 있는 이발사는 말을 하고 싶어 견딜 수 없어 마침내 병에 걸리고 말았다. 그 병은 하고 싶은 말을 해야만 낫는다는 것이다. 그리하여 하는 수 없이 이발사는 어느 날 먼 강가에 가서 땅을 파 그 속을 향하여 "미다스 왕의 귀는 나귀의 귀!"라고 속삭이고, 그 위에 흙을 묻었기 때문에 이발사의 병은 깨끗이 나았다.

얼마 후, 그 물가에는 많은 갈대가 솟아나서 점점 자라감에 따라, 미다스 왕의 이 비밀을 속삭이기 시작했다.

그리하여 바람이 불 때마다 갈대 숲에서는 "미다스 왕의 귀는 나귀 귀"라고 하는 속삭임이 오늘날까지도 계속된다는 것이다.

나귀의 귀처럼 되어버린 미다스 왕의 귀를 이발사 한 사람은 알고 있었는데 이를 발설하지 못하게 한 왕의 명령을 따르느라 이발사는 병이 들었다. 그러나 이발사는 살기 위하여 강가에 가서 땅을 파고 그 속에다 대고 "미다스 왕의 귀는 나귀의 귀"라고 소리쳤다. 그리하여 이발사는 병이 나았다. 이와 유사한 이야기가 『삼국유사』의 <사십팔대 경문대왕>조에 있다.

경문왕은 왕위에 오르자마자 귀가 갑자기 커 나와, 마치 당나귀의 귀와 같이 되었다. 왕후도 궁인도 아무도 모르고 오직 한 사람 복두 만드는 장인(匠人)만이 그 비밀을 알고 있었다. 그러나 그 장인은 왕의 비밀을 함부로 발설할 수 없어 평생토록 사람들을 향해 자기만이 아는 그 사실을 얘기해 보지 못했다. 그러다가 죽음이 다가온 때에 그 장인은 도림사(道林寺)의 대숲 속 아무도 없는 곳에 들어가 대나무들을 보고 외쳤다.

"임금님 귀는 당나귀 귀, 임금님 귀는 당나귀 귀."

그 뒤로 바람이 불면 도림사의 대숲에서는 소리가 울려 나오는 것이었다.

"임금님 귀는 당나귀 귀, 임금님 귀는 당나귀 귀."

왕은 대나무들을 베어 내고 대신 산수유를 심었다. 그 뒤로는 바람이 불면 단지 이렇게 소리가 났다.

"임금넘 귀는 길기도 하다.[13]"

경문왕의 귀가 당나귀 귀로 되어있는 비밀을 안 사람은 복두 장인 한 사람이었는데 그는 죽음에 이르러 참지 못하고 발설하였다. 비밀을 밝히지 못하는 비극을 마침내 죽음에 임박하여 끝낼 수 있었다는 것은 그만큼 자기표현의 욕구가 강하다는 것을 말해준다. 삼국유사의 경문왕 설화나 희랍신화의 미다스왕 이야기는 사실은

[13) 이동환 뒤침, 『삼국유사(상)』(삼중당, 1975) p.132.

똑같은 이야기로 볼 수 있다. 속에다 감추고 있으면 병이 된다는, 그래서 사람은 끝내 이를 드러낼 때 살아난다는 그런 이야기로서 동질의 섯이나. 예술이 자기표현충동에 의해 생겨난다는 주장의 근거로 합당한 것이라 하겠다. 이밖에, 동물에게는 본래 생명유지와 종족 보존의 본능을 위해 이성간에 흡인작용을 하는데 그 본능에서 생겨난 것이 예술이라고 본 흡인충동설이 있다. 다윈(C. Darwin, 1809-1882)이 내세웠으나 큰 주목을 받지 못했다.

(2) 발생학적 기원설

앞에서 보아온 심리학적 기원설이 가설에 의해 세워졌다고 한다면 이 발생학적 기원설은 사실에 근거하여 세워졌다고 할 수 있다. 원시시대 어떤 부족의 연장이나 장식품을 살펴보면 단순한 심미적인 형용으로 그려져 있는 것이 아니라 실제 상황의 실용적인 가치를 지닌 형용으로 그려져 있다는 것이다. 가령 원시인들의 무기나 가구류 등의 조각이나 문신, 편물 등은 실제적인 뜻을 드러내고 있지 생활과는 무관한 표시로서 아름다움 자체를 드러내고 있지 않다는 이야기다. 핀란드의 히른(Yrjo Hirn, 1870-1924)이 내세운 발생학적 기원설은 예술이 실생활과 유관할 뿐만 아니라 실용성에 의해 나타났다는 주장이다. 그는 『예술의 기원』에서 예술은 정신, 화해, 흥분, 마술적 효력이라는 네 개의 공리적 동기에서 나왔다[14]고 보았다.

---

14) 구인환 외, 『문학개론』(1976, 삼영사) p.31.

글예술은 무엇으로 이루어지나?

글예술이 무엇으로 이루어지는가 하는 문제는 생각하는 기준에 따라 달라질 수가 있다. 어떤 이는 정서, 상상, 사상, 형식 등이 글예술을 이루고 있다고 하는가 하면 어떤 이는 지적 요소, 정서적 요소, 상상적 요소, 기교적 요소 또는 작문과 문체의 요소 등이 글예술을 이루고 있다고 본다.15) 네 개의 요소가 대동소이하게 지적되고 있다.

필자는 여기다 체험 하나를 추가하여 글예술을 이루는 요소로 다섯을 잡고자 한다. 정서와 상상과 사상이 모두 체험에 결합되어 있다고 볼 수도 있으나 체험이 모든 것의 바탕이 된다고 볼 때 체험을 제외한 정서도 상상도 또한 사상도 사상누각과 같은 것이라 생각되기 때문이다. 그림으로 표시하면 다음과 같이 된다.

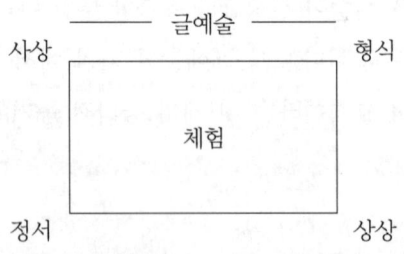

---

15) 전자는 윈체스터(W. C. Winchester)가 후자는 허드슨(W. H. hudson)이 주장했다.

1. 정서

정서는 어떤 사물에 부딪쳐서 일어나는 여러 가지 감정을 두고 이르는 말이다. '희노애락애오욕'과 같은 인간의 감정 일체가 정서인 셈이다. 글예술에서 이 정서는 육체의 피와 같은 것이어서 글예술을 살아있게 하는 기본 요소가 된다. 시에서 정서는 사상과 동렬에 놓이면서 오히려 사상과 관념을 받쳐주는 상대적으로 우위에 놓이는 역할을 하는가 하면 소설에서도 정서는 이야기를 풀어가는 가늠자 역할을 한다.

그런 면에서 글예술에서의 정서는 '미적 정서'라 할 수 있다. "사물에 대해 형성된 특정의 감정, 또는 그 감정이 빚어내는 문채"를 정서의 뜻매김으로 확충할 수 있다면 '감정이 빚어내는 문채'가 미적 정서에 해당 된다 하겠다.

둘하 노피곰 도드샤
어긔야 머리곰 비취오시라
어긔야 어강됴리
아으 다롱디리
져재 녀러신고요
어긔야 즌디를 드디욜셰라
어긔야 어강됴리

어느이다 노코시라
어긔야 내 가논디 졈그롤셰라
어긔야 어강됴리

아으 다롱디리

백제의 노래로 알려져 있는 <정읍사>이다. 13세기 후반경부터 고려 궁중의 춤노래로 불려지다가 조선시대 궁중에까지 전해 내려오고 15세기 후반에 한글로 정착된 것으로 보인다. 그러니까 백제가 사라지고 난 이후 8백년을 입과 입으로 불려져 내려온 것이 되므로 엄밀히 말해 백제의 노래라 말하기 힘들다. 그럼에도 불구하고 시가의 기본인 정서가 잘 배어있어 주목된다. 행상을 떠난 남편이 오래도록 집에 돌아오지 않으므로 그의 아내가 산에 올라가 멀리 남편이 있는 곳을 바라보며, 남편이 밤에 다니다가 해를 입을까 걱정되는 마음을 진구렁에 빠짐에 비유하여 노래 불렀다. 감정의 문채는 "둘하 노피곰 도드샤 / 어긔야 머리곰 비취오시라"와 "즌디를 드디욜셰라"에서 잘 드러난다. 달을 중심으로 이루어지는 감정의 문채이다. 거기다 님이 진구렁을 디딜까 걱정이 된다는 대목에서 '진구렁'이 갖는 문채의 깊이도 음미해 볼 만하다.

소설의 경우도 정서가 받쳐 주는 글예술임이 분명하다. 소설은 허구인데 이 허구는 현실과 마주 선 작가가 진실을 탐색하면서 이루어내는 비평정신의 구현이라 할 수 있다. 그러므로 소설은 현실이 아니라 현실의 재구성이요 현실의 첨삭과 보완의 형태이다. 재구성이나 첨삭·보완의 과정에서 빚어내는 문채가 이채로울수록 좋은 소설이 된다. 이 문채는 주로 소설의 문체에서 드러나기 마련이다.

마을로 들어오는 길은, 막 봄이 와서,
여기저기 참 아름다웠습니다. 산은 푸르고 …… 푸름 사이로 분홍 진달래가 …… 그 사이 …… 또 …… 때때로 노랑 물감을 뭉개놓은 듯, 개나리가 막 섞여서는 …… 환하디 환했습니다. 그런 경치를 자주 보게 돼서 기분이 좋아졌다가도 곧 처연해지곤 했어요. 아름다운 걸 보면 늘 슬프다고 하시더니 당신의 그 기운이 제게 뻗쳤던가 봅니다. 연푸른 봄산에 마른 버짐처럼 퍼진 산벚꽃을 보고 곧 화장이 얼룩덜룩해졌으니,

저, 저만큼, 집이 보이는데,

저는, 집으로 바로 들어가질 못하고, 송두리째 텅 빈 것 같은 마을을 한 바퀴 돌고도 …… 또 들어가질 못하고 …… 서성대다가 시끄러운 새소리를 들었어요. 미루나무를 올려다보니 부부일까? 두 마리의 까치가, 참으로 부지런히 둥지를 …… 둥지를 틀고 있었어요. 오래 바라보았습니다. 둘이 서로 번갈아가며 부지런히 나뭇잎이며 가지들을 물어나르는 것을.

신경숙의 단편소설 <풍금이 있던 자리> 서두이다. 편지글 형식으로 되어 있는 이 소설은 여성 특유의 섬세한 문체가 돋보인다. 애인과 같이 국외로 나가기 전에 고향 집에 돌아오게 되는데 집으로 곧장 들어가지 못하고 어정거리는 대목부터 이 소설은 시작된다. 분위기 소설이기에 더욱 그러한데 잘 닦여져 윤이 나는 듯한 말의 집합이 서정적 문체를 이루면서 산문시를 떠올리게 하는 감정의 문체를 드러내 보인다. 소설이 정서를 힘입지 않고서는 제대로 세워질 수 없는 것임을 보여주는 예라고 하겠다.

반대로 허구를 깨려고 하는 데서 출발한 소설의 경우 정서는 어떻게 드러나는지 살펴볼 필요를 느낀다.

—왜 이래요, 왜!

J의 경악 소리가 그의 등 뒤에서 들려왔다. 차가 세워져 있는 데까지 와서야 그는 걸음을 멈추고 돌아섰다. 저만치 어둠 속에서 J는 징징 울면서 길바닥에 허리를 구부려 헛되이 돈조각들을 찾으려 하고 있었다. 잠시 후 그녀는 돈 조각 찾기를 포기하고 미친 듯이 씩씩거리며 자신의 차가 있는 데로 와 차문을 열고 들어갔다. 그리고는 R쪽 문은 열어주지도 않고 시동을 걸었다. R은 차 앞을 가로막아 서며 차문을 열라고 했다. J는 잠시 동안 문을 열어 주지 않을 듯이 버티다가 이내 포기하고 문을 열어 주었다. R이 차 안에 올라 앉았을 때 J는 운전대를 붙들고 소리소리 지르며 미친 듯이 통곡을 했다. 그녀는 광적으로 핸들을 두 주먹으로 두드리는가 하면, 두 발로 바닥을 쾅쾅 굴러대기도 하고, 또 머리가 천정에 부딪히도록 온몸을 들썩들썩하기도 했다. 그녀의 그 광포한 행동은 약 오분 가량 지속되었다. 길 가던 사람들이 걸음을 멈추고 차 안을 힐끔힐끔 들여다보기도 했다.

따옴 대목은 하일지의 장편소설 <경마장 가는 길>의 한 대목이다. 주인공 J와 R이 갖는 갈등의 한 정점을 보여 준다. J의 광포한 행동에서 감정이 흐르는 문체의 노한 한 바닥을 읽을 수 있다. 그러나 신경숙의 <풍금이 있던 자리>가 풍겨주는 잘 닦여지고 정련을 거친 문채는 볼 수가 없다. 그냥 있는 그대로의 갈등을 가감없이 재현해 놓고 있을 뿐이다. 하일지는 어떠한 사소한 것도 일반화 하기를 주저하는 셈이다. 인간과 인간이 만나고 사는 현실은 보면 볼수록 불확실하고 우연적이고 불가해 하다는 인식이다. 그러므로 그것들을 일반화할 경우 그것들을 자주 심각하게 왜곡할 수밖에 없다는 이야기다.

이런 작가의 소설에서 정서는 어느 만큼 존재할 수 있을까, 하는 질문을 던져볼 수가 있다. 그러나 인물들이 빚어내는 일관된 방향이나 갈등이 그것 나름의 빛깔을 지니고 있지 않다고는 볼 수가 없다. 집요한 행동이나 주장에서, 또는 그것들이 마주치고 겯고 트는 가운데서 일정한 감정의 무늬는 생겨날 수밖에 없는 것이다. 결국은 재현의 솜씨가 가는 자리에 정서는 새로운 모습으로 자리를 잡게 된다는 말이다.

2. 상상

문학을 이루는 것으로 상상은 빼놓을 수 없는 요소가 된다. 이 상상은 과거의 경험에 고리를 걸고 드러나거나 확대되는 것으로 심리학자들은 주장한다. 보산케(Bosanquet)는 "상상이란 경험의 연결에 의해 암시된 갖가지의 가능성을 추구하며 나타내려는 활동16)"이라 했고 제임스(W. James)는 "상상은 과거에 느꼈던 원물의 이미지를 재생하는 능력을 일컫는 명칭"이라 했다. 제임스는 이를 재생적 상상과 생산적 상상으로 구별했는데, 재생적 상상이란 과거 감각의 이미지가 그대로 나타나는 경우를 말하고 생산적 상상이란 여러 원물들에서 추출된 요소들이 결합해서 새로운 전일체를 구성하는 경우를 말한다17).

시에서 이 두 갈래의 상상은 다같이 활용된다.

---

16) B. Bosanquet, *Three Lectures on Aesthetic.*
17) 김원경, 『문학개론』(1981, 학문사), p.39. 재인용.

지나가기만 하는 마을
소문리를 풀꽃 하나 따들고 지나간다.
저만치 들앉아 있는 남문산역을 바라보며
어디로 가도 있을 법한 제일식당 간판
글자 한 획 뭉개진 것 눈으로 먹을 친다.
그래도 아직 바라볼 것 많이 있고
먹을 칠 자리 어디든지 남아 있다.
아, 아쉬움으로 지나가든지 무덤덤으로
지나가든지
지나가기만 하면 진성고개인데
아무런 수확이나 한 일 하나 없이도
그냥 고개를 만나고 마는 일이 이 고개
감겼다 풀리고 풀렸다 뒤트는 자리에서
하나로 만나 풀꽃 모개미 흔든다.
지나가기만 하는 마을
소문리도 어느짬 풀꽃만 하게 보인다.

따옴시는 <소문리를 지나며 1>이라는 제목의 필자가 쓴 졸시이다. 소문리를 지나면서 경험한 내용을 떠올리고 현재를 바라보고 그 공간에서 결합해 낸 상상을 통한 인생의 해석이다. “아, 아쉬움으로 지나가든지 무덤덤으로 / 지나가든지 / 지나가기만 하면 진성고개인데”가 경험 속에서 떠올린 재생적 상상에 해당되고 “아무런 수확이나 한 일 하나 없이도 / 그냥 고개를 만나고 마는 일이 이 고개 / 감겼다 풀리고 풀렸다 뒤트는 자리에서 / 하나로 만나 풀꽃 모개미 흔든다”가 생산적 상상에 해당된다. 재생적 상상에서 시적 의

미의 동기를 찾아내고 생산적 상상에서 무상이나 부질없음이라는
확충된 의미나 이미지를 창출해 내고 있다.

　　　　지금 그 사람의 이름은 잊었으나
　　　　그의 눈동자 입술은
　　　　내 가슴에 있네
　　　　바람이 불고
　　　　비가 올 때도
　　　　나는 저 유리창 밖
　　　　가로등 그늘의 밤을 잊지 못하네
　　　　사랑은 가고
　　　　과거는 남는 것
　　　　여름날의 호숫가
　　　　가을의 공원
　　　　그 벤치 위에
　　　　나뭇잎은 떨어지고
　　　　나뭇잎은 흙이 되고
　　　　나뭇잎에 덮여
　　　　우리의 사랑이 사라진다 해도
　　　　지금 그 사람의 이름은 잊었으나
　　　　그의 눈동자 입술은
　　　　내 가슴에 있네
　　　　내 서늘한 가슴에 있네

　　　　　　　　　　　　－박인환의 <세월이 가면> 전문

따옴시도 상상이 과거 경험에 고리를 걸고 있음을 본다. "지금 그

사람의 이름은 잊었으나 / 그의 눈동자 입술은 / 내 가슴에 있네"에서 눈동자와 입술이 내 가슴에 있다는 것이 상상의 산물이다. 그냥 떠오르는 회상의 수준으로 머무는 것이 아니라 내 가슴에 작용하고 의미를 뻗혀내며 있는 경험이기에 생산적 상상이 된다. "가을의 공원 / 그 벤치 위에 / 나뭇잎은 떨어지고 / 나뭇잎은 흙이 되고 / 나뭇잎에 덮여 / 우리의 사랑이 사라진다 해도" 대목도 장력이 강한 상상의 공간을 확보해 준다. 어쩌면 시는 상상이 없으면 애초에 지탱해 낼 수 없는 것인지도 모른다. 필자는 일찍이 시의 말을 '상상을 잣는 말'이 라고 규정 한 바 있다.

어머니.

제발 몸을 좀 그렇게 떨지 마십시요. 미관상 과히 좋아 보이질 않습니다. 뭐 제가 지금 죽을 것 같아서 그러신다구요. 참 걱정도 팔자시군요. 적어도 홍길동(洪吉童)의 제 10대손이며 동시에 단군의 후손인 나 만수(萬壽)란 녀석이 아무렴 요만한 정도의 일을 가지고 그렇게 쉽사리 숨을 못 쉬게 될 것 같습니까. 염려하지 마십시요. 누가 보면 웃습니다. 저는 설령 이보다 더한 결정적인 궁지에 몰리는 한이 있더라도 당신처럼 그렇게 용이하게 미치거나 죽어 없어질 시시한 종자라고는 생각하지 않습니다.

믿어주십시요.

그렇다고 저는 물론, 제 목숨이 처한 지금의 이 절망스러운 판국을 조금이라도 부인하거나 변호하자는 것이 아닙니다. 좀 속되게 말하자면 풍전등화격이라고나 할까요. 저를 포위하고 있는 객관적인 정세로 미루어 보아서 말입니다. 제아무리 미련한 놈의 소견으로 보아도 제 목숨이 지금 이 마당에서 신(神)의 부축이 없이 인간만의 힘으로 어떻게 살아나리라고는 감히 생각할 수가 없겠지요. 천하가 소상하게 알다시피 저는 지금 독안에 든 쥐니깐요.

따옴대목은 남정현의 단편 <분지> 서두이다. 죽은 어머니를 향해 말하는 형식을 취하고 있는데 그만큼 죽은이와의 대화라는 화법 속에 상상이 계속 개입되고 있음을 본다. 허구가 갖는 상상력의 영역이 어떤 작품보다 넓게 자리 잡은 예에 속한다. 미국과 한국과의 갈등이라는 전체적인 구도 설정에서 그러하고 향미산이라는 공간 설정과 펜타곤 당국의 폭파작전이라는 상황 제시면에서도 그러하다.

<분지>에 비해 하일지의 <경마장 가는 길>은 상상의 영역이 지나치게 제외되어 있다. 작가의 임의적 판단이나 느낌에 대해서는 전적으로 도외시하고자 하는 것이 작가의 의도이기 때문이다. 형용사나 유추가 억제되고 무비 카메라의 과학적인 촬영의 공간만이 집요하게 연속되고 있을 뿐이다. 소설에서 장면전환을 위한 접두어 '그런데'나 '그래서' '그러나' '이윽고' 등이 거의 쓰이질 않고 있음은 현실의 연계적 재현이 얼마나 꼼꼼하게 진행되고 있는지를 보여주는 단서가 된다. 그렇다 하더라도 중국적인 작가의 의도가 있는 이상 비약이나 상상의 공간을 1백퍼센트 무시할 수는 없는 것이 아닌가 한다. J가 R을 여관에 두고 돌아갔을 때 R의 잠자기까지의 일들을 선택적으로 기술하고 있는 인상을 받게 한다든가 대구에 내려가 집을 찾는 과정에서의 장면 생략 같은 것들이 작가의 상상적 공간이라 하여 무리가 없을 듯하다. 거기다 이 얘기 중간 중간에 R의 '경마장'을 모티브로 한 글쓰기 장면이 문득 문득 삽입되는데 이를 눈여겨볼 필요가 있다. 주인공의 글쓰기가 이 소설 안에서 7회에

걸쳐 나오는데 전체 이야기 진행을 멈칫거리게 만든다. 다시 말해서 현실에 대한 재현의 물굽이를 멈추게 하고는 유추나 상상의 공간을 잠시나마 독자에게 제공하고 있다는 이야기가 된다. 글예술에서의 상상은 그러므로 재현 일변도의 실험에 빠져 있는 작가에게도 하나의 통과의례로 작용하고 있음에 틀림이 없다. 어쨌거나 소설을 허구로 쓰는 대다수의 작가들에게는 상상이 창작의 기반이 되고 상상이 이야기기의 활력을 트는 에너지로 이해되고 있다는 데 대해 부인할 사람은 아무도 없을 것이 아닌가 한다.

3. 사상

문학을 독창적으로 만들어 내는 힘은 정서와 상상에서 얻어지지만 위대하게 만들어 내는 힘은 사상에서 얻어진다고 말할 수 있다. 문학에서 말하는 사상은 반드시 논리적 정합성(整合性)을 가진 판단체계이거나 사회, 인생에 대한 원리적으로 통일된 견해를 가리키는 것은 아니다. "관념이거나 의미, 철학, 이데올로기에 이르기까지 다양한 것으로18)" 받아들일 수 있다.

엘리옷이 "시는 사상의 정서적 등가물"이라고 한 것이라든지 아놀드(M. Arnold, 1822-88)가 "시는 인생의 비평"이라 한 것 등은 문학에서 사상의 중요성을 강조한 예에 속한다.

人生에 대한 관념의 고귀하고 심원한 적용이 시의 위대성의 주요한 부분이다. 위대한 시인의 뛰어난 특징은 시적 美와 眞의 법칙에 의해

18) 구인환, 구창환, 앞책. p.54.

정해진 조건하에서 인간, 자연 및 인간생활에 관해서 시인이 자기 자신의 힘으로 얻은 관념을 제재로 적용하는 데 있다.

따옴글은 아놀드의 워즈워드론 한 대목[19]이다. 인생에 대한 관념이 시의 위대성을 결정해 준다는 이야기인데 아놀드는 워즈워드의 시에 나타난 인생의 비평, 즉 윤리적인 의의를 주로 생각하고 시적 표현의 미를 고찰하는 것을 두 번째로 생각했다.

작가가 작품에서 구현하는 사상은 자신이 체계를 세운 사상일 수도 있으나 남의 것을 활용한 예가 대부분이라고 보면 좋을 것이다. 1920년대 <붉은 쥐>의 작가 김기진은 계급사상에 바탕을 두었고 1930년대의 소설가 심훈은 당시 브나로드라는 민족주의를 받아들여 <상록수>를 썼고 <수라도> <모래톱 이야기>의 작가 김정한은 민중의식 내지 민중주의에 바탕을 두었고, 서정주 시인은 불교나 노장, 그리고 신라정신을 원용했고 구상, 김남조, 성찬경 등의 시인은 가톨릭 사상에 기반을 두었다. 셰익스피어는 당시에 유행하던 세네카의 금욕주의라든가 몽테뉴의 회의주의, 마키아벨리의 권력주의를 빌어서 썼고 엘리옷은 단테가 <신곡>에서 쓴 토마스 아퀴나스의 우주론이나 영혼설을 빌어서[20] 썼다.

성북동 산에 번지가 새로 생기면서
본래 살던 성북동 비둘기만이 번지가 없어졌다.
새벽부터 돌 깨는 산울림에 떨다가
가슴에 금이 갔다.

---

19) 최창호, 『영시개론』(1965, 정연사) p.263.
20) 구인환, 구창환, 같은 책 p.54.

그래도 성북동 비둘기는
하느님의 광장같은 새파란 아침 하늘에
성북동 주민에게 축복의 메시지나 전하듯
성북동 하늘을 한 바퀴 휘 돈다.

성북동 메마른 골짜기에는
조용히 앉아 콩알 하나 찍어 먹을
널직한 마당은 커녕 가는 데마다
채석장 포성이 메아리쳐서
피난하듯 지붕에 올라 앉아
아침 구공탄 굴뚝 연기에서 향수를 느끼다가
산 1번지 채석장에 도로 가서
금방 따낸 돌 온기에 입을 닦는다.

예전에는 사람을 성자처럼 보고
사람 가까이서
사람과 같이 사랑하고
사람과 같이 평화를 즐기던
사랑과 평화의 새 비둘기는
이제 산도 잃고 사람도 잃고
사랑과 평화의 사상까지
낳지 못하는 쫓기는 새가 되었다.
                    —김광섭의 <성북동 비둘기> 전문

  김광섭은 따옴시에서 친자연관을 드러내 보이고 있다. 물론 친자
연관은 김광섭이 세운 사상이 아니라 모든 사람들이 수용하고 있는

보편적인 사상이다. 들여온 이 사상이 김광섭 특유의 정서와 상상에 힘입어 도시화와 산업화에 밀리고 있는 인간과 자연에 대한 체험으로 잘 형상화 되었다. 만약 친자연관이라는 사상이 바탕에 없다고 할 때 이 시는 단순한 사변으로 끝나고 말거나 장식적인 표현의 장치에 머물고 말 것이다.

김정한의 단편소설 <사밧재>는 송노인이 노환이 든 누님을 보러가는 이야기에다 그 보러 가는 차 중에서 생긴 일을 보여주는 2중구조로 되어 있다. 차중에서 생긴 일은 나라 잃은 시대를 배경으로 일제 순사에게 당하는 이야기로 자주 독립 사상이 뿌리에 연결되어 있다. 이 소설은 그러므로 두 마리 토끼를 잡고 있는 효과를 보여 준다. 나라와 겨레가 일제의 손아귀에서 반드시 벗어나야 한다는 것과 오누이간의 애틋한 정을 내면에다 담고 있다. 이 두 사상적 배경은 김정한이 창조해낸 것이 아니라 한국인의 보편적 관념 속에 내재해 있는 것이다. 말하자면 외부로부터 들여온 사상을 김정한 특유의 체험과 상상의 개별성으로 그려냄으로써 글예술의 진실에 닿게 만들었다.

4. 체험

글예술을 이루는 네 번째 요소는 체험이다. 릴케가 『말테의 수기』에서 "시는 감정이 아니라 체험이다. 시가 만일 감정이라면 어떤 어린애도 시를 쓸 것이 아니냐"고 한 것은 시에서 체험의 중요성을 강조한 말이다. 사실은 글예술을 이루는 다른 네 요소인 정서,

상상, 사상, 형식은 모두가 체험의 고리에 매어 있다. 체험에 의해서
정서의 기본이 잡히고 체험에 의해서 상상은 움직이기 시작하며 체
험을 통해서 사상은 틀을 잡아 나간다. 그리고 형식도 체험의 소산
이거나 체험의 요소를 유추한 결과라 할 수 있다.

> 내 祖上은 逆臣이던가
> 끝이 없는 流配
>
> 새끼 낳은 고양이
> 밥 챙겨 주고
> 손 씻고 문 열고
> 靜寂의 덩어리 속으로
> 파닥이는 나비같이 들어간다.
>
> 동산에서
> 나비 잡는 꿈을 꾸었던가
> 꽃숲에서
> 꿀을 빠는 나비를 보았던가
>
> 黃砂속을 맴돌고 헤집고
>
> 이 자리
> 나는 책상 하나 안고 살아왔다.
>
> —박경리의 <流配> 전문

따옴시는 일상의 체험을 시로 옮겨 놓았다. "새끼 낳은 고양이 /
밥 챙겨 주고 / 손 씻고 문 열고 / 靜寂의 덩어리 속으로"나 "이

자리 / 나는 책상 하나 안고 살아왔다"는 체험 그대로이다. 그러나 그 체험의 모습을 비유나 이미지로 시인 자신의 정서적 세계를 보태 놓았을 뿐이다.

소설에서도 체험은 이야기를 끌고 가는 바탕이 된다. 다만 현실과 결부되어 있는 체험은 산만하고 우연적이고 비구성적인데 반해 소설에서는 그 체험을 필요한 부분만 골라서 재구성해 놓음으로써 필연적인 인과관계로 배열되어 있음이 다를 뿐이다.

> 한데도, 지난 여름비는 두 달 넘게 절름댔다. 하늘에는 줄곧 검정구름이 걸레덩이처럼 너덜댔다. 그런 경황에도 걸레 고랑새로 발을 헛디딘 햇발이 들판 모퉁이, 언덕 건너 밭머리 그리고 더러 인적이 끊긴 길가에도 버둥대며 내리 서는 때가 없지도 않았다.
>
> ─김열규의 수필 <어느 길동무의 뒷걸음질 얘기>에서

따옴글은 <어느 길동무의 뒷걸음질 얘기> 서두 부분의 묘사인데 여름 장마기의 한 때를 드러내 보여준다. 묘사란 대개 비유로 이루어지는데 따옴글도 예외가 아니다. "검정구름이 걸레덩이처럼 너덜댔다." 라는 구절이 매우 감각적이다. 그 뒷부분의 비유도 햇발이 간간이 내리비치는 모습을 그린 것인데 감각에 바탕을 두었으면서도 상상을 잣게 한다. 관계사만 제거하고 줄 배치를 적절히 하면 그대로 시가 될 법한 문장이다. 그렇더라도 여름비가 내린다든가 검정구름이 끼여 있다든가 햇발이 구름 사이로 얼굴을 내민다는 것은 체험 그 자체임이 분명하다. 말하자면 체험에서 묘사가 나오고 비유가 나오며 감각이 나온다는 것을 주목할 필요가 있다 할 것이다.

5. 형식

글예술을 이루는 다섯 번째 요소는 형식이다. 그러나 글예술을 논의할 때 내용과 형식을 따로 떼어서 하는 것은 바람직하지 않다. 내용에 따라 형식이 결정되지 형식에 따라 내용이 결정되는 법은 없기 때문이다. 말하자면 글예술에서 형식은 내용과의 일원적 실현이라는 차원에서 말해 볼 수 있는 것이라 하겠다.

글예술의 형식은 구조나 문체라 할 수 있다. 흔히들 언어, 리듬, 스타일이라 하기도 하고 언어와 구조와 표현기교를 일컫기도 한다. 언어와 스타일은 문체에 포괄되고 리듬, 표현기교 등은 구조에 포괄된다.

1. 산은
   九江山
   보랏빛 石山

2. 산도화
   두어 송이
   송이 버는데

3. 봄눈 녹아 흐르는
   옥같은
   물에

4. 사슴은
   암사슴
   발을 씻는다.

― 박목월의 〈산도화〉

따옴시는 간결한 형태를 취하고 있다. 1개의 연이 7.5 음수율 내지 3.4.5로 이어지는 3음보의 적절한 배행으로 되어 있다. 시작 (1) 중간 (2, 3) 끝 (4)으로 짜여져 있는데 흐름으로 보면 기(1) 승(2) 전(3) 결(4)을 타고 있지만 내용으로 보면 이 흐름이 아니다. 내용상의 도막은 시작(1) 중간(2) 끝(3,4)으로 이어진다. 그만큼 단순함을 단순함으로 떨어지지 않게 하는 매력을 부여해 놓고 있는 시다. 밝은 시어가 돋보이고 적당한 반복이 전체 구조에 참여하여 음영을 강하게 해 준다. 시의 형식이 내용과 정서를 긴밀하게 주도해 내는 감을 갖게 한다.

글예술은 무엇을 뛰어넘나?

글예술은 과학이나 지식을 담은 책에 비해 역사나 지역의 제한을 받지 않고 생명을 유지한다. 그 이유는 무엇일까? 두 가지 갈래로 놓고 생각해 보자.

1. 시간을 뛰어 넘는다

인구에 회자되는 책은 과학이나 지식을 전하는 것보다 글예술의 경우가 훨씬 많다는 것을 알 수 있다. 왜 그럴까? 지식을 담은 책은 지식의 습득으로 효용성이 소멸되는 데 비해 글예술은 설령 그 속에 풍부한 지식을 담은 경우라 하더라도 그 지식이 중요한 것이 아니라 그것을 이루는 정서가 기본이 되기 때문에 그러하다. 정서로 하여 원전, 곧 글예술 자체가 생명을 이루고 있기 때문이다. 글예술은 한 번 읽는다 하여 생명이 소멸되는 것이 아니라 형식과 내용이 이루어내는 정서적 가치가 거듭하여 독자의 심금을 건드려 준다. 그러므로 한 사람이 일생을 두고 명작을 여러 번 읽을 수 있고 읽을 때마다 새로운 감동으로 작품에 어울리게 될 수 있다.

호머의 『일리어드』나 「오디세이」는 기원전 700년의 작품이지만 시간을 뛰어넘어 오늘의 독자에까지 감동을 주고 있다. 그것은 지식을 가득히 담아 놓은 교양이나 철학이 아니라 전쟁을 중심으로 한 사랑, 질투, 복수 등에 관한 정서가 오늘날까지 그대로 모든 이의 감정의 복판에 가 닿기 때문이다. 아가멤논 총수에게 애인을 빼앗긴 아킬레우스의 분노와 복수심, 친구 파트로클로스를 죽인 적장 헥토르에 대한 적개심 등이 섞여서 만들어 내는「일리어드」의 긴박감은 시간을 뛰어넘어 오늘의 긴박감으로 연결되어 나타난다.

이퇴계의 시 <청곡사를 지나며>(過靑谷寺)는 1533년에 진주 청곡사를 지나며 쓴 것인데 그 서정이 오늘을 사는 이들에게 조금도 낯설거나 퇴색되지 않은 채로 가슴을 적셔 온다.

> 金山道上晩逢雨
> 靑谷寺前寒瀉泉
> 爲是雪泥鴻跡處
> 存亡離合一潛然

> 금산 가는 길에 해거름에 비를 만났다네
> 청곡사 앞엔 활활 솟아나는 차가운 샘물
> 눈 녹은 진펄 위에 찍힌 기러기 발자국 같은 인생
> 죽고 살고 헤어지고 만나고 하는 일에 눈물 주루룩[21]

따옴시를 읽으면 445년 전의 시인이 읊고 있는 것이 아니라 현대 시인이 청곡사를 지나면서 인생을 읊고 있는 느낌을 받는다. 어둑

---

21) 허권수, 『경남지역에 소재한 퇴계의 유적에 대한 고찰』, 경남문화연구 제18호 (1996, 경남문화연구소) p.204.

발이 내리는데 비를 만나고 콸콸 솟아나는 샘물을 만나면서 눈 진펄에 찍히는 발자국에 대한 정서가 결코 단순히 지나가는 것으로 읽히지 않음을 시인은 노래했는데 그런 정서의 개별성에도 불구하고 따옴시의 정서는 인생여정이 갖는 애환의 보편성을 보여준다.

박화성의 단편소설 〈추석전야〉는 1925년 『조선문단』에 발표된 등단 작품인데 가난한 삶의 애환과 정서가 오늘의 그것과 별반 다를 바가 없음을 볼 수 있다. 방적 공장에 나가며 시어머니와 아들 딸 네 식구의 가장으로 빈궁한 삶을 꾸려가는 주인공 영신의 한계상황이 70여년을 지나고 난 뒤의 환란(I.M.F) 상황을 맞고 있는 오늘의 우리 현실과 흡사함을 알 수 있다. 빈궁한 삶이 인류 역사에 존재하는 한 〈추석전야〉의 정서는 떨쳐 낼 수 없는 보편성으로 기리 새겨지게 될 것임이 분명하다. 참고로 필자의 신문 칼럼 〈『추석전야』 이야기)를 덧붙인다.

추석이 이틀 앞으로 다가왔다. 이 무렵을 전후로 전개되는 이야기를 담고 있는 박화성의 단편소설 『추석전야』가 문득 뇌리를 스친다. 그렇구나 역사는 되풀이 되곤 한다는 생각에다, 궁핍했던 1920년대 초반을 시대상으로 전개되는 이야기가 오늘 환란의 시대를 통과하고 있는 모습에 겹쳐져 뇌리를 스치는 것들의 음영이 마냥 단순하지 않다.

『추석전야』는 리얼리즘의 미학에 기초를 둔 작품으로 목포의 어느 방적공장에서 여공원으로 일하는 영신의 이야기이다. 남매와 시어머니를 모신 가난한 과부 영신은 추석을 앞에 두고 딸애의 월사금과 땅세를 내야 하고, 아이들에게 댕기와 허리끈 대님도 사주어야 하며 흰쌀 한 되라도 팔아 늙은 시어머니에게 따뜻한 밥 한끼라도 차려 주려면 공장에서 받은 품삯으로는 어림도 없어 고민한다. 별수 없이 공장에서 인격이 모자란 공장장과 다투다 부상당한 몸을 가누며 몇 밤을 지새워 바느질 품삯으로 일부를 보태지만 추석을 넘기기엔 도무지 셈이 되지 않는다. 그런데 땅주인은 공장 품삯 5원 중에서 3원만 우선 받아가라는 영신의 애원을 뿌리치며『이 세상이 어떤 세상이라고… 내 몸 다음에 남이야, 석달이나 용서해 주었으면 그만이지 이리 내요』하고 은전 50전만 남겨둔 채 다 가져가 버린다. 영신과 온 식구가 함께 울부짖고 있는데 땅바닥에 내버린 은전은 추석 전야 달빛을 받아 눈부시게 빛나고 있다는 결구로 끝난다.

이『추석전야』는 70여년이 지난 오늘의 추석 전야와 흡사하다는 느낌이 든다. 비록 민족계열의 방적공장이라 하더라도 임금 수준은 매우 열악했을 뿐만 아니라 일제의 수탈정책으로 인한 사회 전반의 궁핍 현상은 극에 달했던 것인데, 추석은 나라 잃은 시대의 명절이 갖는 아픔뿐만 아니라 갖추어 조상에 천신(薦新)하고 성묘를 할 수 없었던 슬픔을 많은 사람들에게 안겨 주었다. 환란의 능선을 타고 있는 오늘의 형편도 성질은 다르다 하더라도 국민 대다수에게 아픔을 안겨 주고 있다는 점에서 다르지 않다. 추석이 다가왔는데 곳곳에 영신이가 다른 이름으로 살고 있고 나라 전역에 추석 전야의 달빛이 교교히 비치는 곳이면 영신이가 던져버린 은전 빛깔로 어려 있는 듯하기 때문이다. 구조조정에 의해 밀려난 실직자의 한숨소리가 그 은전의 빛깔로 처연히 반짝거리고 중소기업의 도산으로 생겨난 실직자와 군소 자영업자들이 경영 포기로 생겨난 실직자들의 한숨소리가 영신이 가족들의 울부짖는 소리에 섞여서 들려오는 듯하다.

대학에서는 등록금을 내지 못해 휴학하는 학생들이 속출하고 떠도는 노숙자들이 다량으로 생겨나 있고 가계 곤란으로 파탄에 이른 가정이 급증하고 있으니 이들에게 추석은 어둡고 잔인한 괴물일 뿐이다.

추석은 애초에 기쁘고 즐겁게 보내는 명절 중에 명절이다. 수확의 계절에 풍년을 축하하고 조상을 생각하며 추원보본(追遠報本)을 하였고 여러 가지 놀이로 이웃과 더불어 마음을 나누었다. 좋은 계절에 풍요를 자랑하니 마음이 유쾌하고, 나눔이 진실한 것이다.

그런데도 풍요를 자랑할 수가 없는 이들에게는 추석이 기쁘게 반겨지는 것이 아니라 죄스럽고 부담스런 것으로 다가오게 마련이다. 이번 추석에 고향에 못가는 이들이 헤아릴 수 없이 많으리라는 예상이 나오고 있다. 벌초를 못하고 성묘를 못하는 이들도 잇따라 많으리라는 추측도 나오고 있다. 불효를 알면서 불효할 수 밖에 없는 이들의 마음이 얼마나 아프겠는가.

이번 추석 명절은 그들의 아픔을 헤아려서 나누는 것이 명절의 기쁨을 옳게 누리는 일이 될 듯싶다. 농악을 치고 줄다리기를 하는데 한쪽에서는 농악을 칠 마음도 줄다리기를 할 여력도 없다고 하면 농악을 열심히 치고 줄다리기에 있는 힘을 다 낼 수가 있겠는가.

추석 전야. 달빛이 빛날수록 영신의 가족들 울부짖음이 더 애절하게 들려오는 것처럼 명절이기에 더한 불행을 겪고 있는 이웃이 있음을 잊지 말아야 하겠다.

2. 지역을 뛰어 넘는다

글예술의 정서는 역사를 뛰어 넘을 뿐만 아니라 지역을 뛰어 넘어 독자의 공감대에 이른다. 영시의 정서가 김소월의 정서와 유사한 것을 보면 기이한 느낌이 든다. 로버트 브라우닝의 <사랑의 한 길>(One way love)과 김소월의 <진달래 꽃>은 별리에서의 산화에 관한 정서가 흡사하다.22)

---

22) 문덕수, 『現代文學의 摸索』(1969, 수학사), pp.123-124.

六月 내내 나는 장미를 다발로 묶어
지금 한 송이 한 송이 꽃잎을 따서
포린이 가실 길 위에 뿌립니다.
그녀는 돌아 보시지도 않을 거라구요? 하는 수 없지
그냥 내버려 두세요. 시들어 버릴 거라구요?
눈에 띄일 때도 있을 것입니다.

-<사랑의 한길> 1연

포린이라는 님이 떠나는 길 위에 장미 송이를 뿌리겠다는 일종의
체념과 그리고 또 돌아올 것이라는 기대를 담은 싯귀다. 한 순간의
행위가 아니라 6월 내내 뿌린다는 점이 <진달래꽃>과는 다르지만
님에게로 향하는 마음은 전혀 다를 바가 없다 할 것이다. 참고로 <진
달래꽃>을 읽어보자.

나 보기가 역겨워
가실 때에는
말 없이 고이 보내드리우리다

寧邊의 藥山
진달래꽃
아름따다 가실 길에 뿌리우리다

가시는 걸음 걸음
놓인 그 꽃을
사뿐히 즈려 밟고 가시옵소서

나보기가 역겨워

가실 때에는

죽어도 아니 눈물 흘리우리다

-<진달래꽃> 전문

<사랑의 한길>의 화자가 남자인데 비해 <진달래꽃>의 화자는 여러 정황으로 보아 여자이다. 그 차이만 있을 뿐 두 시는 다르지 않다. 민족과 지역과 시대와 풍속이 다름에도 불구하고 정서의 유사성이 드러나 있다. 글예술은 이렇게 지역을 뛰어넘어 독자에게로 다가가는 보편성이 있음을 알 수 있다.

글예술은 무슨 일을 하나?

글 예술은 독자들에게 즐거움을 주는 일을 한다고 주장하는 이들이 있고 가르침을 주는 일을 한다고 주장하는 이들이 있다. 또 이 둘의 변증법적 통일을 기하는 것이 진정한 글예술의 기능이라고 말하는 이들도 있다.

즐거움을 주는 주장은 이른바 쾌락설인데 콜릿지의 견해[23]에 귀를 기울일 수 있다.

모든 예술의 공통적인 본질은 미(美)를 매개로 해서 쾌락이라는 직접 목적을 위하여 정서를 자극함에 있다.

이 견해에 따르면 글예술은 그 직접 목적이 쾌락에 있음을 알 수 있다. 그 쾌락은 정서를 자극함으로써 생겨나고 정서는 미를 매개로 해야 자극된다는 것을 가르쳐 주고 있다.

가르침을 주는 주장은 이른바 교훈설인데 로마의 서사시인 루크레티우스(Titus Lucretius, 99-55 B.C.)의 당의설(糖衣說)이 대표적이다. 그는 우주원자설을 운문으로 읊은 장편시 『자연계』에서 다

---

23) Coleridge, *On the Principle of General Criticism*.
W. J. Bate, *Criticism the Major Text*(London, 1952).

음과 같이 말했다.[24]

　　醫師가 어린애들에게 쑥탕을 먹이려 할 때에는 그릇의 거죽면에 달콤한 꿀물을 칠한다. 그러면 철없는 아이는 입술에 속아서 쓰디쓴 藥을 마신다. 어린애는 꿀물에 속았다 할지라도 아무 해를 받지 않고 도리어 그런 수단으로 말미암아 건강을 회복하게 된다. 그와 마찬가지로 이 哲學 속에는 아직도 哲學의 맛을 보지 못한 사람들에게 너무도 쓴 內容이 들어 있기 때문에 나는 나의 추리를 韻文으로 된 달콤한 노래로써 여러분 앞에 바치려 했다. 이와 같이 詩라고 하는 快適한 꿀을 발라 놓으면 독자의 마음을 끌 수 있을 것이고, 또 독자는 건전한 哲理와 그 有益性을 섭취할 수 있을 것이다.

글예술은 약을 먹이기 위한 그릇의 꿀물이거나 철학적 교훈을 들려주기 위한 달콤한 노래에 해당된다는 주장이다. 글예술의 목적은 그러므로 그것 자체에 있는 것이 아니라 가르침의 숨겨 놓은 뜻에 있음을 말해 놓고 있는 셈이다. 그러나 대부분 이론가들은 글예술의 쾌락과 교훈은 따로이 작용하는 것이 이니라 동시에 합체하여 작용하는 것으로 본다. 이 사정을 웰렉과 워렌은 "예술은 본질적으로는 아름답고 속성적으로는 진실한 것이다"[25]로 지적한 바 있다.
　　필자는 이와는 좀 다른 각도에서 문학이 하는 일을 접근해보고자 한다.

---

24) 구인환, 구창환, 앞책, p.40. 재인용.
25) Welek & Warren, *Theory of Literature*(Penguin Books, 1970), p.19.

1. 부싯돌로 불 붙이기

예전엔 불을 만들 때 부싯돌을 이용했다. 여기에는 부싯돌이 있고 불을 일으키는 쇳조각(火刀)인 부시가 있어야 하고 불똥이 박여서 불이 붙도록 부싯돌에 대는 부싯깃이 있어야 했다. 부싯깃은 쑥 잎이나 수리치 잎을 말리거나 불에 볶아 곱게 비벼서 불똥이 잘 박이도록 한 것이다. 부싯돌은 석영(石英)의 한 가지로 아주 단단하고 회색, 갈색, 흑색 등의 여러 빛깔이 있으며 반투명체가 많았다.

아주 오래 전에는 어디에서거나 부싯돌로 불씨를 만들었을 터이고 점차 야외용으로 제한되게 사용이 되었는데 지금부터 1, 20년 전만 해도 나뭇꾼들이 주로 사용하였다. 부싯돌에다 부싯깃을 접어 놓고 부시를 치면 불똥이 칙칙 튀기는데 튀기면서 불똥이 수리치잎이나 쑥잎으로 된 부싯깃에 박여지면 불씨앗이 인다. 연기가 사르륵 솟아오르고 쑥냄새 모락 모락 피면 확실히 불씨앗이 영글게 된다.

작가가 글예술을 창작하는 과정을 이 부싯돌로 불 붙이는 일에다 비겨 볼 수 있다. 부시로 돌을 치는 것은 작가가 글을 쓰는 행위이고 돌을 치는 가운데 불똥이 튀기다가 부싯깃에 불씨앗이 뎅기는 순간을 작품이 완료되는 것으로 볼 수 있다. 수리치잎이나 쑥잎으로 된 부싯깃은 작품을 이루는 정서 또는 존재와 삶이 된다. 불똥이 튀기어 쌔틋한 감각과 정서에 자극을 주는 것처럼 정서를 추스르고 인간 존재와 삶을 추스르는 것이 결국 글예술의 기능이 되는 것이다. 불씨앗을 만들기까지가 작가가 하는 일이고 그 불씨앗으로 밥을 해 먹을 것인가 담배를 피울 것인가 아니면 초에다 불을 켤 것인가 하는 것은 독자가 선택해야 할 몫이다.

2. 추스리기

부시로 부싯돌을 칠 때 칙칙 불똥이 튀기는 순간은 불을 만들기 전의 긴장의 순간이다. 잠자는 정서에다 칙칙 불똥을 튀기고 축 늘어져 있는 인간의 존재와 삶에다 칙칙 불똥을 튀기어 팽팽이 긴장되게 만드는 것이 글예술이다. 팽팽히 긴장되게 하는 것이 곧 추스르기이다. 정서를 추스르고 존재와 삶을 추스르는 것이 글예술의 기능이다. 이완되어 있는 것을 들썩여서 팽팽히 조여 놓는 것은 삶의 중심부를 건드리고 환기시켜 놓는 행위이다. 환기시켜 놓고는 그것이 어떤 의미를 갖는가에 대한 해답은 독자가 하도록 내버려두는 것이 글예술이다.

> 물은 꽃의 눈물인가
> 꽃은 물의 눈물인가
> 물은 꽃을 떠나고 싶어도 떠나지 못하고
> 꽃은 물을 떠나고 싶어도 떠나지 못한다
> 새는 나뭇가지를 떠나고 싶어도 떠나지 못하고
> 눈물은 인간을 떠나고 싶어도 떠나지 못한다
> —정호승의 <수련> 전문

수련과 물의 관계를 떠나지 못하는 인간관계로 해석해 놓고 있는 시다. 인간살이에 있어서 떠나지 못함에 대한 환기 또는 그것에 대한 추스르기의 내용이다. 떠나지 못하여 어떻게 되는가에 대한 것은 독자의 몫으로 남겨놓고 있다. 여백이 주어져 있다. 그것이 글예술인 것이다. 따옴시는 행간에서 부시로 돌을 칠 때 튀기는 불똥이 칙칙 튀겨지고 있는 감을 준다. '눈물인가'의 반복과 '못하고' '못한다'의 반복에서 그 불똥이 선연하다.

제2장
가락으로 말하는 글예술

가락으로 말하는 글예술이란 시(詩)다. 아득한 옛날 원시종합예술에서 글예술은 민요무용으로 운문, 음악, 무용이 하나로 엉겨져 있었다. 그 전통이 연면히 이어져서 시를 말할 때 가락을 먼저 떠올리게 되었다. 노래로서의 시가 아니라 읽는 글예술로서의 현대시로 옮겨오고서도 시를 말할 때 다른 형태로서의 음악성이 내재해 있어서 가락을 떼놓고 논의할 수가 없게 된 것이다. E. A. 포우는 그래서 시를 "美의 韻律的 창조물"이라 했다

가락의 말

시의 말을 가락의 말이라 할 때 그 가락은 밖으로 바로 눈에 띄는 것을 말하기도 하지만 대부분 밖으로 눈에 띄는 것이 아닌 경우를 염두에 두고 이르는 것임을 알아야 한다.

> 구두를 새로 지어 딸에게 신겨 주고
> 저만치 가는 양을 물끄러미 바라보다
> 한 생애 사무치던 일도 저리 쉽게 가겼네
> — 김상옥의 <어느날> 전문

김상옥의 <어느날>은 시조 작품이다. 3·4·3·4 / 3·4·4·4 / 3·6·4·3으로 드러나는 외형률이다. 4걸음 3행의 눈에 띄는 가락을 보여주고 있다.

시조는 이렇게 외형 잣수나 음보율을 곧이곧대로 드러내는데 현대시 가운데서도 외형이 정제되어 있는 경우가 있음을 눈여겨볼 수 있다.

> 水晶하늘 半月 속에 彩衣입은 아가씨
> 피리 저 人대 고운노래 잔조로운 꿈을 따라
> 꽃구름 휘몰아서 발 아래 감고

감은 머리 푸른 수염 네 활개를 휘돌아라
            ─조지훈의 <舞鼓>에서

따옴시는 대체로 한 행 4걸음 가락을 보여준다. 음수로 보면 4·
4·4·3 / 4·4·4·4 / 3·4·3·2 / 4·4·4·5로 된다. 전통적
인 정서가 강할 때 이런 음수를 드러내게 됨을 알 수 있다. 전통시
가에서 신라노래가 3음보 중심이고 고려노래가 3음보에 4음보가
섞여들고 조선시가의 시조나 가사는 정직한 4음보임을 생각할 때
조지훈의 정서는 조선시가 쪽에 접맥되어있다고 볼 수 있다. 이와
는 달리 정지용의 <고향>은 3걸음 가락을 거의 그대로 드러낸다.

고향에 고향에 돌아와도
그리던 고향은 아니러뇨

산꿩이 알을 품고
뻐꾸기 제철에 울건만

마음은 제 고향 진히지 않고
머언 항구로 떠도는 구름

오늘도 메끝에 홀로 오르니
흰점 꽃이 인정스레 웃고

어린 시절에 불던 풀피리 소리 아니나고
메마른 입술에 쓰디 쓰다
고향에 고향에 돌아와도
그리던 하늘만이 높푸르구나

전체 6연 가운데서 5연 1행이 파격이고 그 외는 가지런한 3걸음 가락이다. 신라노래의 가락에 이어지고 있는 셈이다. 5연 1행의 경우 숨이 찬 3걸음으로 읽어도 된다는 사실에 유의해 주었으면 한다. 일테면 '어린 시절에 불던', '풀피리 소리', '아니나고'로 끊어 읽으면 7. 5. 4로 된다. 한 걸음 안에 드는 잣수가 7자까지 허락된다고 볼 때 숨찬 3걸음으로 읽을 수 있게 된다는 이야기이다.

현대시에도 이렇게 겉으로 드러난 일정한 가락이 있음을 보게 된다. 그러나 대개의 시는 이런 가락이 안으로 숨어서 가락의 정체를 짚어내기가 쉽지 않다. 안으로 숨어버린 가락의 예를 4가지로 정리해 볼 수 있다.

1. 완결된 짜임새에서 오는 가락

시는 완결된 짜임새를 지니게 된다. 시인이 의도하든 의도하지 않든 써 놓고 보면 짜임새가 있게 마련이다. 다만 모든 시에서 일률적으로 매겨지는 짜임새가 아니기 때문에 하나의 고정된 틀로 제시되는 것이 아닐 뿐이다. 이런 짜임새에서 가락을 느낄 수 있다고 말할 수 있는가 하는 데 대해 쟁점이 있을 수 있을 것이다. 그러나 여기서는 하나의 포괄적인 가락을 접할 수 있다고 보면서 이야기해 볼까 한다.

　　나는 한 방울 눈물
　　그대 몰래 쏟아버린 눈물 중의
　　가장 진홍빛 슬픔

땅 속 깊이 깊이 스몄다가
사월에 다시 일어섰네

나는 누구신가 버린 피 한 점
이 강물 저 강물 바닥에 누워
바람에 사철 씻기고 씻기다
그 옛적 하늘 냄새
햇빛 냄새에 눈 떴네

달래 달래 진달래
온 산천에 활짝 진달래

―강은교의 <진달래> 전문

　따옴시는 3연으로 된 시다. 눈에 보이는 3연이 짜임을 그대로 보여 주고 있다. 시작―중간―끝이라는 짜임 말이다. 시작 대목에서는 진달래가 눈물이 피어난 것이라 말했고 중간대목에서는 피 한 점이 꽃으로 피어난 것이 진달래임을 말했고 끝대목에서는 그 진달래가 온 산천에 피어났다고 결론으로 말했다. 따옴시처럼 연과 짜임의 질서가 그대로 포개지는 경우도 있지만 그렇지 않은 것이 더 많다는 것에 유의할 필요가 있다.

내가 많은 돈이 되어서
선량하고 가난한 사람들을 위해
맘 놓고 살아갈 수 있는
터전을 마련해 주리니

내가 처음 일으키는 微風이 되어서

내가 不滅의 平和가 되어서
내가 天使가 되어서 아름다운
音樂만을 싣고 가리니
내가 자비스런 神父가 되어서
그들을 한 번씩 訪問하리니
　　　　－ 김종삼의 <미사에 참석한 이중섭씨> 전문

　따옴시는 겉으로 드러난 짜임으로는 기우뚱거린다. 평형이 잡혀
있지 않아 보인다는 말이다. 전체 2연 가운데서 1연은 시작이고 2
연의 1－4행은 중간이고 2연의 5－6행은 끝이 되기 때문이다. 겉으
로 드러나는 것이 아니라 가시적 질서를 피해 놓는데서 생기는 가
락이 내재적 가락으로 한결 맛이 난다 할 것이다. 오늘날의 시는 거
의 대부분이 무연시인 까닭에 불가시적 내재율을 가락의 근거로 삼
고 있다 해도 과언이 아니다.

　　여름은 가고
　　네 毛髮을 생각했다.
　　바다를 건너 네 毛髮은
　　더욱 깊이
　　내 잠 속으로 오리라.
　　바람은 이제 어제의 제 그늘을 떠나고 있다.
　　분꽃 하나가 바람을 따라 흐르고 있다.
　　하늘 높이 불리우며 흐르고 있다.
　　마침내 깊이 깊이
　　이 세상의 분꽃 하나가
　　하늘에 묻히리라

　모두 11행으로 연이 없는 시다. 그런데 11행을 한데 섞어 놓았기 때문에 어디까지가 시작이고 어디까지가 중간인가를 가시적으로 말하고 있지 않음을 본다.

　따옴시는 시인의 내면을 따라 흐르고 있는 무의식을 포착해놓고 있어서 의미의 연결이 되지 않는다. '모발'과 '분꽃'에 이어지는 특별한 체험을 밝히고 있는 듯하지만 그것이 쉽게 짐작에 와닿지 않는 시이다. 그렇더라도 짜임은 보다 뚜렷이 짚어낼 수가 있다. 행에다 숫자를 붙여 짜임을 그려보면 아래와 같다.

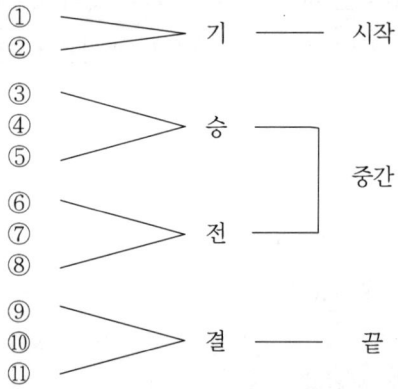

　겉으로는 시작-중간-끝으로 이어지는 짜임을 노출시켜 놓고 있지 않지만 속살로는 위 그림과 같은 질서를 만들어 놓고 있는 것이다. 기, 승, 전, 결이라는 4단법으로 나누어져 있지만 이것도 크게 보면 시작, 중간, 끝의 3단에 포함된다.

짜임새는 글예술의 바탕이다. 가시적이든 불가시적이든 짜임새를 놓치고서는 예술 미학의 질서를 세울 수가 없다. 그 질서를 포괄적으로 볼 때 시의 가락이 된다고 말할 수 있다 하겠다.

2. 풀고 쥠의 교차에서 오는 가락

시인은 시를 쓰면서 풀고 쥠의 끈을 놓지 않고 써 나가게 마련이다. 어느 부분까지 풀어 나가다가는 지나치게 풀어졌다 싶으면 죄고, 죄는 부분이 적당한 양을 경과했다 싶으면 다시 푸는 것이다. 이렇게 하기를 되풀이 하는 가운데 시를 완성한다고 보면 좋을 것이다.

요즈음은
詩 몇 줄 쓰기 바쁘게
지워버리기 일쑤입니다

> 개나리
> 진달래
> 木蓮

이런 것들이 책상머리에 와서
빤히 눈을 뜨고
들여다 보는 것입니다
그래 나는 간신히 잡은
詩 한 줄을 뭉개버립니다

錦江
洛東江
漢灘江
그리고 南漢江의

돌밭에서 만나
함께 내 집에 와서 살게 된

말없는 돌 속의
말없는 새들이

내가 쓰는 시를
말없이 지켜 보는 것입니다
그래 나는 간신히 잡은
詩 한 줄을 또 뭉개버립니다

그뿐인가요
비닐봉지 속에서 죽은
캄보디아 사나이가
죽은 눈을 떠서
저 透明한 비닐봉지 너머로
보는 것 아닙니까

분명 내가 쓰는 詩를
힐끗 훔쳐보는 것 아니겠습니까
그래 나는 간신히 잡은
詩 한 줄을 또 뭉개버리고 맙니다
요즈음은 詩 석 줄 쓰기가 어렵습니다
　　　　　　　　－전봉건의 〈요즈음의 詩〉

따옴시는 두 가지 측면에서 풀고 죔의 되풀이를 보여 준다. 종결 처리가 평서형 중심에다가 의문형을 섞어놓은 형태이다.

지워버리기 일쑤입니다
↓
들여다 보는 것입니다
↓
詩 한 줄을 뭉개버립니다
↓
말없이 지켜 보는 것입니다
↓
詩 한 줄을 또 뭉개버립니다
↓
그뿐인가요
↓
보는 것 아닙니까
↓
힐끗 훔쳐보는 것 아니겠습니까
↓
詩 한 줄을 또 뭉개버리고 맙니다
요즈음은 詩 석 줄 쓰기가 어렵습니다

이렇게 추려 놓고 보면 평서형(5회) → 의문형(3회) → 평서형의 종결처리로 이어짐을 알 수 있다. 평서형은 푸는 것이고 의문형은 죄는 것이라 볼 수 있다.

다른 측면의 풀고 죔은 □ 표시를 한 부분과 그렇지 않은 부분을 보면 금방 알아차릴 수가 있을 것이다. 표현의 의도가 강하게 드러난 것이 □ 부분이다. 그렇게 보면 따옴시는 풀고 → 죄고 → 풀고 → 죄고 → 풀고 → 죄고 → 푸는 순서로 되어 있는 셈이다. 비교적 서술적인 시이지만 이런 음영이 드리워지면서 시의 가락은 불규칙적인대로 나름의 틀을 갖게 되는 것이다. 불규칙 속에서 관류하는 규칙이 오늘날 시의 가락(내재율)이라고 보면 좋을 것이다.

꿈이 소롯이 피는 해안선을
東海號는 달리고 있다

청청한 바람이 부는
솔밭을 지나
山굽이를 돌 때
<u>허옇게 부서지는 파도</u>
그 위로 물새가 홀홀 날고 있다.

참으로 고향으로 가는 길은
그리도 가슴이 설레는가.

모래 위에 돋아난 돼지풀도
일제히 손을 흔들어 주고 있다.

東海號 萬歲!
東海號 萬歲!

사람들은 모두 다
밖에 나서서

큰 손님을 맞고 있다.

> 어쩌면 그리도
> 찬란한 햇볕을 싣고 가는가

부웅-하고
汽笛이 울릴 때
하늘은 더욱 팽팽해졌다.

> 너도
> 나도 익는 것이다.

설날같은 아침 날을
東海號는 달리고 있다
기쁨의 꽃잎을 물고……

-이성교의 <東海號>

따옴시에서도 진술적 흐름이 기본적으로 있고 거기에 반하는 다른 흐름이 있다. □ 부분이 다른 흐름의 부분이다. 의문형으로 변화를 주거나 환기를 시키기 위해 소리치는 부분을 만들거나 보다 간결한 대목을 만들어 놓는 경우가 □ 부분이 된 것이다. 한 번 _줄 친 부분이 나오는데 이 부분도 죄는 대목이라고 볼 수 있다. □를 죄는 부분이라 볼 때 따옴시는 '풀고 → 죄고 → 풀고 → 죄고 → 풀고 → 죄고 → 풀고 → 죄고 → 풀고'의 흐름이 된다.

3. 음보율의 교차에서 오는 가락

오늘의 시에서 가락은 정직한 되풀이의 가락이 아니라 산만하게 보이는 속에서 관통하는 흐름이다. 걸음가락(음보율)이 시조나 가사처럼 고르게 되풀이되는 예는 거의 없고 서로 다른 걸음가락이 교차하는 가운데 얻어지는 내면적인 가락이 있음을 지나쳐 볼 수 없다.

산 넘고 물 건너
내 그대를 보러 길 떠났노라.

그대 있는 곳 산밑이라기
내 산길을 톺아 멀리 오노라.
그대 있는 곳 바닷가라기
내 물결을 헤치고 멀리 오노라.

아아 오늘도 잃어진 그대를 찾으러
이름 모를 이 마을에 헤매이노라.

－양주동의 ＜산넘고 물건너＞

따옴시는 겉으로 일정 가락을 보유하고 있지 않다. 그러나 걸음가락을 헤아리면 다른 형태의 가락이 자리잡고 있음을 확인할 수 있다. 따옴시를 걸음가락으로 보면 아래와 같다.

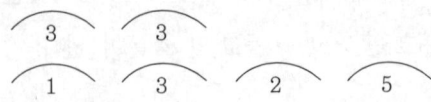

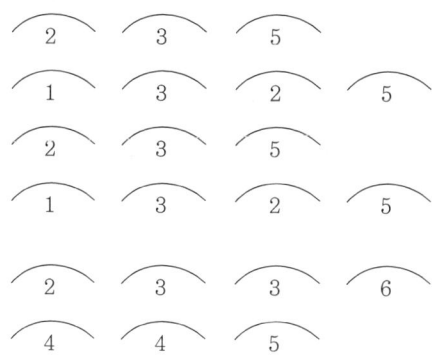

따옴시는 '2걸음 → 4걸음 → 3걸음 → 4걸음 → 3걸음 → 4걸음 → 4걸음 → 3걸음'으로 이어진다. 제일 앞의 2걸음은 예외이고 그 나머지는 3걸음과 4걸음의 교차 되풀이를 보여준다. 현대시의 거의 대부분이 이 3걸음과 4걸음의 교차에서 얻어지는 내면적인 가락을 독자에게 선사하고 있음을 본다.

> 저멀리
> 하얀 옷을 입은 저 女人은
> 누구의 사랑을 기다리기에
> 아름다운 노을을 마시며
> 저 난간에 홀로 서 있는가
> 藍빛 노을에 제비는 높이 날고
> 벌은 西山에서 어둠을 기다리며
> 나비들 보금자리꽃을 찾아
> 世上은 바야흐로 꿈속에 잠기려는데
>
> － 김광섭의 <女人>에서

따옴시는 3음보의 1연에서 4음보의 2연으로 계속 되고 있다. 1연의 첫줄은 3음보와는 무관하다. 2연의 3행도 3음보에 가깝다. 적당한 교차에서 큰 가락을 느끼게 해 준다. 이렇게 시에서 가락의 교차는 매우 일반적으로 진행되고 있음을 본다.

4. 의미마디와 이미지마디 교차에서 오는 가락

시인은 시에서 의미와 이미지를 교차시키는 데서 질서를 얻기도 한다. 의미가 지나치게 살아나면 이미지 귀절을 대립적으로 배치함으로써 의미 내지 관념의 확대를 억제한다. 반대로 이미지가 지나치게 비대해지면 다시 의미귀절을 등장시켜 이미지 일변도의 흐름을 막는다. 이렇게 해서 '의미 → 이미지 → 의미 → 이미지'의 질서를 얻게 되는 것이다.

> (가) 그래 여기선
> 몹시도 흔들어쌌던 손수건 같은
> 허이연 눈가루 뒤집어쓰고
> 한 그루 픠벗은 겨울나무로 서 있는 거

> (나) 이마에 손 얹으면
> 바라보이니

> (다) 푸른 풀내 어리운 산기슭
> 피가 뜨거운 젊은 사스미
> 눈썹이 짙은 내 머시메야

(라) 따숩은 소식은
    언제 전해주니

(마) 시방
    그 넓은 황톳벌엔 채찍을 치는 바람
    겨울 하늘 떵떵 얼어붙어서
    이것 저것 죄다 깜깜해졌나

(바) 그래서 여기꺼정
    잊어버렸니
    가다 가다 꿈 속에선
    생각해 보니

                          — 허영자의 <겨울 노래>

따옴시에서 (가)(다)(마)연은 구체적인 사물 중심으로 짜여져 있다. 반대로 (나)(라)(바)연은 의미 곧 메시지 중심으로 짜여져 있다. 그러므로 '이미지(가) → 의미(나) → 이미지(다) → 의미(라) → 이미지(마) → 의미(바)'로 교차하는 가운데 포괄적인 가락이 생겨나게 된다. 같은 시인의 <그 무엇으로도>라는 시도 '이미지─의미'의 짜임을 보여준다. 그 기능과 효과를 음미해 볼 필요가 있다.

함축의 말

시는 글예술의 가장 기본이 되는 갈래이다. 줄여 말하면서도 가장 많이 그리고 가장 깊은 뜻으로 말하는 갈래이기 때문이다. 시인이 그렇게 드러내는 노력을 해온 가운데 얻어진 것이 함축적 장치이다. 시는 그러므로 가락과 함축이라는 두 개의 축을 통해 이루어지는 글예술인 것이다. 장치로는 비유, 이미지, 상징. 역설, 아이러니 등이 될 터이다.

1. 비유의 말

시에서 함축적이고도 상상을 잣는 말을 만들어 내기 위해 제일 먼저 생각할 수 있는 장치가 비유이다. 사물을 전달하려할 때 설명을 빌지 않고 다른 사물을 빌어 암시하는 수사가 비유인 것이다. 비유에는 직유, 은유, 환유, 제유 등이 있는데 그 가운데서 가장 대표적인 것은 은유이다. 아리스토텔레스(Aristoteles, 384－322 B.C)는 『시학』(Poetics)에서 은유를 강조하여 "이것만은 남에게 배울 수 없는 것이며, 천재의 상징이다"라 말했다.[1]

---

1) 문덕수·김시태, 『문학개론』(1981, 시문학사) p.86. 재인용.

봄이 혈관 속에 시내처럼 흘러
돌, 돌, 시내 가차운 언덕에
개나리, 진달래, 노오란 배추꽃

三冬을 참아온 나는
풀포기처럼 피어난다

즐거운 종달새야
어느 이랑에서나 즐거웁게 솟쳐라

푸르른 하늘은
아른 아른 높기도 한데..

—윤동주의 <봄>

따옴시에서는 직유(直喩, simile)가 두 번 나타난다. 견주어지는
사물(원관념, 본관념, 主旨)과 견주는 사물(보조관념, 媒體) 사이에
'같은' '처럼' '듯이' '만큼' '인양' '보다' 등의 연결어를 붙여서 만드
는 비유이다. '봄이 시내처럼' '나는 풀포기처럼'으로 비유가 성립되
어 있다.

직유에도 세 가지로 성립됨을 놓쳐서는 안된다.

① 낱말에 낱말이 견주어지는 것
② 낱말에 구절이 견주어지거나 구절에 낱말이 견주어지는 것
③ 구절에 구절이 견주어지는 것

낱말에 낱말이 견주어지는 것을 단일 직유라 하는데 두 사물과의
유사성을 단순히 드러낼 때 쓰이는 비유이다.

순정은 물결같이 바람에 나부끼고
오로지 맑고 곧은 이념의 푯대 끝에
애수는 백로처럼 날개를 펴다

-유치환의 <깃발>에서

'순정'에 '물결'이 '애수'에 '백로'가 견주어지고 있는데 낱말과 낱
말이 '같이'와 '처럼'이라는 연결어를 중개로 결합되고 있다. 그런데
각기 두 낱말 사이의 유사범위가 비교적 좁기 때문에 훨씬 신선해
보인다. '순정'과 '물결'의 거리가 멀고 '애수'와 '백로' 거리가 멀다
는 말이다.

광화문은
차라리 한 채의 소슬한 종교
한국 사람은 흔히 그 머리로부터 왼몸에 흘러나리는 빛을
마침내 버선코에서라도 떠받들어야 할 마련이지만,
왼 하늘에 넘쳐 흐르는 푸른 광명을
광화문 ─저같이 의젓이 그 날개죽지 위에 싣고 있는 자도
드물다.

-서정주의 <광화문>에서

따옴시에서 견주어지는 사물은 '광화문'이고 견주는 사물은 '왼
하늘에 넘쳐흐르는 광명을 의젓이 그 날개죽지 위에 싣고 있는 자'
다. 견주는 사물이 구절이고 견주어지는 사물이 낱말인데 비유가
훨씬 오묘하고 감칠맛을 내는 것으로 쓰여 있음을 본다.

이즈러진 달이 실낱같고

별에서도 봄이 흐를 듯이
따뜻한 바람이 불더니
오늘은 이 어둔 밤을 비가 옵니다.
　　　　　　　　　　　　　　　－주요한의 <비소리>에서

따옴 대목을 보면 직유가 두 번 쓰이고 있다. 첫줄에 쓰인 것은
'달'을 '실낱'에다 견준, 낱말에다 낱말이 견주어지게 한 예이고 둘
째 줄 셋째 줄에 쓰인 것은 '따뜻한 바람이 불더니'를 '봄이 흐른'에
견주는, 구절에다 구절이 견주어지게 한 예이다. 낱말에다 낱말이
견주어지는 것보다는 동적이고 이미지의 층이 두터운 느낌을 준다.
　직유와 다른 형태의 비유를 보기로 하자.

이것은 소리 없는 아우성
저 푸른 해원을 향하여 흔드는
영원한 노스탈쟈의 손수건
　　　　　　　　　　　　　　　　　－유치환의 <깃발>에서

내 마음은 마른 나무 가지
주여
나의 머리 위로 산까마귀 울음을
호올로 날려 주소서
　　　　　　　　　　　－김현승의 <내마음은 마른 나무가지>에서

따옴시에서 보면 견주어지는 것(주지)과 견주는 것(매체)이 '처
럼'이나 '듯이'나 '마냥'과 같은 보조형용으로 연결되고 있지 않다.
두 사물을 견주면서 하나로 포개버리는 비유인데 이를 은유(隱喩,

metaphor)라 부른다. <깃발>에서 '깃발'과 '소리없는 아우성', '깃발'과 '노스탤지어의 손수건'을 하나로 포갰고 <내 마음은 마른 나무가지>에서 '내 마음'과 '마른 나무가지' 를 하나로 포갰다.

은유는 다음 두 가지 형태를 취하고 있음을 본다.

① ㄱ은 ㄴ이다.
② 두 사물 사이에 '의'를 넣는다.

①의 경우 앞에 예시한 그대로인데 일반적으로 쓰이는 은유의 형태이다. 시인은 이를 빌어 일상어를 생명력있는 언어로 살려내느라 애를 쓰게 된다. 보기를 들어 보자.

· 나의 마음은 고요한 물결
· 이는 먼 해와 달의 속삭임
· 나의 의자는 세계의 축
· 낙엽은 폴란드 망명정부의 지폐
· 서울은 창밖의 북극
· 의식은 한 마리 산새
· 한여름은 햇살의 폭포

②는 두 사물이 소유격 조사 '의'로 연결된다. 이런 예는 ①의 예보다 적게 쓰이지만 기능 자체는 ①에 못지 않은 면이 있다.

孤獨의 부둣가에서
그치지 않고 불어오는 植民의 바람을 맞으며

소금에 저린 손으로

포도송이처럼 알진 泡沫을 문지르고 있었다

난리에 시달려 風化한 저 얼굴들을

왜 어제까지도 多情하던 저 市街의 황혼을

무너진 現實의 오보제를

나는 보이지 않는 철조망 넘어로만 바라봐야 하는가

山의 腰部

그리고 노을에 물든 水平

가령 스피노자가 닦던 고독한 렌즈

아니면 문득 눈에 스며드는 저 오랑캐꽃

이런 아름다운 것들이 遠景으로 溶暗하고

透明하게 자라온 視野를 橫으로 切斷하는

왜 焦點은 이 가시넝쿨에만 멎는가.

歷史의 손이 뿌린 씨앗이라 하자.

퉁구스의 大陸에 매달린 시든 乳房같은 나라라 하자

植民의 거름 속에 떨어진 慧智라 하자

왜 自虐의 술잔을 들이키면서

— 허만하의 <落葉論>에서

따옴시에는 '孤獨의 부둣가' '植民의 바람' '歷史의 손' '植民의 거름' '自虐의 술잔' 등이 은유로 쓰였다. 견주어지는 사물은 모두 앞에 놓여 있는 것이고, 견주는 사물은 모두 뒤에 놓인 것들이다. 여기 쓰인 소유격 '의'는 은유로 쓰이지 않을 때와는 그 기능이 다르다. '나의 삼촌' '너의 아버지'의 경우 소유격 자체로 쓰이고 있는 예인데 '나'와 '삼촌', '너'와 '아버지' 사이에 등식이 성립되지 않는다. '나라는 삼촌'이 될 수 없고 '너라는 아버지'가 될 수 없기 때문이다. 그런데 '孤獨의 부둣가'에서 뜻은 '고독이라는 부둣가'가 된다. 같이 '植民이라는 바람' '歷史라는 손' 植民이라는 거름' '自虐 라는 술잔'이 되는 것이다. 따옴시에서 보면 견주어지는 사물이 관념이고 견주는 사물은 모두 구체적인 것 곧 구상이다.

2. 상징의 말

사람들은 어떤 말에다 상징을 부여하고 매우 요긴하게 살아간다. 대학마다 상징물을 두고 그것이 갖는 의미대로 생활하는 것이나 일선 시나 군에서 시화(市花), 군목(郡木)을 정해 시민이나 군민들이 그것들이 갖는 상징적 의미를 살려내며 살아가도록 권장하는 일들을 보면 이점 더욱 확실해진다.

어떤 대학의 경우 상징하는 동물을 사자로 정하고 용맹과 개척정신을 키우고 있는 일이나 교목으로 느티나무를 정하고 꿋꿋하게 굴하지 않고 살아가는 힘을 얻어내는 일이 그런 예의 하나이다. 어떤 시에서는 시목과 시화를 석류나무와 석류꽃으로 정하고 고장의 전통대로 꽃다운 충성심을 간직하며 펴고자 하는 것을 볼 수 있으며 어떤 군에서는 군새(郡鳥)를 부엉이로 정하고 한 곳에 집을 지으면 잘 옮기지 않고 먹을 것을 항상 비축하는 텃새로서의 의미를 애향심과 풍요의 상징으로 살리고자 함을 볼 수 있다.

그러므로 시문학에서 쓰이는 상징은 결코 낯선 것이 아니며 생활속에서 우리가 활용하면서 때로는 그에 영향을 받으면서 살아가는, 일상성이 매우 강한 것이다. 『우리말 큰사전』에서는 상징을 "추상적인 사물을 구체적으로 나타내는 것, 또는 그와 같이 나타낸 것, 곧 평화에서의 비둘기, 공산주의(당)에서의 赤旗 따위"로 설명하고 있다. 어떤 이는 "불가시의 어떤 것에 대한 가시적인 기호"라 하는가 하면 어떤 이는 "원관념이 생략된 은유이다."라 말하기도 한다.

> 지금 어드메쯤
> 아침을 몰고 오는 분이 계시옵니다.
> 그분을 위하여
> 묵은 의자를 비워 드리지요.
>
> 지금 어드메쯤
> 아침을 몰고 오는 어린 분이 계시옵니다.
> 그분을 위하여
> 묵은 의자를 비워 드리겠어요.
>
> 먼 옛날 어느 분이
> 내게 물려 주듯이
>
> 지금 어드메쯤
> 아침을 몰고 오는 분이 계시옵니다.
> 그분을 위하여
> 묵은 의자를 비워 드리겠습니다.

- 조병화의 <의자>

따옴시에서 '의자'가 대표적인 상징이다. 가시적이고 구체적으로 나타낸 것이다. 그러면 추상적이고 불가시의 내용은 무엇인가? 전반적인 내용의 흐름으로 보아 '물려주어야 할 세대라는 자리'로 읽힌다. 묵은 의자를 비운다는 것은 곧 세대교체를 의미하기 때문이다. 상징을 주지(主旨)가 숨는 은유로 이해하면서 따옴시 제1연을 은유로 고쳐 보면 아래와 같이 된다.

지금 어디메쯤
아침을 몰고 오는 분이 계시옵니다.
그분을 위하여
묵은 세대의 의자를 비워드리지요.

주지를 매체(보조관념)에다 결합하는 형식을 취하게 되는데 구차하다는 느낌이 든다. 적어도 이 시에서는 '세대'라는 관념을 노출시키지 않더라도 '세대'임이 곧 드러나기 때문이다. 따라서 조병화의 <의자>에서의 상징은 신선감이 그만큼 떨어지는 것이라 볼 수 있다.

시에서 쓰이는 상징은 아래 세 가지로 요약해 볼 수 있다.

① 굳어진 상징
② 새로운 상징
③ 원형 상징

굳어진 상징은 집단이나 계층이나 특정 사람들이 일상적으로 쓰는 것을 말한다. 십자가는 그리스도교를, 국화는 지조나 절개를, 기러기는 형제를, 달은 고향을 상징하는 것이 그런 예이다.

먼 너에게 편지를 쓸까
펴 논 종이에

물방울 떨어지듯 지는 종소리

저녁 소슬한 나무숲 바람처럼
청청히 울려오는 소리의 허(虛)
알알의 검은 묵주의 흔들림

내 가는 마을 밝은 사원에
그 늙은 종지기 할아버지
오늘은 무슨 시름 있기에
둥글고 고루던 종소리
떨리듯 흔들릴까

—홍윤숙의 〈저녁종〉에서

　따옴시에서 굳어진 상징은 '종소리'와 '묵주'다. 천주교회에서는 '종소리'를 미사 시작 전이나 정해진 기도를 올리는 시간에 들려주므로 자연 종소리를 들으면 옷깃을 여미며 기도하는 자세를 가지게 된다. 그러므로 종소리의 불가시적 관념은 '기도하는 마음'으로 들출 수 있다. '묵주'는 성모 마리아에게 바치는 장미꽃송이를 대신하는 상징물인데 그것은 곧 구세주의 약속으로 굳어진 것이므로 자연히 천주교 신자시인들의 시에서 잘 보이는 것이다.

蓮꽃
만나러 가는 바람 아니라
만나고 가는 바람같이……
엊그제
만나고 가는 바람 아니라

한두 철전
만나고 가는 바람같이……
　　　　　－서정주의 <蓮꽃 만나고 가는 바람같이>에서

　따옴시에서 '蓮꽃'과 '바람'이 상징으로 쓰였는데 '蓮꽃'이 굳어진
상징에 속한다. 불가와 관련된 연꽃은 '깨달음' 또는 '진리'를 상징
한다고 볼 수 있다. 석가가 영산회(靈山會)에서 법좌에 올라 연꽃
한 송이를 대중에 보이자 가섭 혼자 그 뜻을 깨닫고 미소하자 석가
는 그에게 불교 진리를 주었다고 하는데 이것 말고도 연꽃과 관련
된 불가의 이야기는 많은 것 같다.
　새로운 상징은 흔히 개인적 상징－창조적 상징－장력 상징이라
하는 것이다. 시인이 그 시를 통해 새로운 의미를 부여하는 그런 상
징을 말한다.

　　　한때는, 천년을 풍우에도 의연한
　　　바위였었다
　　　부스러지고 부스러져
　　　가루가 되어
　　　강가의 기슭에 수북히 쌓여 있다

　　　지축을 뒤흔들던 포화에도 시달려
　　　하구로 하구로
　　　밀려온 마른 가슴
　　　기슭에서 갈대나 키우고 있다
　　　땀 홀릴 날은 오려나
　　　든든하고 든든한 팔뚝이 그립다

돌과 자갈과 석회와도 만나
땀 흘려 볼 힘찬 날은 오고 있느냐

한강이나 낙동강
대동강 하구에서
홀아비들 혼배 같은 메마른 가슴
언젠가는 단 한 번 삽날과도 만나
인간들의 집을 이룰 꿈을 아느냐

한때는 천년을 풍우에도 의연한
바위였었다
부스러지고 부스러져
가루가 되어
하구로 하구로
밀려온 마른 가슴
기슭에서 갈대나 키우고 있다
속 깊이 그리움만 지니고 있다.

― 김명수의 〈모래의 마음〉

따옴시에서 '모래'가 새로운 상징, 곧 시인이 이 시에서 새롭게
만들어 낸 상징어이다. 애초에 모래가 바위였지만 부스러져 가루가
되어 하구로 떠밀려 내려와 기슭에서 갈대나 키우고 있다. 그러나
언젠가는 삽날과 돌·자갈·석회와 만나 인간들의 집을 이루리라
는 꿈으로 있는 것이 또한 모래이다. 모래는 그러므로 분열·개별
화로 인한 왜소함을 상징하는 것이 된다. 현대인들은 산업화 과정
에서 전문화와 개별화의 가속도 아래 소외와 군중 속의 고독을 맛

보며 살고 있다. 그런 아픔을 이 시인은 모래의 마음에 가탁하여 노래하고 있는 것이다.

    내게 땅이 있다면
    거기에 나팔꽃을 심으리
    때가 오면
    아침부터 저녁까지 보라빛 나팔소리가
    내 귀를 즐겁게 하리
    하늘 속으로 덩굴이 애쓰며 손을 내미는 것도
    날마다 눈물 젖은 눈으로 바라보리
    내게 땅이 있다면
    내 아들에게는 한 평도 물려주지 않으리
    다만 나팔꽃이 다 피었다 진 자리에
    동그랗게 맺힌 꽃씨를 모아
    아직 터지지 않은 세계를 주리
                                    ─안도현의 〈땅〉

따옴시에서 상징어는 '땅'이다. 시에서 이 '땅'은 물려주는 것, 곧 재산으로서의 땅이 아니라 나팔꽃 피고 나팔꽃 지는 자연으로서의 땅이다. 꽃씨를 뿌려 새로운 쑥이 돋아 오르고 다시 꽃이 피었다가는 지는 자연 그대로의 땅인 것이다. 보랏빛 나팔소리가 나고 하늘 속으로 덩굴이 애쓰며 손을 내미는 그런 아름다운 섭리로 있는 땅이지 투기나 재산증식이나 두세발박이 어린이의 이름으로 등기가 되는 그런 땅은 아니다. 그러므로 따옴시에서 '땅'은 '자연으로 존재하는 것'을 상징하는 것으로 읽을 수 있다. 시인에 따라 땅은 얼마든지 다른 의미로 상징될 수 있을 것이다. 부유함이거나 죽음이거나 생명과 같은 의미를 붙여 시의 진행에 탄력을 줄 수도 있을 것이기 때문이다.

이어 원형상징에 대해 보기로 하자. 굳어진 상징이나 새로운 상징과는 달리 인간의 원시적인 생활이나 관념에 뿌리를 두고있는 상징이 있는데 이를 편의상 원형상징이라 이름 붙일 수 있다. 이 상징은 굳어진 상징보다 더 보편적이고 범인류적인 데가 있는 것이다. 이러한 상징은 그러므로 시대를 초월하여 지역과 종족을 초월하여 되풀이하며 나타난다. 말하자면 개인이나 한 시대의 조작에 의해 이루어지는 것이 아니라 선험적으로 주어져서 시대를 뛰어넘어 이어져 오는 성질의 것이다.

원형을 이루고 있는 것들을 보면 아래와 같다.

물   생과 사, 부활, 정화와 속죄, 창조의 신비
강   죽음과 소생, 무한으로 흐르는 시간, 생명주기의 변이
바다 죽음과 소생, 모든 생명의 어머니, 몰시간성과 무한, 무의식
태양 창조적 에너지, 시간과 생명의 항행. 부성(父性)의 원리, 자
      연의 법칙
일몰 죽음
빨강 피, 격렬한 감정, 회생
청색 안전성, 영적 순수성, 진리
초록 희망, 성장, 지각, 다산(풍요)
흑색 혼돈, 신비, 미지, 죽음, 무의식, 사악, 우울
백색 순수성, 순결, 영원, 죽음, 공포, 초자연력

원   통합, 총체성

달걀   생의 신비와 생식의 힘

뱀   힘의 상징, 리비도, 사악, 관능, 지혜

바람(호흡) 영감, 개념, 영혼과 정신

배   소우주

사막   죽음, 허무, 절망, 영혼의 메마름

정원   낙원, 순진무구, 비옥

숲   자궁, 음모, 안식처

경작   성적 결합

꽃   여자의 성기, 처녀성

무덤   자궁

봄   새벽, 탄생

여름   정오, 결혼, 승리

가을   일몰, 죽음(노쇠)

겨울   밤, 사멸

여성   ① 위대한 어머니 ―착한 어머니, 대지인 어머니로서 탄생,
      따뜻함, 보호, 비옥, 풍요
      ② 고통스런 어머니 ―마녀, 여자 요술사로서 공포, 위험, 죽음
      ③ 영혼의 친구 ―공주, 미인으로서의 영감, 정신적 충만

  이승훈은 그의 『시론(詩論)』에서 김춘수의 <봄바다>를 예를 들
고 탄생의 원형으로 푼 바가 있다.

    毛髮을 날리며 오래만에

바다를 바라고 섰다.
눈보라도 걷히고
저 멀리 물거품 속에서
제일 아름다운 人間의 여자가
誕生하는 것을 본다.

- 김춘수의 <봄바다>

따옴시에서 '바다'를 '모든 생명의 어머니'로 읽는데 이는 문맥에 의해 탄생과 관련되기 때문이다. '눈보라도 걷히고'에서 봄을 드러 냄으로써 사멸의 세계가 끝나고 탄생의 국면이 온 것을 말하고 있 으며 물거품이 인다는 것은 새 생명이 태어남을 암시한다. '제일 아 름다운 인간의 여자'에서 '여자'는 '영혼의 친구'로 이해되어 곧 미 인이며 그 미인은 화자의 영감과 정신적 충만을 드러내게 된다. 따 라서 이 <봄바다>는 물의 원형을 문맥에 의해 상징적으로 해석함 으로써 '새로운 정신적 생명의 탄생'을 노래한 시로 이해된다는 것 이다. 그런데 시인은 원형상징을 의식적으로 활용하는 경우도 있겠 지만 대개는 그렇게 하지 않는다. 의식하지 않은 상태에서 작품을 써 놓고 보니 활용한 것으로 드러나는 것이 상례이다. 이것이 곧 더 보편성이 있고 일반성이 있다는 증거가 된다.

3. 역설·아이러니의 말

시의 함축성을 드러내는 다른 장치로 역설과 아이러니를 들 수 있다. 시의 말은 대체로 유사성의 원리로 쓰여지지만 역설과 아이러니에서는 상반성의 원리로 쓰여진다.

역설(Paradox)은 겉으로는 모순되고 불합리한 것 같지만 실제로는 사리에 합당한 의미를 지니고 있음이 밝혀지는 진술로서 상반되는 요소의 결합으로 이루어진다.[2] "좋아서 미치겠네" "우는 이는 복되도다" "사랑은 눈물이다" 등은 모순어법으로 '좋은 것'과 '미치는 것', '우는 것'과 '복된 것', '사랑'과 '눈물'은 서로 상충한다. 시에서 예를 들어본다.

나 보기가 역겨워
가실 때에는
죽어도 아니 눈물 흘리우리다
　　　　　　　　　　　　－김소월의 ＜진달래꽃＞에서

그래도 당신이 나무라면
「믿기지 않아서 잊었노라」

어제도 오늘도 아니 잊고
먼 後日 그 때에 잊었노라.
　　　　　　　　　　　　－김소월의 ＜먼 後日＞에서

아아 님은 갔지마는 나는 님을 보내지 아니하였습니다
　　　　　　　　　　　　－한용운의 ＜님의 침묵＞에서

따옴시 구절들에서 말하고 강조한 부분은 표면에 있지 않고 내면에 있다. 그러므로 거꾸로 말하기로서 강조요 함축이다. '죽어도 아

---

2) 김성곤 외, 『문학에 이르는 길』(1990, 열음사) p.85

90

니 눈물 흘리우리다'가 지극한 슬픔을, '잊었노라'가 생생한 기억을, '님이 갔음'은 가지 않은 상태로 강조하고 있는 표현이다.

아이러니(反語)를 필자는 '시치미 떼기'라는 말로 바꿔 볼 수 있다고 생각한다.

어느 여자고등학교에서 만우절에 있었던 이야기다. 첫시간 수업을 하러 들어간 국어선생은 교탁에다 책을 펴고 막 진도를 내려던 참인데 문을 두드리고 들어온 학생이 "지금 전선생님들 교무실에 모인답니다. 빨리 오시래요."하는 것이었다. 국어선생은 "그럴 리가 없는데, 누가 그러셔?"라 묻자 그 학생은 "교감 선생님께서 말씀하셨습니다."고 대답했다. 국어선생은 좀 이상하긴 했지만 부랴부랴 교무실로 들어섰는데 수업이 없는 몇 분들만 있고 다른 선생들도 모여드는 기척이 없는 것이 아닌가. "교무실에 전선생들이 모인다는 전갈이 왔는데..."하자 교무실에 남아 있던 선생들은 키들키들 웃기 시작하는 것이었다. 그때 한 선생이 "최선생, 아 이 사람아 오늘 무슨 날인 줄도 몰라?"하자 그때서야 국어선생은 만우절에 꼼짝없이 속은 것임을 알고 교무실을 나와 교실로 들어가니 교실은 웃음바다를 이루고 있었다는 것이다.

학생들은 국어선생에게 시치미 떼고 말하여 국어선생은 여기에 속아넘어갔고 제3자인 교무실에 있던 선생들은 속아넘어간 국어선생을 보고 그 속아넘어간 일로 하여 배꼽을 쥐고 웃게 되었다는 이야기다. 이때 국어선생은 속은 것이 잠시 부끄럽기는 해도 속아 주어서 함께 웃을 수 있었다는 것에 자위를 하게 된다.

그러므로 학생들의 시치미 떼기는 함께 웃는다는 결과를 얻어내었는데 이는 다른 방법으로는 얻어내기 어려운 것이 아닌가 한다.

시에서도 시치미 떼기로서의 효과를 훌륭히 보아낼 수가 있다. 일상생활에서 쓰여지는 이런 말하기를 보다 심장하게 문맥화 시키면 그것대로 시치미 떼기가 된다.

北天이 묽다커늘 雨裝업시 길을 나니
山에는 눈이 오고 들에는 촌비로다
오눌은 촌비 마자시니 얼어 잘까 ᄒ노라.
　　　　　　　　　　　　　　－임제의 <한우가>

따옴시조는 겉뜻과 속뜻이 서로 다르다. 겉뜻으로 보면 우비 없이 길을 나섰다가 눈비를 맞게 되어 얼어 잘 수밖에 없는, 딱한 처지가 되었음을 말하고 있다. 그러나 속뜻은 곧 시치미떼고 감추어 둔 뜻은 말하는 이가 사랑하는 기생 한우(寒雨)를 만나 사랑으로 밤을 보내겠다는 것이다. 그러므로 곁으로 드러난 '찬비'나 '얼어'는 그 감추어둔 뜻과는 달리 상충한다. 시치미를 떼고 얼어 잘 수밖에 없는 처지를 하소연하는 말하는 이는 그렇게 말함으로써 오히려 사랑하는 이와 함께 함의 기쁨을 훨씬 강하게 드러내게 된다. 이 시조에 대한 선조시대 기생 한우의 화답시는 감동을 했던지 속뜻과 겉뜻이 다르게 시치미 떼기를 못하고 있음을 본다.

어이 어러 자리 무스 일 어러 자리
鴛鴦枕 翡翠衾을 어듸 두고 어러자리
오늘은 촌비 마자시니 녹아 잘까 하노라

화답시의 종장만을 놓고 보면 시치미 떼기의 부분을 발견할 수 있으나 초장, 중장에서는 겉뜻이 곧 속뜻이 되어 시 전체로 볼 때 시치미 떼기의 시라고 말할 수 없다.

시 3편을 읽어보면 대체로 시에서 시치미 떼기가 어떻게 전개되는지 헤아려 볼 수 있다.

한 줄의 詩는커녕
단 한 권의 소설도 읽은 바 없이
그는 한 평생을 행복하게 살며
많은 돈을 벌었고
높은 자리에 올라
이처럼 훌륭한 비석을 남겼다
그리고 어느 유명한 문인이
그를 기리는 묘비명을 여기에 썼다
비록 이 세상이 잿더미가 된다 해도
불의 뜨거움 굳굳이 견디며
이 묘비는 살아남아
귀중한 史料가 될 것이니
역사는 도대체 무엇을 기록하며
詩人은 어디에 무덤을 남길 것이냐

－金光圭 <墓碑銘>

쓰러질 것은 쓰러져야 한다
무너질 것은 무너지고 뽑힐 것은 뽑혀야 한다
그리하여 빈 들판을 어둠만이 덮을 때
몇 날이고 몇 밤이고 죽음만이 머무를 때
비로소 보게 되리라 들판 끝을 붉게 물들이는 빛을

절망의 끝에서 불끈 솟는 높고 큰 힘을

-신경림의 <빛>

사랑은
슬픔, 가슴 미어지는 비애
사랑은 분노. 철저한 증오
사랑은 통곡, 피투성이의 몸부림
사랑은 갈라섬,
일치를 향한 확연한 갈라섬
사랑은 고통, 참혹한 고통
사랑은 실천, 구체적인 실천
사랑은 노동, 지루하고 괴로운 노동자의 길
사랑은 자기를 해체하는 것,
우리가 되어 역사 속에 녹아들어 소생하는 것
사랑은 잔인한 것, 냉혹한 결단
사랑은 투쟁, 무자비한 투쟁
사랑은 회오리.
온 바다와 산과 들과 하늘이 들고일어서
폭풍치고 번개치며 포효하여 피빛으로 새로이 나는 것
그리하여 마침내 사랑은
고요의 빛나는 바다
햇살 쏟아지는 파아란 하늘
이슬 머금은 푸른 대지 위에
생명 있는 모든 것들 하나이 되어
춤추며 노래하는 눈부신 새날의
위대한 잉태

-박노해의 <사랑>

세 편 중 김광규의 <墓碑銘>이 시치미 떼기가 거의 제대로 이루어진 시로 꼽힌다. 그러나 이 시도 끝 두 줄에서 시치미 떼기를 지속하지 못하고 그 의미를 발설하고 있다. 웃기는 말을 해 놓고 끝내 참지 못하고 쿡쿡거리는 것과 같다 하겠다. 시치미 떼기를 포기하고만 꼴이 되었다. <빛>은 앞 4행까지는 시치미 떼기가 이루어져 있지만 후반 2행은 뜻이 노출되었고 <사랑>은 16행까지는 시치미 떼기가 이루어져 있고 후반 7행은 뜻이 노출되었다. 시에서 아이러니는 백 퍼센트 이루어진 예는 그리 흔치 않다. 반반씩 아이러니의 시행과 심층에 묻혀 있어야 될 의미가 노출되어 있는 예가 많기 때문이다.

4. 이미지의 말

오늘의 시를 말할 때 '이미지'라는 말이 많이 등장됨을 본다. "시는 이미지다"라 한 것이나, "이미지는 시의 극치이며 생명이다"라 한 것 등이 그것이다. 이렇게 말해지는 것은 시의 구조를 이미지로 놓고 볼 때 가능한 것이라 하겠는데 이러한 이미지에 대한 적극적인 관심의 제기는 영미의 이미지즘 운동과 프랑스의 초현실주의 운동에 기인한 것으로 보아진다. 어쨌거나 이미지는 시에서 중요한 구실을 하고 있는 것만은 사실이므로 이에 대한 이해도 필요한 일이고 만들어내는 길을 찾아보는 것도 필요한 일이다.

우리는 시로써 사물을 그려낼 때 상상력을 동원하여 그 사물을 드러내되 독자로 하여금 실제로 보듯이 해주어야 한다. '실제로 보듯' 해주자면 구체적으로 그리는 길밖에 없다. 구체적으로 그려진 것, 그것이 바로 '이미지'다. 얼굴을 그린다고 한다면 그것의 윤곽이 드러나게 해야 한다. 눈썹도 세밀히 그려야 하고, 간지뼈도 있는 대로 명암을 통해 드러내야 하는 것이다. 그런데 여기서 유의해야 할 점은 얼굴을 그리되 모든 부분을 다 그리는 것이 아니라는 데 있다. 설명으로 다 말해 주는 것이 아니라 중요한 점을 집중적으로 그려서 전체를 떠올릴 수 있게 해야 한다. 그래서 시의 말을 나는 '상상을 잣는 말'이라 부르는 것이다. 이미지 또한 '상상을 잣는 말'이 됨에 있다.

이제 이미지를 더 뚜렷이 말로써 정리해 보면,

이미지 : 상상을 잣는 '말로 된 그림'이되 끝내는 사람들의 느낌의
바닥에 그려지는 것.

이렇게 된다. 이미지가 되는 것과 안 되는 것을 보기로 하자.

① 그미는 아름답다.
② 그미는 달이다.
③ 그미는 달처럼 아름답다.
④ 배가 가고 있다.
⑤ 배가 물 위를 달려가고 있다.

위에 예 가운데서 이미지가 되는 것은 ②③⑤다. 그미를 그리되 '달'로서 그린 것이 ②와 ③이다. 그냥 '아름답다' 해서는 구체적으

로 어떻게 아름다운지 알 수가 없다. 상상을 할 수 없는 것이다. ⑤
번도 '배가 달려가고 있다'라고 함으로써 달리기 육상선수나 재빠르
게 달리는 친구의 모습을 아울러 그려볼 수 있게 하고 있다.

　이미지를 기능에 좇아 아래와 같이 나눌 수 있다.

　① 거죽의 이미지
　② 속뜻의 이미지
　③ 뜻 벗어난 이미지

　거죽의 이미지란 이미지가 속뜻으로 나아가지 않고 드러내고자
하는 사물을 그리는 데 그치는 것이다. 이런 이미지는 사물이 지시
하는 사상이나 관념을 드러내고자 하지 아니한다.

　　구름은
　　보랏빛 색지 위에
　　마구 칠한 한 다발 장미

　　　　　　　　　　　　　　　　　－김광균의 <뎃상>에서

　　탱자울에 스치는 새떼
　　기왓골에 마른 풀
　　놋대야의 진눈깨비
　　일찍 홰대에 오른 레그호온
　　이웃집 아이 불러들이는 소리
　　해지기 전 불 켠 울안.

　　　　　　　　　　　　　　　　　－박용래의 <울 안>

흰 달빛
자하문

달안개
물소리

대웅전
큰 보살

바람소리
솔소리

—박목월의 <불국사>에서

<뎃상>의 경우 구름을 장미로 그려서 보여 주고 있다. 구름을 보지 아니한 사람들에게 구름을 본 시인이 '장미'를 그려서 구름을 상상하게 해주고 있는 셈이다. 장미를 그린 이면의 다른 뜻은 전혀 없다. <울안>은 5개의 이미지가 마지막 줄에 이어지고 있다. (수렴되고 있다) 한 줄이 하나의 이미지인 바, 한 장면 한 장면의 제시로 그치는 것일 뿐 속뜻을 제시하기 위해 쓴 시가 아닌 것이다. <불국사>도 <울안>의 경우와 똑같다. 한 컷 한 컷 정도의 장면 제시 이상의 의미가 없다. 이미지 하나 하나는 사물에 붙어서 사물의 모습을 그려 주되 그 이상의 상상의 들판으로 내닫지는 않는다. 상상이 통제되고 있다고 볼 수 있다. 좀더 예를 들어 보겠다.

그대 오똑한 코 끝에서
끝없는 오솔길 같은 숨결은

어느 폐허에 한 백년쯤 묻힌
궁궐의 복도를 새어나오는
한 오라기 실이다.

-문덕수의 <女人記>에서

떠나갈 채비를 서두르며
풀린 머리카락 땅에 끌려 흙이 묻은 옷고름

-김석규의 <봉숭아꽃>에서

파도에
휘딱 엎드려지고, 다시
겨우 기어오르는 작은 섬

-박남수의 <섬>에서

한여름은
햇살의 爆布였다.

-조영서의 <林檎은>에서

　지은이들은 따옴시 구절의 윗점 찍은 낱말을 구체적으로 그려주고 있다. '숨결'을 '오솔길'과 '실'로, '봉숭아꽃'을 '옷고름'으로 '섬'을 '파도에 엎드려지'고 '기어오르는' 것으로 그려주고 있다. 모두가 시인의 상상의 산물이다. 이런 이미지들이 읽는 이의 느낌의 바닥에 잘 그려지느냐 못 그려지느냐에 따라 잘된 이미지인가 그렇지 못한 이미지인가 판가름나게 된다.
　관심을 돌려 '속뜻의 이미지'가 무엇인지 알아보자. 이는 관념을 드러내기 위해 쓰여진 경우에 붙여진 이미지의 이름이다. 이미지가 이미지 자체로 머물지 않고 그 속에 의미를 포함할 때 그런 이미지를 불순한 것이라고 말하는 사람도 있다. 그러나 '불순한 것'이라 불린다고 해서 좋지 못한 이미지라고 생각해서는 안 된다. 순수하지 못하다는 것은 다른 것을 위해 쓰여지고 있다는 뜻 이상의 것이 되지 않기 때문이다.

> 내 영혼의 벌판에 쏟아지는 꽃비
> 그 속을 걸어가며
> 때로는 눈보라
> 때로는 달빛
> 때로는 폭우로 쏟아지는
> 혼자서 걸어가는 그 속의 외로움
>
> —박두진의 <너>에서

'영혼'을 '벌판'으로 구체화시켜 놓으니까 그 다음에 이어지는 '꽃비' '눈보라' '달빛' '폭우' 등의 이미지가 모두 영혼의 의미에 꿰어져 있음을 본다. 그러니까 이미지 하나 하나는 모두 영혼을 구체화시켜 주는 도구로 쓰여진 것이다. 관념을 물상화시켰다고나 할까. 그런 예를 좀더 보자.

> 千代를 두고 다시 萬年을
> 이 문 앞에서 비를 맞으며
> 울다간 사람들—
> 나도 여기 서서 문을 두드리고 있다.
>
> —황금찬의 <문>에서

심장을 만듭니다
풍선에 바람을 불어 넣어
색칠을 합니다.
-이형기의 <풍선 심장>에서

우에노 근처의 터어키탕에서 물을 만났다
일본 여자가 엽전의 때를 밀었다.
-강우식의 <파도 調>에서

담은 쇠문을 굳게 닫아
길 우에 긴 그림자를 드리우고
-윤동주의 <길>에서

윗점으로 표시한 부분이 이미지로서 속뜻을 드러내주고 있다. 이미지가 상상을 잣는, 말로 된 그림이라는 점을 머리에 넣고 윗점 찍은 구절을 눈여겨보기 바란다. 구체적인 사물로 그려진 상태에서 또 무엇을 말하고 있음을 보게 될 것이다. 아래에 속뜻을 매겨 볼까 한다.

· 비를 맞으며 -온갖 어려움을 겪으며
· 풍선에 바람을 불어 넣어/색칠을 합니다. -답답한 심정이기에 나대로 심장하나를 만들어 봅니다.
· 엽전의 때 -한국 사람의 때
· 쇠문을 굳게 닫아 -뛰어 넘을 수 없게 견고히 쌓여져 있어

위에 매겨본 속뜻에 봉사하도록 이미지가 만들어져 있다.

이번엔 '뜻 벗어난 이미지'[3]가 무엇인지 알아보자. 이 이미지는 이미지 자체를 목표로 두고 쓰여진 것도 아니고, 속뜻을 드러내기 위한 도구로 쓰여진 것도 아니다. 이미지의 상충과 소멸이나 의미의 상충과 소멸이 거듭되면서 이루어지는 시의 경우 그 속에 들어 있는 이미지를 일단 '뜻 벗어난 이미지'로 보고자 함에 있다.

① 바보야
  우찌 살꼬 바보야
② 하늘 수박은 올리브 빛이다
  바보야
③ 바람이 자는가 자는가 하더니
  눈이 내린다 바보야,
④ 하늘 수박은 한 여름이다 바보야
⑤ 올리브 열매는 내년 가을이다 바보야
⑥ 우찌 살꼬 바보야
  이 바보야.

 - 김춘수의 <하늘 수박>

---

3) 양왕용 교수는 이미지를 3개로 나누었는 바, "감각적인 이미지·관념적인 이미지·형이상적 이미지"가 그것이다. 여기서의 형이상적 이미지와 내가 말하고자 하는 '뜻 벗어난 이미지'는 서로 다르다.
양교수는 형이상적 이미지를 '奇想'(Conceit), Radical Image, 슈르레알리즘 등과 결부시켜 말했는데, 이런 이미지라면 뜻을 밝혀낼 수 있는 이미지로 볼 수 있을 것이다. 나는 슈르레알리즘이라 해서 뜻을 온전히 해체시켜 버린 것으로 보지 않기 때문에 슈르레알리즘에서 추구된 이미지도 내가 말하는 속뜻의 이미지에 대부분 포함될 수 있는 것으로 보고자 한다.
죤던 등의 형이상적 이미지도 물론 속뜻의 이미지에 포함시킬 수 있다.
梁汪容, 『이미지와 想像力의 啓發』, <語文教育論集>(1980, 釜山師大 國語科) pp.11-28 참조.

따옴시를 일단 6개 도막('연'이 아님)으로 나눠 볼 수 있다. 이 6개의 도막은 각각 도막 하나로서는 의미나 이미지가 살아있다. 그러나 도막과 도막이 이어질 때 의미나 이미지기 맞부딪쳐서 그것의 발전이 불안한 상태에 놓여 있다가 끝내는 그것이 소멸해 버리게 됨을 본다. ①에서 ②로 넘어 올 때에는 아직 불안하긴 하나 의미나 이미지의 발전을 기대할 수는 있다. 그런데 ②에서 ③으로 넘어 오면서는 이제 정공법적인 접근으로는 아무 것도 찾을 수 없는 시임을 깨닫게 된다. 그래서 몇 번이고 다시 읽어보면 뜻은 통하지 않지만 가락은 잘 살아있음을 알게 됨에 있다. 따옴시를 놓고 작자가 한 말에 귀를 기울여 보자.

　나는 여기 이르러 이미지를 버리고 呪文을 얻으려고 해보았다. 대상의 철저한 파괴는 이미지의 소멸 뒤에 오는 것으로 생각하게 되었다. 이미지는 리듬의 음영에 지나지 않는다. 물론 그 이미지는 그대로의 의미도 비유도 아니라는 점에서 넌센스일 뿐이다. 그러니까 어떤 상태의 묘사도 아니다. 나는 비로소 묘사를 버리게 되었다.
　어떤 사람들은 나의 이런 시편들을 두고 고급의 장식이라고 말하고 있다. 물론 거기에도 부정적인 음영이 깃들어 있다. 장식이란 공리적으로는 유용하지 못한 것을 말함이요, 예술적으로는 본격적이 못된나는 말일 것이다. 그러나 나로서는 숨막히는 긴장으로 이런 짓을 하고 있는 것만은 틀림없는 사실이다.
　나는 지금 허무를 잃고 있다 이 말은 허무에 대하여 뭔가를 생각하고 있다는 뜻이 아니다. 아니 그런 태도를 배격하고 싶다. 나는 그대로 허무이고자 한다.[4]

---

4) 김춘수, 앞책, pp.398-399.

"이미지가 그대로의 의미도 비유도 아니라는 점에서 넌센스"라 말하고 있다. 넌센스의 이미지, 이것이 곧 내가 말하는 바 '뜻 벗어난 이미지'인 것이다. 이런 이미지는 무엇 때문에 쓰여지는 것인가? 김춘수의 경우 이 물음에 대한 대답은 "나는 그대로 허무이고자 한다"에서 찾아진다. 곧 '쓰여지는 것' 그것이 허무로서 사는 삶의 확인이요 방식이라는 사실이 유추됨에 있기 때문이다.

어쨌든 이 뜻 벗어난 이미지는 대상과는 떨어지고, 의미와도 떨어져서 말이 끊어진 다음에 이루어지는 선(禪)적인, 어떤 특유의 맛을 내는 것으로 보면 좋을 것이다. 뜻 벗어난 이미지를 잘 만들었던 시인으로는 이상, 김종삼, 김구용, 김영태, 이승훈 등을 들 수 있는 바, 이들의 시를 머리를 써서 읽으면 이 이미지가 내는 맛을 웬만큼은 알아낼 수 있을 것이다.

제3장
이야기로 말하는 글예술

이야기로 말하는 글예술은 소설이다. 소설은 이야기를 담는 그릇인 셈이다. 그러나 서사시나 담시도 이야기를 바탕으로 하고 있다고 볼 때 자칫 오해의 소지가 있음을 놓쳐서는 안된다. 이야기도 그렇다. 전기나 자서전, 역사적 내용 등이 그대로 옮겨지는 것이 소설의 이야기가 될 수는 없다. 그 내용이 작가에 의해 취사 선택되어 의미를 드러내게 될 때 소설 속의 이야기로 살아나게 되는 것이다. 그러므로 이야기로 말하는 글예술, 곧 소설은 "줄글로 짜임새 있게 꾸며낸 이야기"로 집약된다 하겠다.

꾸며낸 이야기

이야기로 말하는 글예술은 등장 인물이 두 사람 이상이 나와 서 사건을 이루고 시작, 중간, 끝이 아니면 발단, 갈등, 절정, 대단원 등의 짜임새를 지니며 줄글로 쓰여지는 창작문학의 갈래이다.

이야기는 현실에서 일어나는 이야기 그 자체가 아니다. 현실의 이야기는 산만할 뿐만 아니라 우연으로 점철되어 있어서 작가의 의 도를 적절히 드러낼 수가 없다. 그래서 "소설은 가공의 역사다"[1]라 거나 "소설은 적당한 길이의 산문으로 된 가공의 이야기다"[2]라 한 것일 터이다.

꾸며낸 이야기인 픽션(fiction)은 현실 이야기(Non-Fiction)와 는 거리를 두고 있다고 보아야 한다. 논픽션인 <南部軍>의 작가 이태는 그 머리말에서 다음과 같이 언급하고 있다.

기록은 소재이지 역사 자체는 아니다. 소재에는 주관이 없다. 소재 는 미화될 수도 비하할 것도 아니다. 의도적으로 분식된 것은 기록이 아니라 창작이다. 나는 작가가 아니라 사실보도를 업으로 하는 기자 였다. 되도록 객관적으로 모든 사실을 기록에 남기고자 노력했다 그

---

1) R. Wellek & A. Warren, *Theory of Literature*(Penguin Books, 1970), p.215.
2) E. M. Faster, *Aspects of the Novel*(London HBJ Book, 1955), p.23.

러나 그 자료들은 이 기록 속에 적은 그대로의 연유로 해서 내 손에서 떠나가버렸다. 나는 언젠가는 그러한 내 체험을 기록으로 남겨야 한다는 '의무감'같은 것을 느끼며 체포된 직후 N 수용소에서 다시 그 작업을 시작했다. 그것은 아래에 적은 몇 가지 이유 때문이었다. 이 회상기에서 대학생이던 한 청년은 말한다 "대장동무는 꼭 살아서 돌아가 주세요. 그리고 역사의 수레바퀴에 깔려 죽어간 우리들의 삶을 기록해 주세요." 그 목소리는 언제나 생생하게 내 귓전에 남아 나를 재촉했다. N 수용소에서 나는 보다 진실한 내 나름대로의 시각에서 사실에 접근하고자 간신히 손에 넣은 몽당연필을 들고 나 자신의 체험을 자세히 메모하는 한편 산중에서의 기억을 더듬으며 이 사람 저 사람에게 들은 얘기를 화선지 휴지조각에 메모했다. 이 회상기에 나오는 나 이외의 개인적인 기술은 대부분 이 때 인터뷰한 얘기들이다.

이태의 말대로 논픽션에는 주관이 없어야 하고 미화될 수도 비하할 것도 없는 기록성 그 자체만 있을 뿐이다. 의도적으로 분식된 것은 기록이 아니라 창작이라고 보고 있다. 그럼에도 불구하고 <남부군>은 재미와 소설적 긴장을 동반하고 있다. 한 대목을 읽어보자.

　　모스크바를 패퇴하는 나폴레옹의 군대를 연상케 하는 그 처참한 행렬을 보고 서 있는 내 앞으로 간호병 하나가 행렬을 헤치고 달려왔다. 백인숙이 어느새 짤막한 카키색 치마에 다색 베레모를 쓴 간호병으로 둔갑해 있었다.
　　"아니, 백 동무, 무주로 공작나간다고 하더니?....."
　　"글쎄 오늘 아침 급히 소환돼 와서 임시 간호병이 되잖았어요. 지금 대전으로 가는 길인데 그렇잖아도 한번 뵙구 싶어서 잠간 허가를 얻어 풍남동엘 뛰어가 봤더니 빈집이구....."

"어제 이사를 했어, 오목대로. 무주에 있는 줄 알았으니 알릴 도리도 없었고."

"할 수 없이 그냥 떠나 오면서도 마음이 언짢았는데 어쩌무...."

그녀는 상기된 얼굴로 울상을 지어보였다.

"그동안 신세 많이 졌구먼. 나도 떠나기 전에 한 번 만나보구 싶었어."

"전쟁이 끝나거든 우리 서울서 다시 만나요. 통신사를 찾아가면 연락이 되겠지요? 그게 언제가 되든 전쟁이....."

"서울? 서울은 벌써....."

"그건 일시적이예요. 인민의 군대는 지지 않아요."

"서로 무사하기만 하면 또 만날 수 있을 꺼야. 몸성히 있어요."

"동무두요. 우리 죽지 말고 살아요. 꼭이요."

그 사이에도 부상병의 대열은 자꾸만 움직여 갔다.

"그럼 안녕."

"안녕...."

백인숙은 어둠 속으로 제 위치를 찾아 뛰어갔다.

그 행군대열이 금산 배고개를 넘어 대전에 닿으려면 이틀은 걸렸을 것이다. 그때는 이미 대전은 연합군 수중에 있었으니 적 중을 찾아 들어간 이 행렬과 백인숙은 그후 어찌 되었을까?

인민군의 후퇴 행렬에서 작가와 백인숙이 만나는 극적인 장면이다. 대화와 상황의 긴박감이 곧이곧대로 소설의 한 장면을 연상시킨다. 아무리 기록이라 하더라도 대 현실적 태도나 문체, 그리고 상황에 반응하는 정서가 픽션에 익어있는 작가일 경우 소재는 그 전반적인 배경에 의해 굴절되기 마련이다. 말하자면 소설적 기록, 창작적 기록이 되고 말 것이다.

꾸며낸 이야기(Fiction)는 현실의 사건들을 재배치하거나 인과관계에 맞추기 위해 사건들을 만들어 넣어서 이루어진다. 김정한의 <사밧재>는 사건 중심으로 나누면 아래와 같이 된다.

① 송노인은 병든 누나를 방문하기 위해 뱀술과 수수엿을 만들어 길을 떠난다.
② 버스안에서 순사와 학도병 일행에게 뱀술을 빼앗긴다.
③ 송노인이 차 고장이 난 사이 버스에서 내리고 그 버스를 뒤에서 민 승객들은 살고 순사와 학도병 일행은 변을 당한다.
④ 송노인 누나의 손자 상덕이 학도병 징용을 피해 왔다가 독립군에 들기 위해 압록강을 건넌다.

작가 김정한이 위의 4사건을 직접 겪은 대로 적어 놓았다고 보면 안된다. 설령 다 겪은 것이라 하더라도 시간 순서를 바꾸었을 것이다. 남의 체험을 듣고 또 그 이야기 속에 주제를 담기 위해 전혀 별개의 사건을 도입했을 수도 있고 작가 스스로 만들어 넣었을 부분도 있다고 보아야 한다. 절대 현실에서 겪은 대로, 현실에서 일어났던 그 내용대로 옮겨 놓았다고 보면 안된다.

현실의 이야기는 산만하다. 전혀 우연으로 일어나는 사건의 연속이다. 오늘 아침 어느 신문 사회면을 보면 기사제목이 다음과 같이 나와 있다.

· 봉암 해안로 개통 해법 없나
· 보험 설계사 실종 3일만에 변사체로 발견

110

· 어선 침몰 화물선 항해사 영장
· 흡연자 암 발생률 비흡연자의 8배
· 강도 성폭행 대학생 징역 7년
· 임란 조선 – 일 장수 후손 / 6월 서울서 '화해의 만남'
· 골프장에 2인조 복면 강도
· 진주 택시강도 범인은 형제
· 교통사고 후 고민 택시 운전사 자살

위 기사를 보면 연쇄적으로 일어났거나 원인과 결과로 드러난 것이 전혀 없다. 봉암 해안로 개통과 보험 설계사 실종이 아무런 연관이 없고 어선 침몰과 암 발생률도 아무런 관계가 없다. 이렇게 현실의 사건들은 무연의 극치로 일어나고 있는 셈이다. 작가는 현실에서 취재할 때 반드시 재배열, 재구성, 재질서화가 반드시 필요한 것이다. 이른바 허구(Fiction)화가 필요하다는 말이다.

실감나는 이야기

이야기로 말하는 글예술은 반드시 실제로 있는 것처럼 전개되어야 한다. 리얼리티가 있어야 된다는 말이다. 이때 실감은 사실성(실제성·事實性·actuality)이 아니라 작품 내적인 데서 생겨나는 것을 말한다. 참으로 그 인물이 하는 행동이 그럴싸한 것인가, 그러한 사건은 일어날 만한 것인가가 중요하다.

가령 한 작가가 소설 속의 한 장면을 설정할 때 주인공 A가 1999년 1월 13일 지리산 달궁의 한 민박집에서 장총을 든 인민군이 나오게 하고 이어 따발총을 든 인민군이 그 앞에 나타나 위협 발사를 하게 한다면 독자는 실감을 갖지 못하게 될 것이 아닌가 한다. 1999년 1월이라는 현재에 지리산에 인민군이 그냥 등장할 수가 없다. 남북이 대치하고 있는 현실이라 하더라도 치안질서가 제대로 잡혀 있는 후방 깊숙한 지역에 느닷없이 인민군이 나타나게 한다면 독자는 실감하기는커녕 싱거운 웃음을 짓게 될 것이다.

소설의 배경도 실감의 한 측면을 담당하게 됨을 지나쳐 볼 수 없다. 1950년대라는 시대적 배경을 세워 놓고 진주시 평거동 아파트 밀집 지구에 한 가게가 있었다고 부연한다면 도저히 실감으로 이어질 수가 없게 된다. 진주시 평거동 아파트 단지는 최근 1990년대 후반에 조성된 것이어서 1950년대는 꿈도 꿀 수 없었던 터였기 때문이다. 소설의 실감은 논리에 맞는 것(logic)에서 온다. 브룩스와 워렌은 『소설의 이해』에서 '로직'으로 인해 전체적인 작품의 통일을 이룬다고 했다. 그리고 '로직'은 소설의 사건 전개나 성격 설정에 있어 원인과 결과에 의해 전개되는 불가피성임을 강조했다. 오늘 아침 신문에 다음 두 개의 기사가 실렸다고 가정해 보자.

① 노실자 양이 밀양 아랑각 근처에서 남천강에 투신하여 죽었다.
② 결혼, 최소월 씨의 맏아들 희용 군과 강지용 씨 다섯째 딸 월아 양 = 10월 7일 오후 1시, 귀빈예식장 2층

이 두 기사는 전혀 별개로 일어난 일을 그냥 한 자리에 놓아 본 것이다. 작가는 이 두 사실을 재배열하여 하나는 원인이 되게 하고 하나는 결과가 되게 해 볼 수 있다. 즉 ②를 원인으로 하여 ①이 되게 해 볼 수 있다. 장소와 인물의 행동을 연쇄적으로 결합시키기 위해 각색해 보면 아래와 같다.

· 노실자 양과 최희용 군은 꽃이 필 때 사랑을 시작하여 결혼까지 약속하는 사이가 되었다. 그런데 어느날 최희용 군에게 지방 토호의 무남독녀 강월아 양이 나타났다. 드디어 최군과 강양은 상기와 같은 시간과 예식장에서 결혼식을 올리게 되었다.

· 최군이 없는 노실자 양의 삶은 아무런 의미가 없어서 노양은 웨딩마치가 울리는 그 시간에 서장대에서 고수부지 옆 남강을 굽어보며 투신을 하게 된 것이다.

아무런 연관이 없는 두 개의 사실을 하나의 이야기로 묶어놓고 보니 제법 그럴듯해졌다. 그러나 '제법 그럴듯해'졌지만 아, 참, 안 됐구나 할 정도의 **흡**인력은 아직 생겨나지 않았다. 최군이 느닷없이 강양을 선택했으니 독자를 어리벙벙하게 만들었고 전후 설명이 없는 노양의 투신자살은 필연적으로 죽을 수밖에 없었던 것인가 하고 의아해 하도록 만들었기 때문이다.

작품 속에서 복선은 다음에 올 내용이 다음에 와도 어색하지 않도록 길 닦는 것이라 보면 좋을 것이다. 작가들은 그 길닦기를 잘하는 사람인 셈이다. 신경숙의 <풍금이 있던 자리>3)에서 복선이 될 만한 부분을 인용하면 아래와 같다.

① 마을로 들어오는 길은, 막 봄이 와서,
여기저기 참아름다웠습니다. 산은 푸르고… 푸름 사이로 분홍 진달래가 …그 사이… 또… 때때로 노랑 물감을 뭉개놓은 듯, 개나리가 막 섞여서는… 환하디환했습니다. 그런 경치를 자주 보게 돼서 기분이 좋아졌다가도 곧 처연해지곤 했어요. 아름다운 걸 보면 늘 슬프다고 하시더니 당신의 그 기운이 제게 뻗쳤던가 봅니다. 연푸른 봄산에 마른 버짐처럼 퍼진 산벚꽃을 보고 곧 화장이 얼룩덜룩해졌으니.

② 저는, 집으로 바로 들어가질 못하고, 송두리째 텅 빈 것 같은 마을을 한바퀴 돌고도… 또 들어가질 못하고… 서성대다가 시끄러운 새소리를 들었어요. 미루나무를 올려다보니 부부일까? 두 마리의 까치가, 참으로 부지런히 둥지를… 둥지를 틀고 있었어요. 오래 바라보았습니다. 둘이 서로 번갈아가며 부지런히 나뭇잎이며 가지들을 물어나

---

3) 신경숙, 『풍금이 있던 자리』(1993, 문학과 지성사) pp.11-43.

르는 것을.

③ 기차에서 내려 제가 맨 먼저 한 일은 역구내 수돗가에서 손을 씻었던 일입니다. 십오륙 년 전에, 여학교를 졸업하고 이 고장을 떠나면서도 나는 그 수돗가에서 손을 씻었었습니다. 그 이후로 이 고장에 내려오거나 다시 이 고장을 떠날 때마다 저는 이 수돗가에서 손을 씻었습니다.

④ 글쎄, 그건 단순히 이루어진 습관이었을까요? 그날, 그 수돗가에 손목시계를 벗어두고 온 것을 집에 돌아와서야 알았습니다 그 노란 시계는 당신이 주신 것이었지요. 제 팔목에 매달려, 햇살을 받을 때마다 반짝 윤이 나던, 시침과 분침 초침을 밝게 비추던 유리알에 당신의 이니셜이 새겨진.

⑤ 집에 돌아왔을 때, 아버진 마루에 앉아계셨습니다. 당신의 팔을 붙들고 황급히 도망치듯 집을 나섰던 저를 보고 짐작하신 게 있으신지 저를 바라보는 표정이 말할 수 없이 일그러져 계셨어요. 무슨 말씀이든 다 들으려고 아버지 곁에 엉덩일 붙이고 앉았으나, 얼마 후에야 아버진 그냥 방으로 들어가시며 힘없이 중얼거리시더군요. 그놈 그 수송아지가 눈뜬 봉사여.

⑥ 제 기억 속의 점촌댁은 울면서 줄넘기를 하고 있습니다. 저는 어머니께 그 할머니가 돌아가셨다는 말씀을 듣기 전까지는 그분이 아직 살아계신 것도 모르고 있었습니다. 점촌댁, 점촌 할머니댁은 이 마을 끝에 있습니다. 어머니를 따라 자주 그댁에 밤마실을 갔었어요. 그때, 점촌댁은 다리를 절름대며 줄넘기를 하고 계셨어요.

⑦ 그 여자는 무슨 까닭인지 틈만 나면 칫솔질을 했어요. 밥먹은 후

에 하는 것은 당연한 일이고, 큰 오빠가 방문을 꽉 잠그고 나오지 않을 때도, 큰 오빠의 사주를 받은 둘째 오빠가 아줌마, 술집에서 왔지? 라고 말했을 때도, 그때 국민학교에 막들어간 셋째 오빠가 한밤중에 엄마 내놓으라고 발뻗고 숨넘어갈 듯이 울어제낄 때… 그 여자는 칫솔에 흰 치약을 많이 묻혀 오랫동안 칫솔질을 했습니다. 역시 큰 오빠의 사주를 받는 제가 뒤따라다니며, 그 여자의 등에 업힌 어린애를 꼬집어 울릴 때도 말이에요. 어느 날 그 여자는 빨랫줄에 방금 물에서 막 헹궈낸 천 기저귀를 널다말고 칫솔에 치약을 묻혔어요. 저는 그때 마루에 걸터앉아 물끄러미 그 여자를 바라보고 있었습니다. 그러다가 문득 저도 그 여자처럼 이를 닦아보고 싶어졌어요. 칫솔통에서 제 칫솔을 꺼내 저도 치약을 묻혔죠. 저는 그때껏 그 여자가 칫솔질만 하고 있는 줄 알았는데, 아니었어요. 그 여자는 울고 있더군요. 벌써 그때 눈이 시뻘개져 있었어요.

<풍금이 있던 자리>는 주인공이 사랑하는 남자에게 보내는 편지 형식의 소설이다. 아내가 있는 남자를 사랑하여 외국으로 나가서 살 약속을 해 놓고 잠시 고향에 들른 주인공은 그 약속을 깰 수밖에 없는 사정을 편지 형식으로 남자에게 술회해나가는, 섬세한 정서를 드러내는 소설이다. 따옴대목은 7개인데 모두 다음에 올 일들을 예고하는 복선의 역할을 하고 있다.

①은 두 사람 사이의 관계가 아름답지만 슬픈 것임을 예고해 주고 있다. ②는 부부 사이 금실과 관계되는 이야기임을 암시해 주고 있으며 ③은 이별을 할 수밖에 없는 처지임을 속뜻으로 담고 있다. ④에서 시계를 벗어 두고 왔음은 약속을 지키지 않는다는 암시의 표현이고 ⑤에서는 남자가 당달봉사와 같은 처지에 놓여 있음을 드

러내 준다. ⑥은 바람피우는 사람의 이야기를 은연중 드러내고 있으며 ⑦은 결국 부조리한 현실을 떠날 것이라는 점을 예고해 주고 있다.

작가는 복선을 통해 얄미울 정도로 철저히 인과관계를 설정해 놓고 있다. 그래서 일어나는 일들은 피할 수 없는 것임을 인정하게 해 준다. 그러나 실감은 지나친 계산이나 복선으로 하여 장애를 받을 수도 있다는 점을 지적해 둔다. <풍금이 있던 자리>도 그 우려에서 자유로울 수 없음은 물론이다.

이야기 글예술의 요소

소설의 이야기는 독창적인 줄거리와 단층의 연속체를 보여준 다. 그러기 때문에 어떤 요소가 그 안에 들어 있는지를 말 하는 일은 결코 쉬운 것이 아니다. 여기서는 흔히들 개념적 요소로 일컬어지는 짜임(플롯), 인물, 배경, 주제 등을 살펴볼까 한다.

소설을 재미있게 읽는 데 익숙한 사람일수록 그런 요소들이 별로 소설이해에 도움이 되지 않는다고 말한다. 짜임을 심각하게 살피지 않더라도 이야기는 진지하게 가슴과 머리를 사로잡으며 흘러가고, 인물의 유형을 몰라도 인물의 행동이 주는 의미는 삶의 복판을 아 로새겨 주며, 배경과 주제의 원리를 의식하지 않아도 이야기의 빛 깔과 내음, 그 의미가 주는 깊이를 자연스레 얻어낼 수 있기 때문이 다. 그렇더라도 소설이 갖는 대개의 패턴은 있을 수 있는 것인 만큼 소략하게나마 살펴 나갈까 한다.

1. 짜임

이야기로 말하는 글예술도 글예술인 만큼 짜임(plot)이 있게 마 련이다. 마냥 이야기를 늘여내는 것도 아니고 줄거리식으로 줄여버릴 수도 없는, 적정한 길이의 구조를 갖는 것이 소설이다. 건축에서의 설계에 해당되는데 브룩스와 워렌은 소설 속에서의 '행위의 틀'이라고 했다. 이 틀은 인과관계로 찌여지게 됨으로써 더 늘일 수도 더 줄일 수도 없는 완결된 유기체의 형태를 갖게 된다.

지금까지 대체로 집약된 짜임의 단계는 '발단 → 갈등(분규) → 절정 → 대단원'의 4단계이다. 시작, 중간, 끝이 보다 세분된 것으로 보면 된다. 발단은 시작이고 갈등·절정은 중간이요 대단원은 끝이 된다.

발단은 이야기의 실마리를 푸는 부분이 되고 갈등은 긴장이 만들어지고 사건이 진전되어 가는 핵심 부분이 된다. 절정은 갈등이 가장 고조되는 부분이고 대단원은 주인공의 운명이 뚜렷해지고 모든 일들이 해결되는 부분이 된다. 그러나 모든 소설이 이러한 단계를 밟아 가는 것은 아니다. 리얼리즘이나 고전적인 소설들은 짜임의 단계 안에 들어오지만 심리주의 소설을 비롯한 실험성이 강한 작품들은 정직하게 이런 단계를 밟는다고 볼 수가 없다.

김동인의 <감자>를 4단계로 집약하면 아래와 같다.

·주인공 복녀는 열 다섯 살 나는 해에 이십년 연상인 홀아비에게 80원에 팔려 시집이라는 것을 갔다. ―발단

·빈민굴에 살면서 기자묘 솔밭에서 송충이잡이 인부가 되어 감독에게 몸을 판다. ―갈등

·그녀는 왕서방네 고구마밭에서 도둑질을 하다가 들키게 되고 왕서방에게 몸을 허락하며, 왕서방이 새색시를 데려오는 날 낫을

들고 범했으나 오히려 왕서방에게 죽임을 당한다-절정

· 왕서방과 그녀의 남편, 그리고 한의사는 흥정이 끝나고 그녀는 뇌일혈로 사망한 것으로 되어 공동묘지에 묻힌다-대단원

2. 인물

이야기로 말하는 글예술에서 작중인물은 가장 중요한 요소가 된다. 인물을 영어로는 Character 곧 성격으로 말하기도 한다. 근대에 들어 서구의 소설은 인간 해방문제가 최대의 관심사였으므로 작중인물의 성격 창조가 매우 중요했다. 그래서 인물의 문제는 곧 성격의 문제가 되었던 것이다.

소설에서 주인공의 성격이 제대로 창조되었는가 하는 것은 곧 소설 이야기의 리얼리티가 세워졌는가 하는 문제로 이어진다. 작가가 실제 있었던 인물처럼 성격을 창조할 수 없다면 이야기를 만들어 갈 능력이 없다고 보아야 한다. 작가는 온당한 성격을 소설 속에 등장시키기 위해 항상성(consistency), 복합성(complexity), 개별성(individuality)에 입각하여 인물을 창조해야 한다.[4] 그래야만 이야기의 실감을 획득해 낼 수 있기 때문이다.

항상성이란 기본적으로 갖고 있는 성질을 말한다. 어떤 사람이 천성적으로 너그럽다면 '너그러운 성질'이 항상성이 된다. 과격하다면 과격한 것이 항상성이다. 은행원이라면 늘 말끔한 모습을 보이며 말씨도 공손할 것이 뻔하다. 그 뻔한 것이 항상성이 된다. 성격

---

4) 김동리외, 『문예창작법신강』(1980, 장학출판사) pp.153-157.

의 항상성이 인물에게 없다면 그 인물이 자아내는 이야기는 신뢰를 얻지 못하게 된다. 이병주 소설 <마술사>의 경우 주인공 송인규는 일제 하도병 까쓰야미 일등병으로 미얀마에 포진되는데, 인도의 마술사요 독립운동가인 크란파니의 나라 사랑하는 마음에 감화를 받아 병영을 탈출한다. 크란파니와 함께 그는 미얀마의 북부 산간 지대에 있는 크란파니의 집에 숨어들어 나라를 되찾는 일에 나서기 위한 일념으로 마술을 배우게 된다. 나라를 위한 충정으로 끓는다는 점에서 크란파니와 그는 다를 바가 없다. 나라를 잃은 국민이 나라를 되찾겠다는 뜻을 품거나 그 뜻을 펴기 위해 초지일관 실천에 임하는 것은 인물의 항상성에 해당되는 성질의 것이다. 만약 <마술사>에서 인물의 조국애라는 항상성이 없다면 일제치하와 일본군 병영에서의 생활이 시대적인 의미를 얻지 못하게 될 것이다.

인물의 복합성은 항상성에 기반을 두고 사건의 진전을 통해 변이되는 가운데 자리잡는 성격을 말한다. <마술사>의 송인규는 크란파니와 더불어 갖는 조국애와 순정, 그리고 의리를 소중히 여기는 인물이었지만 마술사로 성장함에 따라 의리를 저버리는 인간으로 변모한다. 인물의 복합성은 이런 과정을 통해 창조된다. 김동인의 <감자>에서 복녀는 항상성에서 복합성으로 변이되는 성격으로 창조되어져 있음을 본다.

복녀는 원래 가난은 하나마 정직한 농가에서, 규칙있게 자라난 처녀였었다. 이전 선비의 엄한 규율은, 농민으로 떨어지자부터 없어졌다하나, 그러나 어딘지는 모르지만 딴 농민보다는 좀 똑똑하고 엄한 가율이 그의 집에 그냥 남아 있었다. 그 가운데서 자라난 복녀는 물론 다른 집 처녀들같이 여름에는 벌거벗고 개울에서 멱감고, 바짓바람으로 동네를 돌아 다니는 짓을 예사로 알기는 알았지만, 그러나 그의 마음 속에는 막연하나마 도덕이라는 것에 대한 기품을 가지고 있었다.

<감자>의 발단 부분인데 복녀가 도덕성을 갖춘 집안에서 교육을 받고 자랐음을 말해 주고 있다. 바탕이 착하고 바른 기질의 항상성을 지니고 있다는 이야기다. 그러나 복녀는 남편의 게으름에다 빈궁이 겹쳐 항상성을 지니고 살기가 어렵게 된다. 평양부가 실시하는 기자묘 솔밭 송충이잡이에 나가게 되고 거기에서 감독에게 몸을 허락하여 쉽게 돈 버는 길에 들어선다. 급기야는 왕서방네 고구마밭에서 고구마를 캐다가 들켜 왕서방에게 쉽게 몸을 내어준다. 사건의 진전에 따라 거기에 맞는 변이된 복합성의 인물로 창조되고 있음을 본다.

개별성은 인물이 갖는 개성을 의미한다. 개성이 있음으로 이야기를 갈등의 굽이로 밀고 들어갈 수가 있다. 개성이 없으면 이야기는 멈추어 선 채로 움직이지를 않을 것이다. 나도향의 <벙어리 삼룡이>에서 삼대독자 아들과 벙어리 삼룡이가 갖는 각각의 개성이 독특하게 드러나 있다. 삼대독자 아들은 버릇이 없고 어리광을 부리며 잔인포악하고 미숙한 사람이다. 반대로 벙어리는 주인 아들을 상전으로 깍듯이 대하려는 태도를 버리지 않으려 애를 쓴다.

　　그 아들은 더구나 벙어리를 사람으로 알지도 않는다. 말 못하는 벙어리라고 오고 가며 주먹으로 허구리를 지르기도 하고 발길로 엉덩이도 찬다. 그러면 그 벙어리는 어린 것이 철없이 그러는 것이 도리어 귀엽기도 하고 또는 그 힘 없는 팔과 힘없는 다리로 자기의 무쇠같은 몸을 건드리는 것이 우습기도 하고 앙징하기도 하여 돌아서서 방그레 웃으면서 툭툭 털고 다른 곳으로 몸을 피해 버린다. 어떤 때는 낮잠 자는 벙어리 입에다가 똥을 먹인 때도 있었다. 또 어떤 때는 자는 벙어리 두 팔 두 다리를 살며시 동여 매고 손가락과 발가락에 화승불을 놓아 질겁을 하고 일어나다가 발버둥질을 하고 죽으려는 사람처럼 괴로워하는 것을 보고 기뻐하였다.

주인 아들의 미숙한 행동과 삼룡이의 마조히스트스런 태도가 잘 드러나 있다. 삼룡이는 이후 자의식이 생겨남으로써 저항의 태도를 보이지만 주인 아들의 그 미숙한 행동은 조금도 변함없이 이어지게 된다. 주인 아들의 잔인성은 개성으로 부각되어 삼룡이와의 갈등의 고리가 되고 있다.

현진건의 <B사감과 러브레타>에서도 B사감에 대한 개성 창조의 작가 솜씨가 결말 부분에서 잘 드러나 있음을 본다. B사감은 노처녀의 전형이면서 동시에 그 자신의 뚜렷한 개성을 지닌 인물로 올려져 있다. 이야기 글예술에서 이렇게 인물의 개성이 두드러지지 않는다면 실감을 제대로 살려 낼 수가 없을 것이다.

3. 배경

사건은 시간과 공간 속에서 일어난다. 그러므로 소설의 배경은 시간적인 것과 공간적인 것으로 대별될 수 있다. 이 양자는 따로 떨어져서 존재하는 것이 아니라 하나의 이야기 안에서 하나로 결합되어 있다. <마술사>의 시간 배경은 1940년대이고 공간배경은 미얀마 일대가 중심이다. 1940년대라는 시대 상황과 미얀마라는 공간은 일본 군국주의의 침탈 행위 안에서 결합되어 있다.

배경은 인물의 성격을 부각시키는 장치로서 최적한 기능을 드러내는 것이 바람직하다. 배경과 이야기 전개가 무관하거나 인물의 성격을 빚어내는데 배경이 아무런 역할을 하지 않는다면 작가의 배경 설정은 실패한 것이 된다.

① 전라도 보성읍 밖의 한 한적한 길목 주막. 왼쪽으로는 멀리 읍내 마을들을 내려다보면서 오른쪽으로는 해묵은 묘지들이 길가까지 바싹바싹 다가앉은 가파른 공동묘지—그 공동 묘지사이를 뚫어 나가고 있는 한적한 고갯길목을 인근 사람들은 흔히 소릿재라 말하였다. 그리고 그 소릿재 공동 묘지 길의 초입께에 조개 껍질을 엎어 놓은 듯 뿌연 먼지를 뒤집어 쓰고 들앉아 있는 한 작은 초가 주막을 사람들은 또 너나없이 소릿재 주막이라 말하였다. 곡성과 상여 소리가 자주 지나는 묘지길이니 소릿재라 부를 만했고, 소릿재 초입을 지키고 있으니 소릿재 주막이라 이를 만했다. 내력을 모르는 사람들은 아마 그쯤 짐작을 하고 지나칠 수도 있었으리라. 하지만 이 소릿재와 소릿재 주막에는 또 다른 내력이 있었다. 귀가 밝은 읍내사람들은 대개 다 그것을 알고 있었다. 보성 고을 사람이 아니더라도 어쩌면 이 소릿재 주막에 발길이 닿아 하룻밤쯤 술손 노릇을 하고 나면 그것을 쉬 알 수 있었다.

② 1920년대의 어느 해 초여름 한낮이 조금 지난 무렵의 일이다. 두만강이 굽어 보는 만주(두만강 건너편의 중국땅)쪽, 강에 바싹 다가선 벼랑에 독립군 두 사람이 풀숲에 몸을 숨기고 건너편 조국의 강산을 바라보고 있었다.

머리 수건에 감발을 치고 망태기를 짊어진 차림새는 농군부자가 길을 가는 형색이었다. 엎드린 채 오른손에 거머쥔 장총만 아니라면 둘 중의 한쪽은 아주 어려 보인다.

열대여 살쯤, 땀과 먼지에 절어 누르티티한 머리수건 밑에 까맣게 탄 이마를 밀어올리듯이 한껏 벌어진 눈자위 속에 초롱초롱한 눈빛으로 보면 그쯤도 채 못되었을지도 모르겠다. 나이 많은 쪽이 망원경을 꺼내 눈에 대었다. 망원경이 아니더라도 그들이 아까 고개를 쳐들어 첫눈에 알아본 강 건너 광경은 너무 뚜렷하였다.

그 쪽은 훨씬 멀리에 산맥이 바라보이는 꽤 넓은 벌판이었다. 여기 저기 낮은 야산이 산재한 벌판은 강에 가까운 쪽이 조며 옥수수 같은 잡곡밭이고, 좀 멀리 부드러운 논배미가 바라보였다. 야산을 한쪽으로 끼고 보통 농가 두엇을 잇대놓을 만한 학교가 있는데 지금 운동회가 열리고 있는 것이었다. 추녀 끝에 이어놓은 만국기가 울긋불긋한데, 운동장에서 꼬마들이 이리 저리 움직이고 있다. 구경꾼이 하나도 없다. 그러니 운동회를 앞두고 연습을 하는 모양이다. 그런데 학교에서 백미터쯤 떨어져 천막이 하나 쳐졌는데 그 앞에 야전에서 하는 식으로 총을 걸어 세워놓고 왜병들이 휴식을 하고 있는 것이다. 일개분대 쯤 되어 보인다.

그들이 처음에 벼랑 이쪽을 기어올라 가서 살며시 고개를 쳐들었다가 불에 당은 듯 고개를 풀숲에 묻어 버린 것은 이때문이었다.

①은 이청준의 <서편제>서두의 배경 관련 대목이다. 소릿재 공동묘지 길 초입께에 조개껍질처럼 엎드려 있는 주막집이 등장하는데 공동묘지와 소릿재가 자아내는 분위기가 어떤 공포감에 닿아 있으면서 삶과 죽음이 이루어내는 한과 적막이 그 위에 포개지고 있다. 이는 인간들의 한과 그 한이 자연을 통해 수용되는, 인간과 자연의 교통을 보여주는 이 소설의 맥에 연결되고 있음이 주목된다.

또한 주인공 소리꾼과 이복 오누이의 한과 행적에 어떤 시사점을 환기시켜 주고 있다는 점에서 배경이 인물의 리얼리티를 살려내고 있음이 확인된다. ②는 최인훈의 <달과 소년병>의 배경이 나오는 대목이다. 1920년대 나라 잃은 시대에 두만강을 두고 만주쪽에는 독립군 두 사람이 강 건너편을 망원경으로 탐색하고 있고 벌판이 있는 강 건너편에는 학교와 왜병들의 천막이 보이고 운동장에는 운동회 연습이 한창이다. 이 배경은 독립군의 일원으로 있는 소년병의 활동공간이다. 1920년대라는 시대 상황에다 소년병의 동심을 부추기는 건너편 학교의 운동회 연습이 맞물려 내는 분위기는 인물과 배경의 밀착된 전형을 보여주고 있다. 인물의 성격이나 행위를 구체적으로 형상화하는 객관적 등가물로서[5] 배경이 역할을 하고 있음을 본다. 이에 반해 고전소설의 많은 것들은 배경이 줄거리에 이바지 하거나 성격창조에 이어지는 것이 아니라 막연한 상황으로 제시되고 있음을 확인할 수 있다.

① 심봉사는 부인을 매장하고 공산야월에 혼자 두고, 허둥지둥 돌아오니, 부엌은 적막하고 방은 텅 비었는데 향내 그저 피어있다 휑덩 그런 빈 방 안에 벗없이 혼자 앉아,

② 문전에 드리워진 버들 어류춘색 자랑하고, 담안에 기화요초, 중향성 열어 놓은 듯 중문 안을 들어서니 당우가 웅장하고 장식도 화려하다.

따옴 두 대목은 <심청전>의 배경 묘사 대목이다. ①은 심봉사가

---

5) 문덕수 · 김시태, 『문학개론』(1981, 시문학사) p.134.

심청의 어머니를 장사지내고 돌아온 뒤의 집안 분위기를 보여주는 배경이다. 개괄적으로 그려져 있을 뿐 구체적인 집안 분위기를 보여주고 있지 못함을 알 수 있다. '적막하다'나 '텅비었다'는 배경의 대략적인 경개이지 인물의 심리나 공간의 구체적인 장치에 이어지지 않는 것이다. ②는 무릉촌 장승상 부인이 심청의 소문을 듣고 만나기를 청하자 심청이 시비를 따라 승상댁 문전에 당도했을 때 눈앞에 다가온 전경이다. '자랑하고' '웅장하고' '화려하다'는 배경 그 자체가 아니고 배경을 접하여 생겨난 감정에 기울어져 있는 표현이다. 감정은 요지부동으로 상황이나 인물에 연결되는 것이 아니다. 이른바 객관적 등가물이 아니라는 말이다. 흔히 이러한 배경을 중성적 배경(中性的, neutral setting)이라 하기도 한다.

4. 주제

어떤 갈래의 작품이든 작품은 작가의 할 말이 형상화된 것이다. 이야기로 풀어서 말하는 그 속사정은 더군다나 사연의 깊이가 깊다고 보지 않을 수 없다. 이야기 글예술이 길게 전개되지만 그 속에 담긴 할 말은 결코 긴 것이 아니다. 긴 이야기에 짧은 할 말, 그것이 곧 주제이다. 요점이며 의미라고 보면 된다.

스타인 백의 <지도자들>의 경우 사람의 진정한 만족은 개인을 위주로 사는 것이 아니고 집단 의지와 집단 욕망을 따라 살아가는 것이라는 주제를 지니고 있으며, 에밀리 브론테의 <폭풍의 언덕>의 경우 증오와 복수가 주제이고 김동리의 <무녀도>의 경우 민속적 신앙의 세계에다 서구의 새로운 신앙을 대결시켜 그 토속신의 참패를 드러냄이6) 주제이다. 이러한 주제는 창작과정으로 볼 때 동기가 구체화된 것임을 알 수 있다. 동기 없는 창작이 없다고 본다면 작가의 입장에서는 동기가 매우 소중한 출발점이 된다. 김동리는 <황토기>의 동기를 다음과 같이 말한 바 있다.

> 내가 경상남도 사천군 다솔사에 묵고 있을 때다. 절을 에워싸고 있는 수풀이 신록으로 파랗게 물들어 올 무렵이었다. 법당앞 들에는 햇볕이 쨍하게 밝아 있고, 뒷결 불당에서는 목탁소리가 졸리웁게 들려오는 어느 오전이었다. 나와 만허선사는 석란대에서 한담을 하고 있었다. 그때 만허선사는 문득 다음과 같은 이야기를 했다. ─옛날 어느 산골짜기에 늙은 두 장사가 살고 있었다. 그들은 둘이 다 보통 사람과는 비교할 수도 없는 힘을 가지고 있었다. 그런데 그들은 하는 일 없이 서로 싸우기를 잘했다. 왜 싸우는지는 아무도 몰랐다고 한다. 그렇게 그들은 까닭 모를 싸움질을 하다가 그대로 늙어 죽었다.7)

김동리는 이 이야기를 듣고 어떤 충격을 받았다. 이 충격이 동기가 되어 구체화 과정을 밟게 되는데 '①억울한 인생 ②불우한 운명 ③절망적인 고독'이라는 구체화의 윤곽을 이끌어내었다. 이것이 주제로 잡혀 이야기의 옷을 입혀 나가게 되니 소설 <황토기>가 된 것이다. 물론 만허선사의 이야기에서 김동리가 충격을 받게 된 데는 그럴 만한 내적 조건이 있었던 것임을 알아야 한다. 단순히 처음 들은 그 이야기에서 강렬한 인상을 받을 수도 있겠지만 그에게는

---

6) 박철희, 앞책, p.261.
7) 김동리 외, 앞책, p.25.

장사와 관련된 김해 송노인 이야기와 초립동이 이야기가 내면에 축
적되어 있었던 것이다. 막연히 신비스런 것으로 잠재해 있었던 두
개의 이야기가 새로운 이야기를 만나 송곳 끝처럼 솟아 김동리의
가슴을 찔렀던 것이리라.

문순태는 <무서운 거지>를 쓰게 된 동기와 그 구체화에 대해 다
음과 같이 기술한 바 있다.[8]

내가 70년대 후반 신문사 정치부장을 맡고 있던 때였다. 어느날 출
근을 하려고 대문을 나서는데 웬 초라하고 헐렁한 남자가 우리집 문
밖에 서 있었다. 나는 거지가 구걸을 하러 왔겠거니 생각하면서 긴 골
목을 빠져 나가다가 골목 끄트머리에서 휙 뒤를 돌아다 보았다. 그러
자 그 이상한 거렁뱅이 남자는 우리집 대문 앞에 서서 나를 쏘아보고
있는 것이 아닌가. 나는 쏘아보는 그 눈초리가 이상하게 느껴졌다. 그
리고 그날 하루 왠지 불안했다. 거지 같기도 하고 거지 같지 않기도
한 그 사내가 어쩌면 우리 집을 염탐하러 왔는지 모른다는 생각이 들
기도 했다. 그 시절에는 지식인이라면 누구나 자신이 감시받거나 도
청을 당하고 있다고 불안해 하였다. 술이 취한 손님이 현실비판만 해
도 택시 기사가 취객을 파출소에 싣고 가서 고발을 하던 때였다.

다음날 출근하던 길에 나는 다시 그 이상한 거지와 마주치게 되었
다. 한참을 걷다가 뒤를 돌아보자 그 역시 걸음을 멈추고 서서 나를
노려보는 것이 아닌가. 나는 온몸의 피돌기가 멎어버린 것처럼 섬칫
함을 느꼈다. 나는 그 후로도 출근길에 몇 차례 더 그 사내와 마주치
게 되었는데 그때의 내 체험을 바탕으로 <무서운 거지>라는 단편을
쓰게 되었다. 닫힌 사회 안에서 지식인의 불안한 삶을 주제로 드러내

8) 문순태, 『소설창작연습』(1998, 태학사), pp.30−31.

고 싶었다. 이 소설에서 주인공은 늘 자신이 감시받고 도청을 당하고 있다는 불안감 때문에 소화가 안되고 배만 불러오는 급만성 일레우스병에 걸리고 만다. 이 소설에서 그 이상한 거지를 만났을 때, 그리고 나를 쏘아보는 눈초리에서 섬칫함 불안감을 느꼈을 때 이미 그 소재는 주제와 함께 내 머리 속에 소설의 씨앗으로 자리를 잡은 것이다.

이야기로 말하는 글예술에서 이야기 자체보다도 주제를 더 우위에 두기로는 19세기 사실주의 부흥 이후의 일이다. 인간자체, 인간들이 이루는 삶 자체가 중시되면서 전통적인 선악관이 퇴조를 보게된 것이다. 이른바 이상주의가 퇴색되면서 삶 자체의 궤적과 그 개별성이 강조되기 비롯한 것이다. 소설가는 잘 쓰는 문장가로 온존하지 못하고 입담에 힘을 주는 스토리 테일러로 명맥을 유지할 수 없는 시대가 왔다. 그럴수록 소설에서 주제는 보다 구체적인 개별성이 두드러지기 때문에 주제를 파악하는 일에 잘 길들여지지 않으면 안되게 되었다. 문덕수가 지적하는 것처럼 주제는 작품의 전체구조에 들어 맞는 것이라야 하고, 적절한 해석은 작품 속에 들어 있는 어떠한 세부와도 대립하는 것이어선 안되고, 일체 해석은 문맥에 의존하는 것이면서 자율적인 것이라야 한다는 것 등에 대해 유의해야 한다.

논쟁 · 필화

이 야기 글예술은 현실을 소재로 한 것이지만 현실 그 자체가 아니다. 그런데도 작품세계를 현실세계로 오인하여 문제를 일으키는 수가 종종 있다. 이는 분명 잘못된 일이다.

　누룩과 쌀과 물을 배합하여 양조상태를 거치면 술을 만들어내게 된다. 술은 누룩도 아니고 쌀도 아니고 그렇다고 분명 물도 아니다. 맛으로 치면 누룩의 맛도 아니고 쌀맛도 아니고 물맛도 아닌 술맛이라는 독자적인 새로운 맛을 만들어 내게 된다는 것이다. 소설을 현실과 인생의 반영으로 창조된 것이라 하여 '반영'을 단순한 모사라고 이해하면 안된다. 술 만드는 일에 있어서의 '양조'의 의미이며 작품에 있어서의 재구성인 것이다.

　재구성은 산만하고 우연으로 연속되고 있는 현실의 어느 부분을 선택하여 긴밀하게 조직화하는 작업이다 그리하여 현실과는 또 다른 세계를 창조하게 되며 그 작품은 산만하지도 않고 우연으로 이루어지지도 않는 새로운 유기체가 된다.

1. 논쟁

소설을 두고 읽기를 잘못했거나 이론을 잘못 세웠다 하여 비평글로서 논전을 펴는 경우가 있다. 이른바 쟁점을 두고 상대 입장에서 논의를 하게 될 때 논쟁을 벌인다고 말한다. 논쟁은 건전하게 벌이면 비평이 성하게 되고 문학의 발전을 가져오게 된다. 광복 이후 우리나라 문단에서 몇 개의 논쟁이 크게 화제가 되었는데 순서대로 ①『<自由夫人> 시비』(1954), ②『<나무들 비탈에 서다>의 소설작법』(1960), ③『<광장>을 어떻게 평가할 것인가』(1960), ④『<시장과 전장>과 전쟁문학』(1965), ⑤『시정신과 시론』(1964), ⑥『中間小說과 지성적 · 실존성 · 극한의식의 뜻』(1959) ⑦『한국적인 것을 따진다』(1962-1963) ⑧『문학과 사회참여』(1967) ⑨『한국문화의 상황과 자유』(1968) 등을 들 수가 있다.

①은 정비석의 <自由夫人>을 두고 황산덕 교수와 정비석이 벌인 논쟁이고 ②는 황순원의 <나무들 비탈에 서다>를 두고 백철과 황순원이 벌인 논쟁, ③은 최인훈의 <광장>을 두고 백철과 신동한이 벌인 논쟁, ④는 박경리의 <시장과 전장>을 두고 백락청, 유종호, 박경리가 벌인 논쟁. ⑤는 서정주의 신라정신을 두고 김종길과 서정주가 벌인 논쟁, ⑥은 신구세대의 논쟁으로 김동리와 김우종, 김동리와 이어령이 벌인 논쟁, ⑦은 전통론 시비로서 유종호, 백철, 정태용, 장일우가 참가한 논쟁, ⑧은 순수 · 참여 시비로서 김붕구, 임중빈, 선우휘, 이호철, 김현 등이 참여한 논쟁이고 ⑨는 순수 참여의 예각적인 대립으로 이어령과 김수영 간의 논쟁이다.

그중 첫 번째 논쟁인 『<自由夫人> 시비』는 휴전이 이루어진 이듬해인 1954년 1월 1일부터 같은 해 8월 9일까지 서울신문에 연재되었던 <自由夫人>을 두고 황산덕 교수가 『대학신문』에다 <自由夫人 작가에게 드리는 말>을 게재하면서 비롯된 논쟁이다.

<자유부인>의 줄거리는 국어학을 전공하는 장태연 교수의 부인 오선영 여사가 가정생활에 권태를 느끼고 양품점에 나가면서 남편의 제자로부터 춤을 배우고, 한편 장태연 교수는 미군 부대의 타이피스트인 박은미양에게 호감을 갖는다는 것이다.

가정주부들의 댄스바람, 계바람, 치맛바람 등이 한참 말썽을 빚고 성도덕의 퇴폐와 이혼 문제가 부쩍 늘어나는 등의 전후풍조가 휩쓸고 있던 때에 이 소설은 곧장 인기를 모았다. 그러던 차에 이 논쟁이 나옴으로써 더욱 인기를 부채질한 셈이 되었다.

먼저 황산덕 교수가 대학교수를 모욕하는 소설이라고 비판하자 정비석은 『서울신문』에다 황교수의 글이 문학자를 모욕한 것이라는 뜻의 반박문을 썼고 이에 대해 황교수는 첫 번보다 더 격렬한 내용의 반박문을 같은 신문에 발표했다. 그러자 홍순엽 변호사가 작가를 옹호한 글을 『서울신문』에 기고했는데, 이 글은 두 사람 사이의 논쟁에 대한 판정과 같은 성격의 글이었다. 그리고 『대학신문』에는 문학작품의 대중성과 예술성을 따지는 백철의 글이 실렸다. 이 무렵부터 신문소설의 윤리성과 창작의 자유 문제가 논의되기 시작했고, 62년에 한국신문윤리위원회가 결성된 뒤로는 신문 연재 소설은 윤리위원회의 규제를 받게 되었다.

이 논쟁에는 재미있는 에피소드도 곁들여졌다. 그해 4월 1일자 『산업경제』 신문이 사회면의 톱기사로 황교수와 작가 정비석이 어떤 다방에서 만나 격투를 벌이고 정비석은 세브란스병원에 입원했다고 보도했다. 표제 위에 작은 활자로 <만우절특집>이라 표시했었지만 크게 비난을 받았다.9)

---

9) 손세일 편, 『한국논쟁사 II』(1978, 청람문화사), p.3. 참조.

홍순엽 변호사는 황산덕 교수의 두 번째 글을 읽고 <자유부인 작가를 변호함>을 썼는데 다음 대목이 주목되었다.

　나는 아직 <하므렛>의 작가 沙翁이 王室을 모독했다는 말을 듣지 못하였으며 <인형의 집>의 작가 입센이 법률가를 모욕하고 <파우스트>의 작가 괴테가 학자의 권위를 손상시켰다는 질책을 받았다는 말을 과문의 탓인지는 모르지만 아직 듣지 못하였습니다. 학자나 작가를 막론하고 우리 모두의 헌법이 보장하는 후레임워크 안에서 표현의 자유를 갖고 있다는 것은 말할 것조차 없습니다.10)

따옴글에서 홍변호사는 소재의 자유로운 선택에 문제를 제기할 수 없다는 것과 표현의 자유가 보장되어야 한다는 것을 적시했다. 이로써 논쟁의 당사자들이 줄당기기를 하고 있을 때 오히려 문학의 본질을 측면에서 제기해 준 것이 이채롭다 하겠다.

백철은 『대학신문』의 요청에 의해 <문학과 사회와의 관계>를 썼는데 신문연재 소설의 성격 문제를 제기하면서 <自由夫人>이 과연 옹호할 수 있는 본격문학인지 검토해 보아야 한다고 지적했다. 이른바 문학의 대중성과 예술성을 다른 차원에서 논의해 볼 것을 제의한 것이다.

아무튼 이 논쟁에서 간과하고 있는 것이 두 가지이다. 소설은 현실에서 소재를 취재하여 재구성한 새로운 유기체라는 점이 그 첫째이다. 현실이 아닌 재구성의 세계(픽션)를 놓고 현실처럼 문제를 삼았다는 점이 지적되어야 했다. 또 취재된 소재를 가지고 인신공격

---

10) 같은 책, pp.11-12.

을 가하여 작가의 자유정신에 폄훼를 끼쳤다는 점이 일부 지적되긴 했으나 논리의 차원으로 끌어올리지 못한 한계가 있었다. 그렇지만 신문연재 소설을 통한 작가의 모랄이나 예술성이 제기되었다는 점이 이 논쟁의 수확이라 할 것이다.

아래에 논쟁의 첫 번째 글 두 편을 참고로 옮겨 볼까 한다.

《自由夫人》作家에게 드리는 말

참다 못하여 붓을 들어 一面識도 없는 귀하에게 몇 마디 올리겠습니다. 저는 귀하와 동일한 사업에 종사하고 있는 소위 文化人은 아니기 때문에 귀하가 우리나라 문학계에서 차지하고 있는 지위라든가 또는 귀하의 작품의 文學的 價値라든가에 관하여서는 전혀 아는 바가 없습니다. 뿐만 아니라 지금 문제가 되어 있는 귀하의 작품 《自由夫人》까지도 저는 아직 읽어본 일이 없습니다. 그처럼 저는 귀하를 인간적으로나 또는 작품을 통하여서나 전혀 아는 바가 없는 것입니다. 그러나 어찌된 일인지 요사이 大學에 나가면 이곳 저곳에서 귀하를 원망하고 비난하고 저주하는 말소리가 매일 같이 들려옵니다. 그래 저도 그 욕설을 방청하는 동안에 자연히 귀하가 쓰신 作品의 스토리까지 알게 되었습니다. 그만큼 귀하는 지금 大學關係者들 중에서 어떤 의미로 유명해진 것입니다.

그러나 오늘날 우리나라의 대학교수는 불우한 족속들의 일종이라는 것을 귀하도 모르지는 않을 것입니다. 金某씨(金光洲씨를 가리킨 것·註)는 《나는 너를 싫어한다》라는 작품으로 유명해졌읍니다마는 金씨의 작품의 상대자는 당당한 高官이요 날아가는 새도 떨어뜨릴 만한 권세였습니다. 그러기 때문에 그 작품은 일부 고관에 대한 국민의 反感에 공명하는 바가 되어 이를테면 성공적으로 유명해진 것입니다. 그러나 지금 귀하가 망신을 주고 있는 대학교수는 권력도 돈도 없는 불행한 族屬들입니다. 대학교수는 본래 진리탐구에는 적극적이지만 權勢와 致富에는 소극적인 것입니다. 대학교수에게 權威를 주고 대학교수에게 충분한 생활비와 연구비를 주는 것은 國家와 民族이 해야 할 일입니다. 그러나 지금 우리나라의 대학교수는 우리 국가와 우리 민족으로부터 그러한 恩典을 받지 못하고 있습니다. 그러면서도 그들은 一國의 文化建設에 이바지해보려고 가진 모욕과 불편을 감수하면서 學園을 지키고 있는 것입니다. 세상 사람이 다 부패했지만 나혼자만은 부패해서는 아니된다고 스스로를 채찍질하고 있는 것입니다.

이러한 대학교수를 상대로 지금 귀하는 都下 일류신문의 連載小說에서 가진 재롱을 다 부려가면서 모욕하고 있는 것입니다. 대학교수를 洋公主앞에 굴복시키고 대학교수 부인을 대학생의 희생물로 삼으려고 하고 있습니다. 물론 귀하는 이러한 작품을 씀으로써 金某씨와 같은 센세이숀을 다시 한 번 일으켜서 金某씨와 같이 귀하도 유명해지려는 야심을 가지고 있으리라고는 생각하지 않습니다. 귀하의 상대자는 金某씨와는 다릅니다. 권력도 없고 폭력단도 없는 자들이니까 귀하가 아무리 모욕해도 귀하에게는 아무런 위협도 가지 않을 것입니다. 그러면 귀하는 왜 이러한 無力하고 온순한 族屬을 상대로 그러한 작품을 쓰고 계십니까.

귀하가 가슴에 손을 대고 양심껏 반성해 보시면 아실 것입니다마는 오늘날 우리나라의 대학교수의 夫人들은 封建的 家庭婦人의 모습을 가장 많이 유지하고 있는 것입니다. 뜻있는 人士는 이런 것을 잘 알고 있습니다. 우리 民族에 앞으로 새 싹이 트게 된다면 그것은 이러한 大學敎授와 그 밑에서 배우는 大學生의 손에 달릴 것이라고 모두들 생각하고 있으며, 이러한 대학교수가 아직 부패하지 않은 데 대하여 우리 민족은 크게 희망을 가지고 있는 것입니다. 이렇게 많은 사람이 동정하고 아껴주고 있는 우리나라의 대학교수를 사실도 아닌 虛構를 써

가면서 무의미하게 망신을 준다는 것은 결코 藝術이라는 말만을 가지고는 변명이 아니될 것입니다. 불우한 처지에 있으니 기운을 내라고 격려는 못해 주나마 무엇 때문에 거짓말을 써가면서 대학교수를 모욕하고 있는 것입니까. 數億人의 怨聲을 개의치 않고서 자기 고집을 부리던 스탈린의 흉내를 내면서 수백명의 대학교수와 수천명의 그 가족과 수만명의 대학생 그리고 더 나아가서는 우리 민족 전체의 非難聲 쯤 문제시 하지 않는다는 배짱이십니까.

배짱도 좋고 예술도 좋으니 귀하 개인의 子弟의 장래의 교육만이라도 생각하시고, 그리고 귀하의 大作《洪吉童傳》을 읽는 수십만 중학생의 장차의 進學을 위해서라도 대학교수를 사회적으로 모욕하는 무의미한 小說만은 쓰지 말아 주시길 앙망하나이다.

黃山德

脫線的 是非를 駁함
─《自由夫人》非難文을 읽고 黃山德교수에게 드리는 말

방금 本紙에 연재중인 拙作《自由夫人》에 대하여 귀하가 본인에게 주신 公開非難文(『大學新聞』 3월 1일자 제69호 게재)을 잘 읽었습니다. 본인은 직업이 小說家인 만큼 20년간 작품을 발표해 오는 동안에 그 작품 속에 취급된 부류의 人士들한테서 터무니없는 비난을 받아본 일이 지금까지에도 한 두 번이 아니었습니다. 그러나 그러한 비난의 거의 전부가 문학을 전연 이해하지 못하는 데서 오는 일종의 私的興奮에 불과하기에 본인은 그런 터무니없는 비난을 일체 묵살해 왔었습니다.

作者가 개개 독자들의 몰이해한 비난에까지 일일이 釋明할 의무는 없다고 생각했기 때문입니다. 그러다가 이번《自由夫人》에서는 천만 의외에도 귀하의 공개 비난문을 받게 되었는데 그 비난문을 읽어보고 본인이 크게 놀란 것은 대학교수이신 귀하까지도 文學에 이렇듯 몰이해하셨던가 하는 점이었습니다. 귀하의 비난도 터무니없는 점에 있어서는 다른 無名人士들의 그것과 조금도 다름이 없었다는 말씀입니다. 그러기에 본인의 평소의 信念으로서는 귀하께 대해서도 당연한 침묵을 지켜야 옳을는지 모르겠습니다마는 대학교수이신 귀하에 대한 예의를 생각해서 이번만은 몇 마디의 답변을 드리기로 합니다.

그런데 여기서는 구태여 文學論을 전개할 것 없이 남의 작품을 비난하는 데 있어서의 귀하의 불성실한 태도만을 몇 가지 지적하겠습니다. 첫째 귀하는 《自由夫人》을 「아직 읽어본 일도 없으면서」 뜬소문에 의하여 「스토리만 안다」는 정도로 비난을 퍼부으셨다는 점입니다. 이것은 참말 기막히는 말씀입니다. 적어도 남의 작품을 비난(비평이 아님)하자면 그 작품을 한 번쯤은 충실히 읽어보고 붓을 드는 것이 작자에게 대한 예의일 뿐만 아니라 귀하의 의무이기도 할 터인데 귀하는 읽어보지도 않고 노발대발하시면서 《自由夫人》을 중단하라는 호령을 내리셨으니 이 무슨 脫線的暴言이십니까.

만약 본인이 귀하의 저서를 읽지도 아니하고 덮어놓고 귀하를 비난했다면 귀하는 필시 본인을 정신병자로 돌리셨을 것입니다. 그 점에서는 귀하나 본인이나 입장이 조금도 다를 것이 없습니다. 읽지도 않고 덮어놓고 비난을 퍼부으시니까 얼토당토 않은 말이 나오게 되는 것은 오히려 당연한 결과라 하겠습니다. 가령 귀하는 「대학교수를 양공주에게 굴복」시켰다고 분개하셨는데, 본인이 지금 쓰고 있는 《自由夫人》에 양공주가 등장한 일은 한 번도 없었습니다. 이 무슨 허무맹랑한 虛僞捏造이십니까. 추측컨대 미군부대에 英文 타이피스트로 다니는 「박은미」라는 여성을 가리켜 그렇게 말씀하신 것 같은데 귀하는 설마 미군부대에 다니는 직업여성들을 모조리 양공주라고 생각하지는 않으시겠지요? 「박은미」는 영문 타이피스트이면서도 자진해서 한글

강의를 받으려는 성실한 직업여성이라는 것을 말씀해 둡니다.

둘째 문학가에게 모욕적 언사를 함부로 퍼부은 점이올시다. 귀하는「저는 귀하와 동일한 사업에 종사하는「소위 文化人」은 아니라」고 말씀하셨는데「소위 문화인」이란 무엇을 의미하며 작가가 오로지 유명해지기 위해 작품을 쓴다는 말씀은 어디다 근거를 두신 論難이십니까. 본인은 全文學家의 이름으로 귀하의 暴言에 강경한 항의를 제기하는 바입니다. 측문한 바에 의하면 귀하는 法學이 전공이시라니까 다행히 門下生에 文學志望者는 없을 듯 하오나 귀하와 동료인 다른 교수들 밑에는 문학을 지원하는 학도들도 적지 않을 듯하온데 귀하는 그들에게 어떤 면목으로 대하려고 문학자에게 모욕적인 언사를 함부로 쓰시나이까.

셋째 귀하의 비난문은 대학교수답지 못하게 감정적 흥분으로 일관되어 있다는 점입니다. 작품을 읽지도 않고 비난을 위한 비난을 쓰시자니까 절로 그런 결과가 되었는지 모르겠읍니다마는 귀하의 비난문은「참다 못하여 붓을 들어....」의 序頭에서부터 始終이 如一하게 감정적인 언사로 일관되었다는 점입니다. 본인이 알기에는 모든 事物을 知性에 입각하여 관찰하고 비평하는 데서 비로소 대학교수의 학자다운 비평이 나올 수 있다고 생각합니다. 우리가 대학교수를 존경하는 연유도 그 점에 있읍니다.

「數億人의 怨聲을 개의치 않고 자기 고집을 부리던 스탈린의 흉내를 내지 말라」고 귀하는 말씀하셨는데 그「數億人의 怨聲」이 귀하의 원성과 같이 허무맹랑한 원성이라면 본인은 여전히 개의치 않을 생각입니다. 그러나 단 한 사람의 원성이라도 그것이 정당한 원성이라면 본인은 그 원성에만은 언제든지 머리를 수그릴 아량을 가지고 있읍니다. 知性人이란 그래야만 하겠기 때문입니다. 귀하는「대학교 교수는 권력도 폭력단도 없는 자들이니까 귀하(鄭飛石을 가리킴)가 대학교수를 아무리 모욕해도 위험을 가지지 않으리라」고 말씀하시면서도 실상 귀하는 폭력단 이상으론 무서운 無知에서 오는 폭언을 퍼부으셨습니다. 지식인들에게는 폭언이 폭력단보다도 더 무서운 사실을 설마 귀하가 모르실 리는 만무하실 것입니다.

좀더 침착히 좀더 냉정히 좀더 성실한 學者的態度로 작품을 음미해 주시기 바랍니다.「가슴에 손을 대고 양심껏 반성해 보라」는 귀하의 말씀은 고스란히 그대로 귀하에게 반환하고 이제부터나마《自由夫人》을 애독해 주신다면 幸甚이겠습니다.

鄭飛石 -「서울신문」, 1954년 3월 11일자 -

2. 필화

작품을 읽고 독자가 자기 이해 관계로 작가를 압박하거나 작가의 인신에 위해를 끼치는 일을 두고 필화(筆禍) 또는 필화사건이라 한다. 논쟁은 앞에서 본 것처럼 유익한 쪽으로 진전될 수 있지만 필화는 생기면 생길수록 창작 환경의 황폐화를 가져오게 된다. 후진국으로 가면 갈수록 필화사건이 많다는 것은 문화의 후진이 창작의 자유정신을 위축시킬 수 있음을 말해 주는 것이라 하겠다.

이야기 글예술의 경우 여러 예가 있지만 여기서는 송기동의 <회귀선>, 정비석의 <혁명전야>, 남정현의 <분지 糞地>를 두고 일어난 필화사건에 대해 이야기해 볼까 한다.

(1) 송기동의 〈回歸線〉 (1958년 5월호 현대문학)

이 소설은 그리스도를 모델로 한 것인데 성인(聖人)과는 정반대의 인간상을 그렸다. 『경향신문』 『신태양』 그밖에 여러 신문과 잡지에서 이 작품에 대한 비난이 가해지고 각급 기독교 단체에서 빗발 같은 공박이 잇달았다. 비평을 요약하면 아래와 같다.

첫째 모델소설은 전기적 사실에 정확해야 한다. 그러나 이 작품은 이 룰에 벗어나 있다.

둘째 무명의 평범한 인물일지라도 모델의 명예와 인신에 관해서는 충분한 배려가 있어야 한다. 그러나 인류의 우상인 기독에 대해서는 사실무근한 상상적 사실을 조작하여 그 명예와 인격을 모독했다.

셋째 기독의 전기적 사실에 대해서는 각종의 이설이 있으나 여기 제시된 것과 같은 이설은 일찍이 없었다.

넷째 기독교에 대한 비판은 자유이지만 비록 신화적 인물이라 할지라도 조작된 인격적 모욕은 허용될 수 없다는 것이었다.

이러한 주장이 조직적으로 제기되자 <회귀선>을 실었던 현대문학사의 입장은 다음과 같이 표명되었다.

직접 간접으로 항의 및 질의해 주신 미지의 기독교 계통의 각 단체 및 개인에게 이 자리에서 사족을 붙이고자 하는 것은 회귀선의 작자는 언제나 그러한 작품만을 쓰는 작가라고 미리 단정하는 것은 한 인간의 미래에 대한 지나친 속단이며, 계용묵씨가 그러한 작품만을 추천해 온 심사위원인 것처럼 착각하고 있는 것은 정확한 사실이 아니라는 점이다....(중략).... 그러나, 그렇다고 이것은 결코 법률의 문제는 아닌 것이다. 이것은 어디까지나 문학적 사상적 문제이어야 한다. 이것이 비록 법률의 문제에 속한다 할지라도 사상에 관련된 문학상의 문제를 법률로써 해결하고자 하는 것은 결코 기독교적인 것은 아닐 것이다.

현대문학사의 주장은 비록 그리스도를 모독하는 소설이라 하더라도 문제가 문학상의 문제인 만큼 문학적 수단으로 풀어야 함을 강조하고 있다. 좀더 풀어서 말하면 <회귀선>의 작가를 법률적인 문제로 단죄하면 긍정적인 측면의 제1, 제2의 <회귀선>이 앞으로 나올 수 없다는 점을 말하고 있다는 이야기가 된다. 그렇기도 하거니와 문학의 독자성과 독자적 세계가 현실과는 다르다는 기본을 다시 한 번 환기하는 뜻으로도 이해해볼 수 있다.

(2) 정비석의 〈革命前夜〉(1960년 서울신문)

이 소설은 4·19 직후 『서울신문』에 연재되고 있을 때 필화사건 때문에 중단되어 끝내 완성을 보지 못한 작품이다. 이 소설이 드러내고자 한 것은 4·19의거가 있기까지 의거를 일으킨 대학생들의 풍속도였다. 그런데 다음과 같은 대목에서 문제가 생긴 것이다. 「서울에 있는 S대학 학생들은 50원이 생기면 공책을 사고. K대학 학생들은 막걸리를 마시고, Y대학 학생들은 구두를 닦는다」는 대목이 그것이다. 이 대목을 문제삼은 것은 3,000명의 Y대학 학생들이었다. 「구두를 닦는다」는 표현은 Y대학의 명예를 실추시킨 것으로 이 작가와 연재를 하고 있는 『서울신문』에 이의를 제기하여 3천명의 학생들이 『서울신문』앞에까지 가서 연좌농성을 한 것이다.

학생대표, 교수대표, 작가, 서울신문사 사장 등 네 사람은 회담을 가졌는데 학생측이 요구한 조건은 다음과 같았다.

첫째, 신문사와 작가는 Y대학의 명예를 훼손시킨 점에 대해 사과하는 내용의 사과문을 서울의 5대 신문에다 게재할 것.

둘째, 신문사는 이 소설 연재를 즉각 중단할 것.

셋째, 정비석은 이에 대한 책임을 지고 작가생활을 포기할 것 등이었다.

정비석은 첫째 요구에 대해서는 작가 단독의 사과문 게재라는 선에서 받아들였고, 둘째 요구에 대해서는 「3천명 독자가 요구하는 것이니 받아들인다」하고 선뜻 응락해 주었다. 셋째 요구에 대해서는 「지금 4·19의거 이후 세계의 이목은 한국에 쏠려 있고 특히 대학생들의 행동 하나 하나에 쏠려 있다. 그런데 독재정권을 무너뜨린 그 숭고한 힘이 작가의 자유정신을 압살하고 작가의 펜을 영구히 꺾어 버린다면 어떻게 되겠는가. 민주 제단에 흘린 피가 더럽혀지는 것이 아니겠는가. 나는 한국 학생들의 명예를 걸고 이 요구를 거부한다」하면서 결연한 태도를 보였다. 결국 첫째와 둘째 요구를 받아들이는 선에서 이 필화사건은 일단락 되었다.

이 사건이 준 교훈도 소설을 현실 그 자체로 읽으면 결코 바람직하지 않다는 것이 된다. 연재 중에 있는 작품은 앞으로 그 방향이 어디로 갈지를 모르는 상태다. 모르는 상태를 두고 단정을 하는 것도 문제이거니와 설령 줄거리를 예측한다 하더라도 그 내용은 기록물이 아님을 잊어서는 안된다. 기록물이라 하더라도 부분을 두고 전체의 의미로 읽어서는 안되는데 재구성의 유기체를 두고 단락의 한 구절에 현실적 맥락을 맞추는 일은 있을 수가 없는 일이다.

(3) 남정현의 〈糞地〉 (1965년 3월호 현대문학)

이 소설이 1965년 5월 8일자 북한의 『통일전선』에 전재되고 작가는 같은 해 7월 9일 구속되었다. 7월14일 서울지방 검찰청으로 사건이 송치되고 같은 달 23일 구속 적부심사 끝에 작가는 석방되었다. 검찰은 사건 처리를 늦춘 채로 1년을 미결로 두었다가 1966년 7월 23일에야 불구속 기소하였다. 작가에 대한 적용 법조문은 반공법 제4조 제1항으로서, 거기에는 「반국가 단체나 그 구성원 또는 국외의 공산계열의 활동을 찬양 고무 또는 동조하거나 기타의 방법으로 반국가 단체를 이롭게 하는 행위를 한 자는 7년 이하의 징역 및 자격정지에 처한다」고 규정되어 있다.

그러면 〈糞地〉가 어떤 작품이기에 문제가 되었는지 줄거리를 요약해 본다. 홍길동의 10대손 홍만수는 독립운동가 아버지가 돌아오지 않는 가운데 어머니와 여동생 분이와 더불어 8·15를 맞는다. 어머니는 환영대회에 나갔다가 미군한테 폭행을 당하고 이 충격을 벗어나지 못하여 죽는다. 외갓집에서 자란 만수는 군복무를 마치고 제대를 했지만 갈 곳이 없다. 길을 걷다가 우연히도 만난 분이가 미군의 스피드 상사와 살림을 차리고 있음을 알고 분노에 떤다. 살길이 막연했던 만수는 스피드에 의지하여 미군 물품 장사로 나선다. 새디스트인 스피드상사는 밤마다 분이를 미국에 사는 자기 본처와 대비하여 학대를 심하게 한다. 만수가 복수의 일념으로 불타고 있던 중 스피드의 미국 아내가 관광차 한국에 왔다. 그녀를 향미산에 유인한 만수는 얼마나 아름다운지 그녀의 육체를 보여달라고 하자 그녀는 거절한다. 그러자 만수는 그녀를 강제로 폭행한다. 미국의 펜타곤 당국은 정예사단과 미사일을 앞세워 향미산을 에워싼다. 만수는 어머니의 영혼을 향해 처지를 호소한다. 폭파시각은 이제 7분 전. 홍길동의 정신과 비방을 이어 받은 만수는 조금도 겁에 떨지 않는다. 이제 10초 전. 만수는 한 폭의 깃발을 만들어 자기가 범했던 여자의 배꼽 위에 그 깃발을 꽂아 그들의 심령을 흔들어 놓겠다고 어머니에게 다짐하는 것이었다.

이를 두고 검사의 논고(論告)에는 다음과 같은 내용이 담겨 있다.

작품 <분지>는 언론자유의 한계를 명백히 벗어났다...... 작품에서 북괴의 주장과 부합되는 몇 몇 부분을 추려 보면 ①아빠는 항일 투쟁하다 죽고, 해방 환영대회에 나갔던 엄마는 미군한테 강간당해 미군을 저주하면서 죽었다. ②소설의 주인공이 북괴가 혁명투사로 곧잘 내세우는 홍길동과 그의 10대손 홍만수다. ③만수가 향미산(向美山)에 숨고 미군이 대공격을 해올 때 홍길동 정신을 이어받은 만수가 결코 미군에 굴복치 않는다. 고 외쳤다. ④미국인과 몇몇 고관, 그리고 그들과 단짝이 된 자본가들이 드나드는 고층 빌딩 속에는 오늘도 대중을 착취하려는 온갖 음모가 꾸며지고 있다는 것 등이다 증인 이어령은 이 작품의 예술성을 높이 평가하는 증언을 했지만 D.H.로오렌스의 <챠타레 부인의 사랑>이 예술성에 있어서는 극찬을 받으면서도 그 내용이 외설적이라는 이유로 음란문서로 법의 심판을 받은 사실이 이웃 일본에서 있었다는 것을 고려한다면......

그러나 안수길 특별 변호인의 변론에는 다음 내용이 담겨있다.

나는 작가의 입장에서 내 견해를 밝히겠다. 첫째, 주제에 있어 검찰이 주장하듯 <북괴가 주장하는 반미 사상에 동조했다>기 보다 민족의 자주성을 강조한 것이다. 작품 서두의 <단군의 후손......> 결말 부분의 <태극기를......배꼽에 꽂는다>는 말이 이를 증명한다. 둘째, 기술면(技術面)에서 이 작품은 고대소설의 수법을 현대에 살려 극도로 발달된 기계문명을 비판한 것이다. 셋째 문학상으로는 1인칭의 이 소설은 흥분하는 약점이 있지만 독자에게 보다 절실하게 호소하기 위한 것이다.

판결문에는 다음과 같은 내용이 담겨 있다.

소설 분지 내용을 전체적으로 보면 이 작품은 우리 민족 주체성의 확립이라는 피고인의 염원을 소설에서 표현한 것이라고 인정할 수 있으므로 피고인이 이 작품을 집필함에 있어 반국가 단체의 활동에 호응 가세할 목적이 있었다고 볼 수 없다. 그러나 반국가단체인 북한 괴뢰집단이 대남적화의 수단으로 우리나라에 있어서의 반미감정 조성과 반정부 감정조성 내지 계급의식 고취에 광분하고 있다는 것은 공지의 사실이고, <분지>를 보면 그 제목, 줄거리, 표현 등에 있어서 이 작품을 읽는 독자 중 많은 사람에게 반미적, 반정부적 감동을 일으키게 하고 심지어 계급의식을 고취할 요소가 다분하다.

이어령 증인의 증언 일부를 소개하면, 다음과 같다.

변   이 소설은 반미적인가?
이   우화적 수법으로 쓴 것이므로 찬미도 반미도 아니다.
변   현실 그 자체를 그린 것이 아니란 말인가?
이   그렇다. 이 작품에서 한국여성과 미군과의 관계는 미국문화가
     한국문화에 접촉하는 과정을 비유한 것이다. 계급 의식이란 것

도 빈부의 차가 어떻게 이루어졌는가에 관해서 작품 안에 언급
　　　이 없으므로 단순히 약자에 대한 동정으로 해석된다.

변　저항문학이란 무엇인가?

이　문학에는 본질적으로 저항의 일면이 있다. 아무리 평화시라도
　　　작가는 저항성을 지니게 마련이다. 문학의 창조성과 저항성은
　　　동전의 안팎관계이다.

변　이 작품에서 작가는 어떤 저항성을 보이고 있는가?

이　현실적 저항이 아니다. 남씨는 흔들리는 민족문화의 주체성을
　　　지켜야겠다는 생각인 것 같다.

변　홍길동은 저항적인 인물인가?

이　그에게는 저항성의 일면과 도술, 은둔 등 동양적 풍류사상의
　　　양면성이 있다.

변　이 작품이 북한 공산집단의 주장에 동조했다고 공격을 받고 있
　　　는데?

이　달을 가리키는데 보라는 달은 보지 않고 손가락만 보는 격이
　　　다. 남씨가 가리키는 달은 주체적인 한국문화이며, 어머니로
　　　상징되는 조국이다. 장미의 뿌리는 장미꽃을 피우기 위해 있는
　　　것이므로, 설령 어느 신사가 애용하는 파이프를 장미 뿌리로
　　　만들었다 하여 장미는 파이프를 위해서 자란다고 말할 수는 없다.

　　<분지> 필화사건은 결국 분단 국가에서 표현의 자유에 관한 문
제로 귀착된다. 논고, 변론, 판결문, 증언 등을 읽으면서 문학이 그
런 논리나 견해에 좌우되는 것이 아닌, 그보다 훨씬 높은 자리에 있
는 것임을 실감하게 된다.

　　지금까지 필화사건의 실례를 들어 소설 맛보기에 관한 진단을 해
온 셈이다. 이를 통해 짚어 두어야 할 점을 적으면 아래와 같다.

① 필화사건은 있어서는 안되며, 필요하다면 논쟁에 머물러야 한다.
② 시뿐만 아니라 소설의 맛보기도 직관의 원리에 의해 전체를 붙드는 노력이 필요하다.
③ 문학은 현실이 아니라 창조된 세계이고 허구이다. 허구에다 현실 법규를 적용할 수 있는가.
④ 작가의 자유정신은 제한되어서는 안된다.

제4장
겪은 대로 말하는 글예술

겪은 대로 말하는 글예술은 수필이다. 수필이 '붓가는 대로' 쓰는 글이라는 말이 나오면서 수필에 대한 오해로 인해 수필이 더 비문학적인 갈래로 떨어지지 않았나 짐작된다. 붓가는 대로 가는 글은 자동기술법에 의한 기술이거나 개발새발 써나가는 글이 될 터이다. 그런 글이 문학이 될 수도 없거니와 어쩌다 문학이 된다고 한들 한 갈래의 지향으로 합당한 것이 될 수가 없다. 대신에 '겪은 대로' 쓰는 글이라 하면 수필의 속성으로 볼 때 들어맞는 말이 아닌가 한다. 삶의 직접적인 노출이 수필갈래에서 이루어진다는 사실, 체험의 문학, 고백의 문학이라 일컫는 것 등이 이를 뒷받침해 준다.

겪은 대로 말하기, 수필

1. 전통

수필은 우리나라의 경우 고려 때 서설(書說), 증서(贈書), 잡기(雜記), 찬송(贊頌), 논변(論辨) 등의 성격으로 쓰여졌다. 고려 때 학자 이제현(1287-1376)이 지은 『역옹패설』(櫟翁稗說, 1324)이나 이보다 앞선 이규보(1168-1241)의 『백운소설』(白雲小說) 일부가 이에 속한다고 볼 수 있다.

수필이라는 말을 처음으로 사용한 사람은 남송 때의 홍매(洪邁, 1123-1202)인데 『용재 수필<容齋隨筆>』에서의 수필이 그것이다. 우리나라에서는 영정조의 실학파 박지원(1737-1805)이 제일 먼저 '수필'을 언급했다. 연경에 다녀와서 쓴 26권의 「열하일기」 중 <일신수필(馹迅隨筆)>이 그것이다. 정조4년 7월15일 신묘부터 시작하여 23일 기해에 이르도록 562리를 가면서 기록한 일기다. 서문 다음에 기행을 기록하면서 속에 따로이 <점사(店舍)>, <차별(車別)> 등과 같은 제목의 글들을 실었다. <점사>를 본다.[1]

점사는 들이 넓어서 적어도 수백보는 된다. 그렇지 못하면 수레와

---

1) 구인환 외, 『수필문학론』(1973, 개문사) pp.10-11. 참조.

말과 사람들을 수용하지 못할 것이다. 그러므로, 문에 들어가서도 한 마장을 달리어야 前堂에 이르니, 그 넓음을 짐작할 수 있겠다. 낭각 사이에 의자, 탁자가 4, 50개 놓였고, 마굿간에는 길이가 두세간, 넓이 반간쯤 되는 돌구유가 있었는데 돌이 아니면 백돌을 쌓아서 돌구유처 럼 만들었다. 뜰 가운데 나무통 수십 개를 나란히 두고는 양쪽 머리에 아귀진 나무를 받쳐 두었다. 기명은 오로지 그림그린 자기를 쓰고 백통·놋쇠·주석 등의 그릇은 보이지 않는다. 아무리 궁벽한 두메에 다 허물어져 가는 집에서라도 날고 쓰는 밥주발 접시 등속은 모두 단청으로 그림을 아로새긴 것들이다. 이는 반드시 사치를 숭상해서 그런 것이 아니라 그릇 굽는 이들의 솜씨가 본시 그래서 지질한 것을 쓸려 해도 구할 수 없는 것이다. 그리고, 자기가 깨어져도 버리지 않고 밖으로 쇠못을 다시 쳐서 쓴다. 다만 아무리 해도 내가 알지 못할 것은 꽃이 그릇 속에는 빈지지 않고도 꼭 끼어서 풀로 붙인 듯 감쪽 같은 것이다. 높이 두 자나 되는 여러 가지 빛깔의 술잔과 오리병이며 꽃과 잎을 꽂은 병과 두루미 같은 것은 어딜 가나 흔히들 있다. 이로 미루어 보면 우리 나라 分院에서 구운 것은 저자에도 들어올 수 없는 것들이다. 아아, 그릇 굽는 법 한 가지가 좋지 못하매 온 나라의 모든 일과 모든 물건이 그 그릇과 같아서 마침내 한 나라의 물속을 이루었 으니, 어찌 통탄할 일이 아니겠는가.

겪은 대로 말하고 다음에 필자의 입장·시각을 밝힌 수필이다. 문명 비평적인 성격을 띄고 있다.

2. 에세이와 수필

'에세이(essay)'를 구체적인 자기 작품의 갈래 이름으로 붙인 이는 몽떼뉴(Michel Eyquem de Montaigne, 1533-1592)이다. 그는 1580년에 『수상록(Les Essais)』 1.2권을 발간했다. 『수상록』의 머리글 <독자에게>를 보면 『수상록』의 성격을 짚어 볼 수 있다.

讀者여, 여기 이 책은 誠實한 마음으로 씌여진 것이다. 이 作品은 初頭부터 내 집안 일이나 사삿일을 말해 보는 것밖에 다른 어떤 목적도 있지 않음을 말해 둔다. 이것은 秋毫도 그대를 위해서 奉仕하거나 내 榮光을 圖謀해서 한 일은 아니다. 그런 생각은 내 힘에 겨운 일이다. 나의 一家眷屬이나 친구들의 便宜를 도모하기 위한 것으로, 내가 世上을 떠난 뒤에 그들이 내 어느 모습이나 기분의 特徵을 몇 가지 이 책에서 찾아보며, 나에 관해 알고 있는 知識을 더 온전하고 생생하게 간직하도록 하려는 것이다.
　이것이 세상 사람들의 好評을 사기 위한 企圖였다면, 나는 내 자신을 좀더 粧飾하고 조심스레 연구해서 내보였을 것이다. 모두들 여기 내 생긴, 그대로, 自然스럽고 平凡하고 꾸밈없는 <별것 아닌 나>를 보아주기 바란다. 왜냐 하면, 내가 描寫하는 것은 내 자신이기 때문이다. 내 缺點들이 여기 있는 그대로 나온다. 터놓고 보여줄 수 있는 限度에서 天稟, 그대로의 내 형태를 내놓는다. 만일 내가 아직도 大自然의 太初의 法則 아래 감미로운 자유를 누리며 살고 있다는 國民 속에서 태어났다면, 나는 기꺼이 내 자신을 통째로 赤裸裸하게 그렸으리라는 것을 壯談한다.
　그러니, 讀者여, 여기서는 내 자신이 바로 내 책자의 材料이다. 이렇게도 輕薄하고 헛된 일이니, 그대가 閑暇한 시간을 虛費할 거리도

못될 것이다.[2)]

따옴글에서 보면 『수상록』은 '집안일 사삿일'의 기록이고 '내 생긴 그대로 자연스럽고 평범하고 꾸밈없는 별 것 아닌 나'를 말한 것이고 '내 자신이 바로 내 책자의 자료'인 그런 내용을 담고 있는 것이다. 겪은 대로 말한 것이 몽떼뉴가 말한 'Essais' 임이 확인된다.

영국의 베이컨(Francis Bacon, 1501−1626)은 몽떼뉴의 『수상록』 3권(1595년)이 나온 후 1612년 「에세이, The Essays」를 내었다. 여기서 그는 '면밀이라기보다 시사적으로 쓴 짧은 비망록의 약간에 나는 에세이라 하였다.'고 밝힌 바 있다. 사람들은 이를 근거로 수필을 베이컨의 수필과 몽떼뉴의 수필로 대별하기도 한다.

· 베이컨의 수필 −포오멀 에세이<formal essay> : 사회적인 문제 다룸(의론적, 경구적, 객관적)
· 몽떼뉴의 수필 −인포오멀 에세이<informal essay> : 인생의 내부세계 다룸(명상적, 설화적, 주관적)

이렇게 나누어 놓고는 베이컨 수필에 가까운 것을 중수필(重隨筆), 몽떼뉴 수필에 가까운 것을 경수필(輕隨筆)이라 일컫기도 한다. 영문학에서는 수필의 성격을 고려하여 미셀러니(miscellany)와 에세이(essay)로 구분해 보기도 한다. 미셀러니는 부드럽고 정서적인 것으로서 신변잡기 · 감상문 등이 여기 속하고 에세이는 논리적 · 토의적인 것으로서 소논문, 소논설 등이 여기 속한다.[3)]

---

2) 몽떼뉴, 『수상록』, 손우성 뒤침(1968, 을유문화사), p.75.
3) 김원경, 『문학개론』(1981, 학문사), p.345.

우리나라에서 말하는 수필 갈래가 서양의 에세이와 닮은 점도 있고 다른 점도 있다. 다만 겪은 대로 말하는 글예술이란 점에서는 다를 바가 없다. '에세이'와 우리나라 '수필'의 성격을 고려하여 수필의 범위를 정리하면 아래와 같다.

· 줄글(산문)로 쓰여진다.
· 편편마다 따로이 형식이 만들어진다.
· 겪은 대로 말하는 갈래이다.

수필 갈래의 특성

1. 겪은 대로 말하는 유기체

문학의 여러 갈래 가운데 작가의 체험이 제일 많이 드러나는 갈래는 두 말할 것 없이 수필이다. 수필을 고백의 문학이라거나 개성의 문학이라고 부르는 까닭은 다른 데 있는 것이 아니라 작가가 겪은 대로 말하는 형식이라는 데 있다. 말하자면 작가가 사는 현실이 가장 적나라하게 노출되는 장소가 수필이라는 갈래인 것이다.

소설은 현실에서 소재를 취재하되 취사선택하여 재구성하기 때문에 작가의 체험이 상당 부분 굴절되기 마련이다. 체험의 순서대로 소설을 써 나간다고 생각해 보라. 필연성이나 리얼리티가 전혀 잡히지 않을 것이 아닌가. 시는 현실이 그대로 드러내지기보다 상당한 부분이 이미지로 또는 비유로 또는 아이러니로 드러내지므로 '겪은 대로'의 양이 줄어들 밖에 없게 된다.

그러나 수필은 그렇지 않다. 문명비평적인 견해나 재단이 지적인 통로를 거친다 하더라도 '겪은 대로'를 제시해 놓고 이어지는 것임을 눈여겨볼 필요가 있다.

① 은하수를 못 보았다는 학생이 있었다. 농이 지나치다고 했더니

서울 하늘에서는 정말 본 일이 없다는 것이었다. 어이가 없어 멍해 있는 내가 보기에 딱했던지 옆의 몇몇 학생도 역시 본 것같지 않다고 거들었다.

「별은 빛나건만......」「은하수는 빛나건만」 ─나는 무슨 슬픈 노래라도 불러야 할 것만 같았다.

밤하늘에 부치는 명상만큼 깊고 장중한 것이 흔할까. 어둠이 보석처럼 여문 밤하늘 아래서 별을 우러르지 않고 어느 몽상이 날개를 펴리라고 꿈엔들 생각해 보랴. 은하수는 별들의 바다. 그것은 별들의 강물, 아니 별 중의 별들이다.

밤하늘 아래, 우리들의 명상이, 혹은 우리들의 몽상이 은하수 그 물속에 멱감지 않고, 은하수 그 바다를 건너가 보지 않았던 적이 있었을까.

② 속리산을 가보면 누구나 법주사 입구의 오리나무 숲의 울창함에 찬탄을 하게 된다. 빼곡히 들어선 숲이 마음의 깃을 여미게 한다. 속리산을 세 번째로 찾았을 때는 늦은 가을이었다. 낙엽이 거의 졌다. 자정이 가까워서 호젓한 숲길을 걷고 싶은 마음이 들어 숙소를 혼자 나섰다. 그날 따라 짙은 밤안개가 끼었었다. 숲에 켜져 있는 형광등이 희미하다. 안개 속으로 어렴풋이 보이는 불빛이 마치 법주사와 부처를 괴롭히는 유령같이 달려 있다.

다음 해 학생들과 다시 속리산을 찾았다. 단풍이 한창 곱게 물들어 있을 때였다. 숲에 켜져 있는 불빛엔 유령들이 아니고 단풍이 곱디고운 꿈들이 서려 있었다.

이렇게 나무는 사람을 대할 때마다 새로운 의미를 보여 주고 있다.

③ 이따금 시간 약속을 하고 다방에 나갔을 때, 상대편이 아직 오지 않으면 나는 눈을 감고 기다린다.

참선(參禪)을 하듯이 눈을 감으면, 시끄럽던 음악 소리는 내 귓전에서 멀어지고 다방 안에 앉아 있는 사람들의 얼굴도 보이지 않는다. 아무런 잡념도 내 머리 속을 엿볼 수 없도록 무념 무상의 세계에 침잠하는 것이다.

이윽고 바로 앞자리에 인기척이 나서 눈을 뜨면, 기다리던 사람이 앉으며 미안해하기 마련이다 그러나 나는 오히려 깊은 명상의 바다에 잠길 수 있게 해 준 그에게 고마움을 느끼며 악수를 청한다.

①은 김열규의 수필 <은하수가 마르다>의 서두 대목이다. 서울 하늘에서 은하수를 못보고 자란 20대들의 이야기를 수필 서두에 올려 놓고 있다. 현대 문명의 세계는 자연을 앗아가 버리고 말았다는 이야기를 하기 위해 겪은 대로 먼저 말하고 있다. 끝문장은 "은하수가 말라버린 서울의 하늘에서 인간들의 가슴이 말라가고 있는 것이다"인데 하고 싶은 바 의도를 쉽게 알아차릴 수 있다.

②는 서정범의 <겨울의 문턱에서> 중간 대목을 자른 것이다. 속리산의 단풍 체험을 적고 있는 대목이다. 따옴대목 앞에는 서두부터 용문사 입구의 은행나무에 대해 적고 있다. 나무와 단풍을 겪은 대로 말하고 이어 겨울을 걱정없이 맞이하는 나무의 의미에 대해 이야기한다.

③은 이상보의 <눈을 감으면>의 서두이다. 약속을 하고 다방에 나갔다가 사람을 기다릴 때는 눈을 감고 기다린다는 이야기로 시작되는 수필이다. '겪은 대로' 시작되는 수필이다. 중간 부분에 "우리는 육신의 눈을 감음으로써, 시간과 공간을 초월하여 보다 더 많은 것을 영혼의 눈으로 볼 수가 있다"는 대목이 나오는데 이 수필에서 하고 싶은 말의 핵심이다. 수필은 겪은 대로 말하게 되고 주제도 그

'겪은 대로'에 대한 의미를 부여하는 것이므로 자연 노출되게 마련이다.

물론 겪지 않은 상상의 세계나 겪으면서 적는 내면심리의 흐름에 충실한 수필도 있을 수 있다. 그렇지만 이러한 예는 예외에 속한다. 대부분의 수필은 겪은 대로 말하면서 이루어내는 유기체인 것이다. 부분을 떼어 내고도 한 편이 된다거나 부분을 뒤에다 보태고도 맥이 통하는 작품이 아닌, 그 자체로 알맞은 길이요 적정한 형식이 되는 요지부동의 문학인 것이다.

2. 고정되지 않는 형식

수필을 '무형식의 문학'이라고 말하는 이론가들이 있다. 이 말도 '붓가는 대로'와 같이 성립이 되지 않는 말이다. 무형식이란 형식이 없다는 말인데 형식이 없는데 어찌 문학이 될 수 있겠는가? 문학은 형식과 내용이 결합될 때 온전히 이루어지는 속성을 갖고 있다.

허버트 리드는 "시는 창조적 표현이고 산문은 구성적 표현이다"고 했고. 이어 "산문은 기성의 언어에 의한 건축물이다"4)라 했는데 이 말에 귀를 조금만 기울여 보았다면 수필을 무형식의 문학이라는 말을 하지 않았을 것이다. 문학작품은 그 어떤 갈래이든 형식을 통해 심미적 자질이 자리잡게 된다. 소설에서는 플롯이나 문체를 통해 소설 미학의 근거가 마련되며 시에서는 리듬이나 이미지, 그리고 비유나 짜임에서 미적 자질이 형성된다.

---

4) H. Read, *English Prose Style*, Bacon Press, Boston, pp.Ⅴ–Ⅵ.

수필의 경우 모든 작품에서 고루 드러나는 형식은 존재하지 않는다. 그러나 매 작품에서 고유하게 만들어지는 형식은 엄연히 존재한다. 이를 조연현은 다음과 같이 정확하게 말하고 있음을 본다.

사실에 있어서 수필은 여러 문학 양식 중에서도 가장 그 형식이 자유롭다. 즉, 수필에는 서정시적 정서나 감흥은 물론, 서사시(소설) 구성이나 희곡적 대화, 그리고 비평적 판단작용까지도 다 자유로이 이용할 수 있는 양식이다. 그렇다고 수필이 무양식적 무성격적인 것은 아니다. 서정시적 정서나 감흥을 가지면서 서정시가 아니고, 소설의 구성을 가지되 소설이 아니고, 희곡적 비평적 요소를 가지면서도 희곡도 비평도 아닌데 수필의 독자적인 양식이 있다.[5]

수필의 독자적인 양식의 그 특성을 조연현은 매우 적절히 지적하고 있다. 매편에서 이루어지지 않는 매이지 않는 형식이되 다양한 요소들을 섭취할 수 있는 열려 있는 형식이라고 볼 수 있다. 국문학자 양주동은 자칭 국보라 하는 등 숱한 일화를 남긴 시인이요 수필가인데 수필에서 오히려 독특한 면을 드러내 보였다.

① 말이 났으니 말이지, 내가 아는 웃음의 죄로서는 독재국가나 폭군 치하의 그것 외에 시골 천진한 색시에게도 없는 것은 아니다. 어느 민요시인의 단시(短詩)에 바로 「웃은 죄」라 제(題)한 한 편이 있지 않은가.

지름길 묻길래

---

5) 현대문학사 편, 『문학개론』(1969, 어문각), p.196.

웃고 대답하고,
물 한 모금 달라기 웃고 떠 주었지요.

평양城에 해 안 뜬대도
난 몰라요,
웃은 죄밖에.

②「그런 약이 어디 있어요?」
「除却心頭熱, 三伏如氷雪」
「또 동양적 사고방식 !」
그들의 합창하는 대꾸이다.
그럼 <玄米丸> 대신 <아이스크림>, <飛雪散>대신 <빙수>나 먹
으러 나갈까?」
「오케, O.K」
처자를 휴대하고 「큰 턱」을 쓰러 명동으로 나갔다.
「그릴로 가요. P그릴의 수우프와 아이스크림이 제법 맛이 근사하
던데요.」
「아무렴」
그릴로 가다가 문득 보니, 옆 골목 조그만 판잣집 식당문에 「불고
기」,「비지」 및 「냉 찹쌀 막걸리」 등의 쪽지가 붙어 있다. 두 군을 인
솔하고 내가 앞장을 서서 그리로 들어갔다.

①은 양주동의 <웃음說> 중의 한 부분이고 ②는 같은 작가의 <비
지땀> 한 대목이다. 정음사가 낸 『光復30년 文學全集·8』의 수필
가운데서 형식상의 이채를 띈 두 편이다. ①은 수필 내용에서 시를
인용하여 정서나 분위기를 돋보이게 한 예이고 ②는 대화체를 대부
분 받아들임으로써 유머나 위트를 살려내고 있는 예이다. 이런 기

법은 '시작→중간→끝'으로 이어지는 수필의 평면적 짜임에 변용의 묘를 보태어 문장의 긴장을 제고해 준다. 이 밖에 한시를 인용하여 무게를 두고자 한 수필로는 최신해의 <낚시를 읊은 詩>, 윤태림의 <전원풍경>, 최정석의 <不見春> 등이 눈에 띈다.

수필은 어쨌거나 겪은 대로 말하는 갈래이기 때문에 형식의 창조에 다양한 가능성이 있지만 한 권의 전집을 통해서 볼 때 수필가들의 그 시도가 매우 미미하다는 것을 알 수 있다.

같은 책에 법정 스님의 작품 <無所有>가 눈에 띄는데 짜임은 '서두→중간→끝'의 3단으로 되어 있음을 본다.

서두   간디의 가난과 나의 부끄러움
중간   소유로부터 오는 부자유
       ① 난초를 키우다 얽매여 친구에게 줘 버림(겪은 이야기)
       ② 인간의 역사는 소유사(유추 이야기)
끝   크게 버리면 크게 얻는다.

법정 스님은 무소유의 자유로움을 말하기 위해 '겪은 대로' 말했다. 그러는 가운데 위와 같은 짜임의 글을 얻었다. 3단의 형식으로 말한 것이 된다. 또 자세히 살피면 서두에서 '간디어록'으로 생각을 일으키고 끝에서 다시 '간디어록'으로 결말을 말하는 수미쌍관의 수법을 쓰고 있음을 알 수 있다.

이렇게 수필은 한 편 안에서 그 한편을 세우는 뼈대를 갖고 있다. 무형식이 아니라 고정되지 않는 형식을 갖고 있는 것이다.

3. 인생을 다양하게 담는 그릇

수필은 겪은 대로 말하는 글예술이므로 제재가 제약을 받지 않는다. 물론 시나 소설이나 희곡도 제재의 제약이 있을 수 없다. 그러나 기법적으로 제약이 선행되는 갈래인 시나 소설은 그 제약에 자유로운 제재를 선택하지 않을 수 없다.

언어 미학에 힘을 주는 시인은 현실 세계에서 제재를 선택하기가 힘드는 면이 있다. 반대로 리얼리즘의 궤도 위에서 삶의 길을 찾는 시인의 경우 전자보다는 제재의 선택 폭이 넓다고 볼 수 있다. 소설가도 하고자 하는 의도가 숨겨지면서도 강렬한 메시지를 살려낼 수 있는 제재를 선택하게 된다.

수필가는 취향에 따른 제재의 폭이 결정되어 있을 수도 있지만 다른 갈래를 쓰는 작가들에 비해서는 확실히 인생의 현장을 다양하게 접근할 수가 있다. 문덕수는 수필의 종류를 다음과 같이 나누었다.[6]

- 과학적 수필
- 철학적 수필
- 비평적 수필
- 역사적 수필
- 종교적 수필
- 개인적 수필
- 강연집
- 설교집

---

6) 문덕수, 『신문장강화』(1980, 성문각), p.175.

비평적 수필을 여러 종류의 하나로 나열해 놓은 것이 성격상 좀 문제가 있기는 하나 수필의 제재가 다양한 것임을 말해주는 자료로는 충분하다 하겠다. 백철은 내용의 성질에 의한 분류로 다음과 같이 나누고 있음을 본다.[7]

- ·사색적 수필
- ·비평적 수필
- ·스케치 수필
- ·담화 수필
- ·개인 수필
- ·연단 수필
- ·성격 수필
- ·사설 수필

내용의 성질이 다양한 것처럼 수필의 제재가 참으로 제한 없이 쓰여질 수 있음을 일견 말해주고 있는 것으로 읽히기도 한다. 생활을 함에 있어 적극적인 의견 진술의 모든 글이 망라되고 있는 셈이다.

우리나라 수필가 가운데서 공식적인 신인 발굴 제도를 처음으로 통과하여 수필을 쓰고 있는 정목일[8]은 12권의 수필집을 내었는데 1988년에 낸 『별 보며 쓰는 편지』의 <自序>와 1998년에 낸 『心琴』의 <머리말>에서 다음과 같이 말하고 있다.

---

7) 백철, 『문학개론』(1954, 신구문화사).

8) 정목일은 1945년 진주 출생으로 1975년 「月刊文學」 신인상 수필 부문에 첫 번째로 당선되었고 1976년 「현대문학」 신인 추천 수필 부문에 첫 번째로 뽑혔다.

① 나의 수필은 달빛 속에서 부는 피리입니다. 나의 삶, 나의 존재, 나의 사랑, 나의 그리움이 울려 나오는 피리를 지금 불고 있습니다. 그대의 고뇌와 시름을 지우는 피리 소리가 되고 싶습니다. 마음속 깊이 영혼의 샘물을 샘솟게 하는 피리소리가 되었으면 합니다

-〈自序〉에서

② 이번 수필집은 「대금산조」 이후의 작품들을 모은 것이다. 자연 위주의 소재가 많았던 종전의 것과는 달리 줄거리 수필들이 눈에 띈다. 삶과 인생으로의 무게 이동이 이뤄진 것을 느낀다. 내가 수필을 쓰는 또 하나의 이유는 한국 정서에 대한 탐구. 한국 문화 속에 숨쉬는 영원 사상과 신비를 발견 하고픈 마음 때문이며, 앞으로도 이에 대한 추구는 멈추지 않을 것이다

-〈머리말〉에서

①을 읽으면 정목일의 수필은 '달빛 속에서 부는 피리'라는 점과 정목일 삶의 모든 것이 제재가 되고 있다는 점으로 요약된다. 전자는 자연이 제재의 바탕이 되고 있음을 밝히고 있는 것으로 보면 된다.

②를 읽으면 정목일의 수필은 자연 위주의 소재로부터 삶과 인생을 담은 줄거리 수필로 바뀌었다는 점과 한국의 정서를 탐구하고 있나는 점으로 요약된다. ①의 글과 ②의 글이 10년 간격을 두고 쓰여졌음을 머리에 넣고 보면 한 수필가의 탐색이 시간을 두고 변화되고 있음을 알게 된다. 전체 인생이 제재가 되면서도 무게를 자연에 두느냐 아니면 줄거리에 두느냐의 차이가 있다는 것이다. 한 작가의 경우 변화와 선후 편차가 있음을 보면서 작가에 따라서는 제재에 접근하는 길이 매우 다양할 것임을 인정하지 않을 수 없게 된다.

수필의 문학성

1. 문장

문장(文章)은 어원을 따져 보면 '문채'(文彩, 文采)이다. '文'은 교차된 무늬를 형상으로 보여 준 글자이고 '章'은 자수(刺繡)나 문신(文身)의 색을 나타낸 글자이다. 그러므로 문장은 사물의 색과 모양의 아름다움을 나타낸 것이니, 곧 문장은 '문채'가 되는 것이다.9)

우리 동양에서는 문장을 높여 보고서 문화, 교양, 문학 등과 같은 뜻으로 쓰기도 하고 때로는 문장을 '경국지대업'(經國之大業)이라고 까지 했다. 단순한 수사나 기교의 차원으로 머무는 것이 아니라 우주의 질서나 통찰이 포함된 문맥으로 이해한 것이다. 공자는『논어』에서 "실질이 문식(文飾)을 압도하면 야비한 사람이요, 문식이 실질을 압도하면 서사(書士)이고, 문식과 실질이 섞이어 조화를 이룬 연후라야 군자(君子)다"고 했다.10)

수필의 경우 형식에서 문학성을 담보하기보다는 일반적으로 문장과 제재에서 문학성을 확보하는 예가 많음을 알 수 있다. 그만큼 문장이 미학의 전면에 있다는 이야기이다. 겪은 대로 말한다는 말

---

9) 문덕수,『문장강의』(1991, 시문학사), p.11.
10) 論語, 雍也.

속에는 진실의 표현이라는 뜻넓이가 보태진다고 볼 수 있다.

진실을 드러내기 위해서는 우선 말이 부드러워야 하고, 이어 흐름이 자연스러워야 한다 그 위에 문학적 승부를 내기 위한 '미적 탄력'이 부가되어야 한다. 우리나라 수필계는 문장의 차원에서 볼 때 아직 미개지라 해도 과언이 아닐 것이다. 문채가 없는 수필로 대종을 이루고 있다는 세평이기 때문이다.

· 다음엔 나 자신도 직접 그런 분묘 천대의 분통한 꼴을 당하고 있는 것이 새삼 통분해져서 견딜 수가 없다. 망우리 공동묘지엔 10여 년 전에 죽은 내 딸의 무덤이 있다. 나는 매해에 한식과 추석 두 번씩은 꼭 찾아가 본다. 그런데 재작년 추석 때에 가 보니 어떤 놈이 떼를 몇 십장인지 모르게 떠갔다.

· Y군 그놈도 그런 측에 든다. 때문에 나는 처음부터 자존심이 강한 그놈을 이 연회장에 끄집어들일 자신은 없었으나, B군의 마지막 요청이어서 그것을 받아들여 그놈이 잘 나간다는 다방 메모판에 글을 써 놓았고 그것이 없어진 것까지도 확인하였던 것.

· 내가 일하고 있는 아파트 건설 현장은 재개발 현장이라 많은 어려움을 안고 공사를 한다. 그러다 보니 인근의 주민들과 공사를 하면서 많은 마찰을 빚는다. 그들은 소음, 분진 때문에 견딜 수 없고, 생활에 막대한 지장을 받는다며 항의하기 일쑤라 늘 세심한 대책을 세운 뒤에 공사를 시작한다.

따옴 대목들은 수필집에서 무작위로 뽑아 본 것이다. '어떤 놈'이 나오고 '그놈'이 나온다. 격이 떨어져 있다. 거기다 문장이 거의 단련을 거친 흔적이 보이지 않는다. 마지막 따옴 대목은 지나치게 일상적이다. 물론 일상으로부터 진실이 나오는 것이지만 수련의 마디가 없을 때 문장은 지루하거나 메마른 느낌을 가져 다 준다.

말이 부드럽다는 것은 확실히 진실이 담겨 있음을 의미한다. 할아버지가 손자에게 진실을 말하기 마련이고 부모가 자식에게도 그러하며 연인 사이의 말도 진실을 드러내기 마련이다. 그런 사이의 말들은 참으로 부드럽기 짝이 없다. 겪은 대로 말한다 하여 상황과 현실에서 쓰여지는 거친 말들을 여과 없이 쓰는 것은 문채를 죽이는 일이 된다. 문채를 죽일 뿐만 아니라 문학적 진실, 구조적 진실을 죽이는 일이 된다.

① 새봄이라 그럴까. 언덕길 여기저기 낡은 집을 헐고 새집을 짓느라 법석들이다. 추를 달아내리고 사위에 실줄을 쳐놓고 벽돌을 쌓아올리는 손들이 어린 시절 소꿉놀이하던 때를 연상하리만큼 장난스럽게 느껴진다. 비록 터는 좁아도 쌓아올리는 집들은 네 귀가 반듯할 뿐더러 창틀 들어설 공간이 널찍한 것 같아 시원스러워 보인다.

—<봄 언덕에서>에서

② 텔레비전 드라마에서 남자가 말했다, 눈물이 가득한 눈으로
"속죄할 시간이 필요해요."

속죄할 시간이라, 속죄할 시간이라.... 그리고 시간이 흘렀다. 그 남자는 밝고 건강한 모습으로 제자리에 앉아 있었다. 어떤 거리낌, 슬픔, 죄의식을 털어내고 그렇게 씻긴 모습을 찾기란 쉽지 않은 일이다. 버려야 할 무엇무엇들을 한 움큼 쥐고, 나는 아직도 힘들어 하고 있다.

—<독백>에서

③ 그렇게 늦은 봄날을 지내다가 어느날 문득 새소리가 멈추어버린 것을 알게 된 것이다.

일순간, 여섯 마리의 아기새가 콘크리트 벽 사이 종이상자를 차내며 푸른 하늘을 향해 날아오르는 환영이 눈앞을 스쳐 갔으나...... 그 사이 어깨죽지에 힘을 얻었던가, 그리하여 나도 모르는 사이 저 하늘을 향해 힘차게 날아올랐단 말인가? 그제서야 불길한 예감이 불쑥 찾아들었다.

—<새>에서

④ 적막의 공간 속에 내 그리움은 눈을 뜬다. 나는 은밀히 사랑의 램프를 들고 그대에게로 가리라.

내 사랑의 램프는, 그동안 묵혀 두었던 그리움이 소리없이 타올라 별이 되어 떠오른다. 떠올라서 어디든지 그대가 있는 곳으로 찾아간다. 가슴속에 괸 밝은 눈물과 고뇌의 즙으로 만든 램프의 불빛은 그대에게로 가는 길을 밝히리라.

칠흑 같은 어둠을 헤치고 막막한 어둠의 공간을 건너서 사랑의 램프 하나만을 들고 간다. 아무리 찾아보아도, 불러 보아도 그대의 모습은 보이지 않고...... 수풀 속 어디에 있나. 항상 가시(可視)영역 밖에 그리움의 램프를 켜들고 서 있나. 천만 근 어둠의 무게, 억만 근 고독의 무게를 떨쳐 버리고 램프불을 밝혀 그대와 나 사이에 놓인 강을 건너가리라.

—<영혼의 램프>에서

위 따옴대목들은 전집 등에서 말이 부드럽고, 자연스런 흐름을 보이고, 비교적 미적 탄력을 보이는 부분을 옮긴 것이다. 이 정도의 문장이 기초가 될 때 수필이 문학적 단계로 올라설 수 있을 것이다.

현대 한국 수필이 70년대 이후 본격 갈래로서의 자리를 잡기 시작하고 베스트셀러물의 대열에 오르기도 했지만 정서도 감성도 전혀 문학적 단련을 거쳐 보지 못했거나 미적 탄력의 초입에도 들지 못한 수필가들이 제대로의 단련을 거친 수필가들에 비해 압도적인 양적 팽창을 보여 온 것이 사실이다. 수필계는 이제부터 문장 차원의 미학적 감수성을 키우는데 크게 힘을 쏟아야 하리라 본다.

2. 짜임

수필의 문학성은 짜임이 주는 긴밀함에서도 온다. 유기적인 앞뒤 배열이 주는 질서는 그것만으로도 미감을 자아내 주기 때문이다. 겉으로 보면 적당한 길이의 산문처럼 보여도 잘된 수필은 겪은 대로 말하기의 순서를 진행형으로 놓으면서도 독자에게 소정의 긴장을 제공한다. 경우에 따라서는 순서를 역순으로 놓아 짜임의 변화를 보여주기도 하고 이야기를 두 개 이상 끌고 가는 복합구성으로 독자의 구미를 돋구어 주기도 한다. 그러나 아무리 짜임을 긴밀히 해 놓는다고는 해도 시나 소설이 주는 묘미에 비하면 상대적으로 느슨한 것임을 수필가들은 알고 들어가야 한다.

정혜옥의 <산골교회>11)는 비교적 단순한 짜임을 보이지만 앞뒤 질서가 긴밀해 보인다.

지난 겨울에도 이 길을 지나갔었다. 그때는 차가운 날씨 때문에 차창 한 번 열지 않고 지나쳐 가버렸었다. 그런데 오늘, 그 빈약해 보이

---

11) 대구 가톨릭 문우회, 『어느 강물 위에 누워』(1998, 대일), pp.187-190.

던 산골 마을은 초여름 신록에 둘러싸여 매우 아늑해 보인다. 산비탈을 일구어 만든 밭들과 거기 모여있는 농가들, 산골 동네의 소박한 풍경이 참 정겹다.

작은 냇물이 마을 앞을 흘러가고 들일을 하러 가는 사람들이 물을 건너고 있다. 마을의 끝머리 쯤에 큰 바위가 솟아있고 그 옆에 흰 들찔레가 피어있다. 열어제낀 차창 사이로 찔레꽃 향기가 왈칵 들어온다. 들찔레 덤불 사이로 사람들이 어른거리는 모습이 보인다.

차에서 내린 우리는 그 사람들을 향해 걸어갔다. 길 모퉁이에 있는 그 들찔레 덤불은 매우 넓게 자리를 차지하고 있고 지금까지 보이지 않던 작은 교회의 모습도 나타난다. 교회당 창문턱에 얹힌 베꼬니아 꽃화분이며 다알리아, 튜립같은 서양꽃으로 장식된 마당의 꽃밭, 교회당 주변은 매우 정갈하고 질서정연하였다.

교회당 가까이 있는 황토밭 위에서 여자들이 일을 하고 있다. 한 여자는 육순이 넘은 것 같고 또 한 여자는 그의 며느리쯤 되어 보이는 새댁이었다. 그들은 호미질을 하며 긴 밭이랑을 따라 가고 있었다 정갈한 교회당 분위기에 비해 이들의 모습은 거칠고 또 피폐해 보였다. 농부의 부인들인 이들은 초여름 햇살 밑에서 묵묵히 일을 하고 있었다.

그들 곁으로 갔다. 나이가 많은 여자가 경계하듯 나를 쳐다본다. 내가 그들에게 다가간 이유는 칠선계곡을 찾아가는 길을 묻기 위해서였다. 그러나 나는 온몸에 흙을 묻히며 일을 하고 있는 그들에게 유원지에 대한 말을 꺼집어낼 수가 없었다.

나는 그들이 뽑아낸 잡초더미에서 쇠비름 줄기를 찾아내어 뜨거운 물에 삶아서 초고추장에 무쳐 먹으면 좋겠다고 했더니 대뜸 반색을 한다. 쇠비름을 알고 있는 나를 한패로 받아들이는 듯 쇠비름 나물, 참비름 나물 하며 이야기를 한다.

나이가 든 여자가 갑자기 "아 이것이 땅 속에서 죽지 않고 살아 있었네."하며 움이 트고 있는 연두빛 새순을 소중하게 들어 올린다. 그 새순 밑에는 썩어버린 빈 콩껍질이 달려 있다. 나는 순간 새잎을 들어 올리는 노인의 주름진 손이 새 생명을 잉태시키고 썩어버린 빈 콩껍데기같다고 생각을 하였다.

그때 우리 뒤에서 요동치듯 소리를 내고 있는 것이 있었다. 교회당 입구에 매어둔 현수막에는 "죄를 회개하라." "구원을 얻으라."하는 글이 쓰여 있다. 그 글씨는 그네를 타듯이 앞뒤로 흔들리며 소리를 내고 있다.

그러나 그 산골 여자들은 그 소리를 들은 듯 못 들은 듯 일만 하고 있다. 깊은 산골에서 흙을 상대로 농사만 지으며 살아가는 이 농부들의 죄가 무엇일까? 무엇을 회개하라고 소리치고 있는가. 땅과 나무와 풀과 이런 것들에 둘러싸여 하루를 보내는 이들에게도 진정 회개해야 할 것이 있을까. 이런 의문이 일어난다.

문득 그 정결하고 질서정연한 교회당은 이 농부들과는 거리가 먼 것 같은 생각이 든다. 교회당을 장식한 다알리아나 튜립같은 서양꽃보다는 분꽃, 맨드라미 봉숭아같은 우리의 꽃이 이들에게 더욱 친근감을 줄 것 같은 마음이 든다.

어느덧 한낮이 되었다. 낮 기도시간을 알리는 듯 교회당에서 종소리가 들린다. 그 종소리는 좁은 교회당 종루를 벗어나 산비탈을 누비며 지나간다. 죄를 회개하라 하며 펄럭이고 있는 현수막의 바람소리와 함께 멀리멀리 퍼져간다.

그러나 땅에 붙어있는 사람들은 아무도 고개를 들지 않는다. 그들은 종소리를 듣기 이전에 이미 기도하는 사람의 자세가 되어 땅을 향해 허리를 굽히고 있다. 그들은 방에 엎데어 땅 속에서 솟아나오는 생명들을 보고 창조주의 권능과 섭리를 느끼고 있는지도 모른다. 그 거룩한 신비를 가장 겸허한 모습으로 받아 들이고 있는지도 모른다.

172

땅에 씨 뿌리고 가꾸고 열매를 거두고 그리고 긴 겨울을 추위를 그 씨앗들과 함께 견디며 또 그것들을 지키면서 자연의 한 부분으로 살아가는 그 농부들, 어쩌면 죄를 회개하라고 외쳐대는 사람들보다 그 농부들의 영혼이 더 창조주 가까이 있음을 느낀다.

돌아오는 길, 나는 그 땅에서 캐낸 나물을 얻어왔다. 그 나물 보통이를 들고 들찔레 곁을 지나오며 그들과 나는 쇠비름, 참비름 등 대우받지 못하는 풀에 대한 이야기만 했을 뿐, 죄의 회개에 대한 이야기, 구원에 대한 이야기를 한마디도 나누지 못했음을 깨달았다.

따옴 수필은 서두, 중간, 끝의 3단으로 되어 있다. "진실은 삶속에 있다"는 주제를 드러내고 있는 단순 짜임의 수필이다. 문장이 부드럽고 자연스럽다. 연조가 결코 일천하지 않은 작가가 썼음을 알게 한다. 중간 부분은 교회당과 농부의 삶을 대비시키는 가운데 주제가 뚜렷이 드러난다. 대비 내용은 아래와 같다.

	교회당	농부의 삶
①	질서	거칠다
②	회개의 요청	영혼의 순수
③	서양꽃	우리의 꽃
④	종소리	기도의 자세

중간부분의 짜임이 매우 긴밀함을 보여 주는 근거가 된다. 서두 부분도 정갈한 문장에 눈길이 끌리지만 결말 문장도 결코 만만치 않다.

돌아오는 길, 나는 그 땅에서 캐낸 나물을 얻어왔다. 그 나물 보통이를 들고 들찔레 곁을 지나오며 그들과 나는 쇠비름 참비름 등 대우

받지 못하는 풀에 대한 이야기만 했을 뿐, 죄의 회개에 대한 이야기, 구원에 대한 이야기를 한 마디도 나누지 못했음을 깨달았다.

'나물 보퉁이를 들고 들찔레 곁을' 지나온다는 대목의 배경설명이 주제 환기에 효과를 주고 있으며, '대우받지 못한 풀'에 대한 이야기는 신앙과 인생의 깊이를 가늠해 주는 열쇠가 되고 있다. 이렇게 겪은 대로 나열해 놓은 듯한 이야기도 역량에 따라서는 전체 짜임의 조망과 세부의 연결이 톱니처럼 맞물리도록 해 주는 가운데 이끌어 감을 확인할 수 있다.

짜임을 통해 문학성을 획득하고 있는 수필로 김열규의 <어느 길 동무의 뒷걸음질 얘기>[12]와 김태길의 <대열>을 꼽을 수 있다. 김열규 작품을 보자.

첫날의 비는 서정이고 둘째날의 비는 짜증이고 셋째날이 되면 원수. 한데도, 지난 여름 비는 두달 넘게 절룸댔다. 하늘에는 줄곧 검정구름이 걸레덩이처럼 너덜댔다. 그런 경황에도 걸레고랑새로 발을 헛디딘 햇발이 들판 모퉁이, 언덕 건너 밭머리 그리고 더러 인적이 끊긴 길가에도 디퉁대며 내리 서는 때가 없지도 않았다.

그런 한때, 나는 녀석을 걸리고는 동구밖에 나섰다. 군데군데 물 괸 데는 안아서 넘겼지만 아장대는 걸음치고는 그럴싸하게 한길까지 걸어 나갔다. 아니 내달아 나갔다. 녀석의 걸음은 늘 그렇게 성급했다.

자란만은 물빛이 바래 있었다. 해변으로는 흙탕물에 찢겨서 주눅이 들어 있었고, 난바다 쪽도 태풍에 휩쓸린 여독(餘毒)이 역력했다. 자란섬이 보기 딱하게 풀이 죽어 있었고, 옆 얼굴만 보이는 묵섬은 고개

---

12)『고성문학』10호(1994, 고성문인협회), pp.14−17.

를 들지 못했다 솔섬 끝에 붙은 거북바위는 아예 움찔도 안했다.

노상 편하게 누워서만 지나던 내해(內海)의 물살들이라 지칠대로 지쳐도 새삼 등을 기댈 곳이 없었다. 추락에 도리없이 자신을 내맡긴 백치 같은 표정으로 먼 하늘을 바라볼 뿐이었다. 그런 탁한 풍경에 엷게 어둠살이 깔리고 있었다. 포구로 돌아오는 배들이 허둥대는 소리 사이를 풀벌레 울음이 가르고 지나 다녔다.

바다가 훤히 내다보이는 마을 어귀 폭나무 등걸에 기대어 그 모든 것의 기적을 엿보고 선 나를 녀석이 떠밀었다.

"저기 가자."

그새 녀석은 늙은 나무, 몇 아름드리 둘레를 혼자 몇 순배를 돌았다. 하지만 끝내 벅수(돌장승)노릇을 고집하는 내가 짜증스러웠던 모양이다. 갓 익혔기에 서툴기만 했는데 딱히 이번에 만

"저기 가자."

라고 똑똑히 소리낸 것이 하도 듣기 좋아 나는 순하게 녀석의 명령에 따르기로 했다.

"그래, 더기 가다."

나는 유쾌하게 그의 어눌(語訥)을 흉내 냈다. 그는 포장이 끝난지 며칠 되지 않은 한길로 갔다. 그리곤 노랑빛 선명한 중간선을 들여다 보았다. 이윽고 손을 내밀어 만져 보았다.

"와 조옿다"

이 세상에서 처음 배운 감탄사를 외치고는

"안다(앉아)."

라고 했다.

도리없이 옆에 가 쪼그리고 앉는데 그는 땅바닥을 손바닥으로 훔쳐 댔다.

물기 짙은 아스팔트 바닥에 여린 손가락 자국이 줄줄이 그어지고

덩달아 노랑줄은 불빛이라도 쐰 듯이 선명해지는 것이었다. 나는 뜻하지 않던 「도로 미술」에 넋을 팔고 그는 한참이나 창작에 열중했다.

그러다가 손가락 끝을 입으로 가져갔다. 흡족하다는 뜻이었을까? 하지만 나는 질겁하고 손을 나꿔채고 일으켜 세웠다.

그는 노랑빛을 확인하듯, 한 걸음이라기 보다, 한 발자국 한 발자국 밟기 시작했다. 물기 젖은 검정 바탕에 그어진 노랑빛 줄에 매료된 그를 간간이 차들이 훼방했으나 그 때마다 내게 와서 매달리는 것도 잠시, 그의 노랑빛 행진은 계속됐다.

그러니까 폭나무 선 데서 새로 지어진 한 조각가의 공방 있는 근처까지, 근 오백미터나 될 거리를 그는 노랑줄 따라서 주파해갔다. 그의 둘도 없는 산책 동무인 나로서는 처음 보는 그의 일대 장정(長征). 신이 난 나는 사열행렬에 낀 병사처럼 보무도 당당히 그의 뒤를 따랐다. 아니, 황금길을 개척해 나가는 그를 나는 떳떳이 추종했다.

하지만 선구자의 길은 이내 끝이 났다. 그는 물기 바닥에 주저 앉았다. 곁에 간 나에게 다시금 "여기 안다"라고 하면서 그는 숨이 찼다.

물 건너, 보들이며 장배기 쪽엔 조금 때이른 불들이 켜지기 시작했다. 하지만 남녁 수국(水國)의 장마에 누기는 짙어서 바람은 질적대는 제 자락에 발목이 감겨서 흐느적대고 더불어서 먼 불빛이 눈을 제대로 뜨지 못했다. 아슴히 먼 통영 땅, 미륵산 머리가 짓물러져 있으니 밤새 비는 또 얼마나 악을 쓸 것인가.

이번에 "집에 가자"라고 먼저 말한 것은 나다. 한데 나의 선구자는 일어서려고 하지 않고 다만 손을 들며 말했다.

"안아."

명령치고는 너무 예뻤지만 나는 일어서서 빤히 그를 내려다보며 오던 길로 뒷걸음질을 쳤다. 화들짝, 녀석이 일어섰다. 내게 등을 돌렸다. 그리고 한 발 두 발…… 세 발도 못 내디디고 팽그르르 그는 주저

앉았다.

하지만 털고 일어섰다. 다시 또 한 발자국 두 발자국 그는 뒷걸음 쳤다. 그리고 세 발자국 또 피식하고 주저앉았다. 비록 "와, 좋다"고는 안했지만, 나의 뒷걸음질이 신기해서 따라 해보았으나 그게 쉽지 않았던 모양, 선구자의 생전 처음인 후진걸음이 이전 삼기, 삼전 사기했을 때 나는 달려가서 그를 부축했다.

"각하, 안 다치셨습니까."

내가 묻자 그는 "아푸." 다만 그렇게 짧게 말했다. 때마침 비가 쏟아지기 시작했다. 나는 그를 무등 태워서는 급히 걸었다. 그의 발이 내 앞가슴에서 장구채 놀 듯 했고. 내 걸음은 거기 장단을 맞추었다.

비는 차츰 세찼다.

비야 올려거든
한 닷새 더 오면 좋지.
가도가도 임포십리 비가 오데.

나는 소월에 빗대어서 노래했다. 하지만, 지금 녀석은 태어나서 삼 년을 자란 이곳에서 떠나갔다. 세상에서 제일 좋아하는 '뱅기(비행기)' 타고 서울 제 어미에게로 가고 없다. 사랑이 주는 것이라지만 순수한 받음도 사랑이란 것을 온 몸, 얼굴로 보여주던, 그가 없는 연 이틀 해 어름 때면 나는 노랑줄을 타고 보이지 않는 그의 뒤를 밟았다. 해도 그가 오지 않는 사흘째, 나는 아장 뒷걸음질을 쳤다. 그게 효험스러우리라 믿었기 때문이다.

그러나 비만 맞고 말았다. 나흘, 닷새 내 아장걸음이 비를 맞고, 세상이 끊긴 자란만 물깃을 따라서 난 노랑줄이 내내 비에 젖었다.

김열규의 수필은 묘사가 뛰어나다. 한편의 수필에서 묘사가차지하는 부분이 거의 반에 속한다.

한데도, 지난 여름비는 두 달 넘게 절룸댔다. 하늘에는 줄곧 검정구름이 걸레덩이처럼 너덜했다. 그런 경황에도 걸레 고랑새로 발을 헛디딘 첫발이 들판 모퉁이, 언덕 건너 밭머리 그리고 더러 인적이 끊긴 길가에도 버둥대며 내리서는 때가 없지도 않았다.

따옴글은 서두 부분의 묘사인데 여름 장마기의 한때를 드러내 보여준다. 묘사란 대개 비유로 이루어지는데 따옴글도 예외가 아니다. 「검정구름이 걸레덩이처럼 너덜댔다」라는 구절이 매우 감각적이나, 그 뒷부분의 비유도 첫발이 간간히 내리비치는 모습을 그린 것인데 감각에 바탕을 두었으면서도 상상을 잣게 한다. 관계사만 제거하고 줄 배치를 적절히 하면 그대로시가 될 법한 문장이다.

묘사는 일정량의 되풀이로 계속되고 있어 반짝거리는 별처럼 눈여겨 쳐다보기만 하면 아름답게 독자들의 가슴으로 들어온다. 「노상 편하게 누워서만 지나던 내해의 물살들이라 지칠대로 지쳐도 새삼 등을 기댈 곳이 없었다」나 「포구로 돌아오는 배들이 허둥대는 소리 사이를 풀벌레 울음이 가르고 지나다닌다」나 「하지만 남빛 수국의 장마에 누기는 짙어서 바람은 질적대는 세자락에 발목이 감겨서 흐느적대고 더불어서 먼 불빛이 눈을 제대로 뜨지 못했다」 같은 대목을 읽다 보면 이것이 시의 중간을 가로지르는 중인지 소설의 자별난 묘사대목을 스쳐가고 있는지 분간하기 어렵게 한다.

이러한 문장이 이루는 묘사 대목은 그렇다고 한결같이 이어지는 것이 아니다. 이야기 전개의 마디 사이에 놓여서 이야기를 훨씬 암시적이고 상상의 음영을 던지게 해주는 몫을 한다. 즉 「이야기→묘사→이야기→묘사→이야기」라는 형식을 갖게 되면서 이야기의 드러냄이 상상과 내포의 물결을 띠게 만든다.

음악에서 말하는 론도우 형식13)의 한 변형인 셈인데 주제를 효과적으로 드러내는 한 장치를 묘사의 되풀이가 담당한다고 보면 된다. 이야기(진술)를 A로, 묘사를 B라 할 때 <어느 길동무의 뒷걸음질 얘기>는 아래와 같은 진행을 보인다.

A^1 (첫 날의 ·································· 원수)
B^1 (한데도 ·································· 않았다)
A^2 (그런 한때 ······························ 성급했다)
B^2 (자란만은 ······························ 다녔다)
A^3 (바다가 ·································· 숨이 찼다)
B^3 (물 건너 ·································· 것인가)
A^4 (이번에 ·································· 맞추었다)
B^4 (비는 ·································· 노래했다)
A^5 (하지만 ·································· 때문이다)
B^5 (그러나 ·································· 젖었다)

이야기와 묘사가 정확히도 각 5회로 안배되어 있음을 본다. 이야기 부분인 A^3가 제일로 단락 길이가 길고 A^4가 그 다음 길고 A^1이

---

13) Rondo form : A−B−A−C−A−B처럼 주제(A)가 세번 반복되고 보통 Coda로 끝나는 기악곡의 한 형식.

제일 짧다. A^{1}이 짧은 것은 서두를 암시적 기능으로 배치한 데 그 까닭이 있을 것이다. A^{3}이 긴 것은 이야기 진행의 무게가 중간에 놓여야 한다는 데 그 이유가 있지 않은가 한다.

마지막 단락(B^5)이 묘사인 것은 서정과 여운의 묘를 살리기 위한 배치로 읽힌다. 이야기 대목과 묘사 부분이 어찌 이렇게도 한 치 어긋남이 없는 이빨과 잇몸의 사이로 놓여 있는가? 우리가 이를 두고 놀랍다고 말한다면 그 말에는 작가의 창작적 의도가 매우 세밀히 작품 속에 반영되어 있다는 점을 확인하는 뜻이 포함된다. 위에서 본 대로 A와 B가 나란히 평행선을 긋고 나가면서 겯고 트는 가운데 드러나는 것은 정서와 상상의 효과, 그리고 작가의 하고 싶은 바 말이다.

작가의 의도에 힘을 주면서 바라볼 때 이 수필은 짜임이 매우 긴밀함을 알 수 있다. A와 B의 되풀이도 그 구조의 한 각임이 분명하다. 그리고 이 수필의 배경으로 깔려 있는 '비'가 예사롭게 지나칠 그런 성질이 아니다. 서두에서 「첫날의 비는 서정이고 둘째날의 비는 짜증이고 셋째날이 되면 원수」라 하여 '비'를 주제의 의미있는 상관물로 내세웠고 끝단락에서 「나흘, 닷새 내 아장걸음이 비를 맞고. 세상이 끊긴 자란만 물깃을 따라서 난 노랑줄이 내내 비에 젖었다」라 하여 '비'로써 끝을 맺었다. 그럴 뿐만 아니라 이야기 진행에 '물기', '물건너' 등을 활용하고 김소월의 시를 인용하여 그리움을 자아내는 사물로서 유기적인 활력을 얻게 해놓고 있다.

손자의 장정(長征)과 뒷걸음질의 대비도 이야기가 의도된 구조물임을 실감하게 한다. 손자가 노랑줄을 따라 '주파'해 갔다고 한 것이나 황금길을 개척해 나갔다는 것은 '장정'에 포함되는 말이고 한 발자국 한 발자국 뒷걸음 쳤다는 것이나 후진 걸음이 이전삼기, 삼전사기 했을 때라 한 것은 뒷걸음질에 관련된다. 인간 삶의 행로에서 벅찬 장정을 시작하는 손자가 떳떳이 대로를 걸어나가기를 바라고 그것도 마땅함(중간선)을 지켜 나가기를 바라고 있으면서 때로는 뒷걸음질(후진)도 필요한 것임을 일깨워 주는 것으로 읽힌다. 뒷걸음질을 하기 전에 화자는 먼저 '집에 가자'라고 한 것에 유의할 필요가 있다. '집에 가자'는 귀향 귀소의 의미로 이어놓을 수 있고 근본이나 본원으로 돌아가자라는 내포로 읽을 수 있다. '황금길'의 대장정에도 한결같이 본원이나 근본을 망각하지 말라는 당부가 담겨 있고 '선구자의 길은 이내 끝이 났다' 하더라도 근본에서 다시 시작하라는 격려가 담겨있다 하겠다. 화자의 입장에서는 '뒷걸음질'에다 손자에게로 돌아간다는 의미, 유년의 청정세계로 회귀한다는 뜻을 규정하고 있을 수도 있다. 시에만 다의성이 있는 것이 아니라 수필에도 다의성이 있음을 보여주는 예가 되지 않는가.

김태길의 <대열>[14]은 두 개의 꿈 이야기와 결말로 짜여진 희귀한 작품이다. 어찌보면 콩트같은 인상을 준다. 싸르트르의 <구토>가 한 편의 에세이냐 소설이냐로 문제가 되고 있는 것처럼 <대열>도 충분히 논란거리가 될 수 있다. 허구의 요소가 가미된 인상을 강하게 풍겨 주고 있기 때문이다.

2층 사무실에서 화자(나)는 동편으로 가야 북쪽으로 가는 길이 가깝다고 생각하는 학생 데모 대열과 서편으로 가야 북쪽으로 가는 길이 가깝다고 여기는 진압군 대열을 내려다보고 있는 사람들 틈에 끼여 있다. 사무실 사람들도 어느새 양편으로 나눠지게 되는데, 학생

---

14) 『수필공원』 '86 봄호(1986, 한샘), pp.100-103.

들이 올라와 동참하자고 외치는 소리에 우루루 몰려나가고 이어 군인들이 올라와 동참하자고 외치는 소리에 남은 사람들이 또 몰려 나갔다. 화자는 옥상에 올라가 어느쪽 대열의 사람들 말이 진실인지 가려내기 위해 멀리 바라보고는 나름대로 북쪽으로 가는 길(통일의 길)에 가까운 주장을 하는 대열을 선택했다. 다시 사무실에 내려와 보니 사람들은 이미 다 대열에 동참하러 나가고 없었다. 문은 다 잠겨 버렸고 창문이 하나 열려 있어 창밖으로 뛰어 내렸다. 꿈이었다.

첫 번째 꿈이야기다. 두 번째 꿈은 창문 밖에서 아이들이 줄넘기를 하는 데서부터 시작된다.「아저씨도 줄넘기 같이 하셔요!」하는 요청에 머뭇거린다. 심호흡을 하고 운명을 하늘에 맡기는 기분으로 줄밑으로 뛰어든다. 줄이 발목에 걸리며 몸이 시멘트 바닥에 나뒹굴었다. 또 놀라 잠이 깨었다.

두 개의 꿈 이야기 다음에 오는 결말 대목은 아래와 같다.

*   등에서 식은 땀이 흘러 있었다. 다시는 잠이 오지 않는다. 1974년도 이제 다 갔다는 생각이 나를 더욱 서글프게 한다. 정말 고개를 들 수 없는 한 해였다. 꿈에서도 그랬듯이, 어떻게 해야 할지 조차도 모르고 어물어물 지내온 한 해였다.

이 작품에서 작가는 1974년 숨가쁘게 돌아가는 시대 상황에서 가위눌림이라 할까 침묵의 비굴함이랄까 지성인이 겪는 고뇌를 깊이 있게 드러내고 있다. 두 토막의 꿈은 주제를 심도 있게 드러내는 데 적절한 효과를 보여준다. 그러나 겪은 대로 말하는 수필에서 '꿈'이야기가 곧이곧대로 겪은 것이냐고 물었을 때, 말하자면 실제로 꾼

꿈이냐고 물었을 때 확실히 그럴 것이라고 대답할 독자는 그리 많지 않을 것이다. 리얼리티가 없어서 그런 것이 아니라 두 토막의 꿈 이야기의 결합이 매우 이색적이기 때문이다. 어쨌든 <대열>의 짜임은 주제 드러내기에 있어 놀랄 만한 기능을 보여주는 것만은 확실하다. 그만큼 문학성도 강한 것이 되고 있다. 수필가는 김열규나 김태길과 같은 '시도함'의 열의에 흠뻑 젖어 있어야 한다. 라틴어 엑시게레(exigere)에 어원을 두고 있는 에세(essai)가 '시험해 본다' '시도해 본다'의 뜻을 지니고 있지 않은가.

제5장
대화로 말하는 글예술

시가 가락으로 말하고 소설이 이야기로 말하고 수필이 겪은 대로 말하는 것이라면 희곡은 대화로 말하는 글예술이다. 장면과 동작을 지시하고 설명하는 무대 지시문이 있지만 이것은 부수적인 문장일 뿐이다. 희곡은 인물들이 나와서 하는 대화로써 진행되는 것이 특징이라 하겠다.

대화로 말하기

시가 가락으로 말하고 소설이 이야기로 말하고 수필이 겪은 대로 말하는 것이라면 희곡은 대화로 말하는 글예술이다. 장면과 동작을 지시하고 설명하는 무대 지시문이 있지만 이것은 부수적인 문장일 뿐이다. 희곡은 인물들이 나와서 하는 대화로써 진행되는 것이 특징이라 하겠다.

그런데 희곡(drama)은 소설이나 시나 수필처럼 문학 자체로만 존재하지 않는다는데 존재의 특수성이 있다. 읽기만을 위한 희곡이 있긴 하지만 그것은 예외이고 어디까지나 희곡은 무대에 올려지는 것을 전제로 쓰여지는 문학인 것이다. 다시 말하면 연극의 한 요소로 존립의 근거를 갖는다는 이야기다. 배우, 극장, 관객이 연극의 구성 요건인데 희곡은 이 요건들과 더불어 연극을 이루는 기본이 된다.

1. 인물의 대화, 희곡

소설도 이야기 전개에 있어 대화를 활용한다. 그러나 희곡의 대화 활용도와는 비교가 안된다. 희곡은 진행이 대화로써 이루어지기 때문이다.

◇ 나오는 사람들 ◇

꼼실네(30세)…양어장 주인, 과부

꼼실이(14세)…그녀의 딸.

돈 술(46세)…농부.

정노인(60세)…동네 농부.

朴 가(45세)…마을부호. 꼼실네를 사모함.

낚시군 A · B

◇때◇

현대, 늦가을.

◇곳◇

전라 남도에 있는 어느 농촌

◇무대◇

멀리 산. 그 산기슭에 널려 있는 초가집들. 질펀하게 깔린 논과 밭.
이러한 농촌 고유의 서정적인 정경을 배경으로 상수(上手)에 양철
집이 한 채. 마루를 가운데로 좌우에 방이 하나씩. 오른편 방에 잇대
어 부엌과 헛간이 무대 전면을 향해 비스듬히 굽었다. 헛간 앞에 장
독대. 이 꼼실이네 집은 일견하여 말끔한 것이 꼼실네의 세심한 잔
손질이 간 듯하다. 왼편방 뒤쪽에서 돌아나온 방죽 봇뚝이 무대 중
앙부에서부터 무대 안쪽을 향해 타원형으로 꼬리를 감췄다. 이 봇뚝
과 맞붙어 하수(下手)까지 터져 있는 논. 돈술의 유일한 제답이다.
배실배실 말라버린 벼잎이며 혹은 발갛게 타죽어 버린 벼포기며, 한

188

눈에 비참할 정도의 흉작이다. 그 하수 논 끝에 붙어 무대 전면을 향해 한 일자로 서 있는 초라한 돈술의 초가집. 한 칸이나되는 듯 비좁은 마루를 가운데 두고 오른편은 방, 왼편은 부엌 과 헛간.

오른편 방 앞에 꼼실네 집을 향해 쓸어질 듯 겨우 서있는 갈대 울타리, 하수 끝에 마을과 논길로 통하는 두 갈래의 길이 있다. 이 길은 하수 무대면 가까이서부터 상수 끝까지 통해 있어 결국 두 집의 마당을 겸한 길이라 해도 과언은 아니다.

막이 오르면 황혼 무렵─. 정노인이 등제 방죽 봇뚝을 힐끔힐끔 살피면서 조급히 꼼실네 집 앞을 서성대고 있다.

정노인 (의미 심장하게) 아무리 대가리를 짜고 궁리를 해봐야
　　　　 거 기묘한 이치거든… (도래질을 해대며) 알아봐야 송편
　　　　 떡 속에 팥고물 든 것. 뻔한 이치라! 뻔한 이치라… (안
　　　　 타깝게) 이고, 돈술이놈 그 곰같은 자식하고는, 잉─쯧쯧
　　　　 ─

(정노인, 서성대다 말고는 방문 앞으로 바싹 다가가 서며 조심히 방안 동정을 살핀다. 이때 상수쪽에서 꼼실네 물동이를 이고 등장. 단정한 옷매무새에 피웅피웅 살이 올라 무척 건강하다.)

꼼실네 (멈칫 서며) 누구랑가?
정노인 (찔끔 놀라 얼른 되돌아 서며) 이고. 이놈 저, 정신 좀보
　　　　 게. (어색하게) 허허허─꼼실넨가? 사실은 내가 긴요하
　　　　 게 물어볼 말이 있어서 왔네만… (부러)저런, 그 무거운
　　　　 것을… 내가 받아 줘? (바삐 꼼실네 곁으로 달려간다.)
꼼실네 (피하며) 괜찮해라우! 이까짓거…

(꼼실네 총총 걸어 물항아리에다 물을 쏟는다.)

정노인 꼼실네!

꼼설네 (물을 쏟으며 건성으로) 왜 그라시오?

정노인 꼼실네가 등제 방죽에다 고기 새끼들을 사처넣었담서?

꼼실네 그래서라우…

정노인 아니, 참말이여?

꼼실네 (오기스럽게) 아문이라우! 청청 대낮에 한짓인디 뭇낫다고 속일끄라우! 낚싯군이나 집어 넣어서는 푼돈이나 만져볼 궁리로…

정노인 (얼른) 으응―그래서 그놈이 화뿔이 나서 지랄이구먼.

꼼실네 누구라우?

정노인 아, 누구는 누구여? 돈술이제…

꼼실네 (기가 맥히다는 듯) 치이―시상 살다가는 또 별 거지같은 꼴을 다 보겠네. 아니 남 돈 벌어 묵고 산다는디 자기가 믄 상관이여?

―천승세의 <봇물이 터졌네> 서두 부분―

엄마는 욕조에 물을 받아주고, 거실 바닥에 명과 여자애의 속옷을 펴놓고 집을 떠난다. 여자애는 힘겨워하면서 명을 달래 몸에 비누칠을 해주고, 머리를 감겨주고, 잘 헹구어준다. 명은 하얗고 깨끗하게 변한다. 목욕을 하고 난 후 명이 가방에서 카드를 꺼내며 소리를 질러댄다. 금세 울 것 같은 얼굴이다.

"언어 전달을 써야 해."

"오늘은 뭐니? 내가 써줄게."

명은 생각한다. 그만 잊어버린 모양이다.

"생각해봐. 네가 기억만 해내면 이내 쓸 수 있으니 걱정마."

여자애는 침대 속에 명을 누이고 계속 생각해보라고 격려한다. 그러나 명은 이내 잠들어버린다. 명은 아무것도 적히지 않은 언어 전달장을 선생님한테 드리게 되겠지. 선생님은 버려진 아이를 보는 눈으로 내려다볼 것이고, 아이들은 잠시 놀릴 것이다. 그리고 명은 아무 영문도 모르는 채 파도에 밀려 멀리멀리 떠가는 쪽배같이 외로운 감정에 사로잡히겠지. 여자애는 하다가 만 수학 숙제를 한다. 시간은 이미 11시이다. 요즘은 책 읽을 시간도 없다. 여자애는 책읽기를 좋아한다. 언젠가, 세상에서 길을 잃어 빛 하나 없는 어둠 속에 있을 때, 그때 책의 구절들이 수많은 반딧불이처럼 되돌아와 여자애의 길을 밝혀줄 거라고 엄마가 말했기 때문이다. 또 책은 세상에 더 힘겨운 고통과 더 환한 기쁨과 더 깊은 의미와 더 귀한 가치가 있으니 쉽게 절망하지 말라고 용기를 주고 언제나 새로워질 힘을 준다고 한다. 아무래도 엄마는 가족을 버리고 가버릴 것같다. 어쩐지 그런 생각이 든다. 오래 전의 여름, 여자애에게 그 말을 하던 날 엄마는 이미 떠나려고 결심을 했던 것 같다. 어른들은 모르지만 아이들이 생각하는 건 대부분 이루어진다. 특별한 능력을 발휘하는 예언처럼.

불 끄기 전에 잠든 동생의 얼굴을 본다. 이상하게도 꼭 감긴 눈가에 눈물이 고여 있다. 여자애는 손가락으로 눈물을 훔쳐준다. 그리고 내일은 좀더 일찍 일어나서 언어 전달 내용을 다시 물어보아야겠다고 생각하며 형광등 불을 끈다. 방 안이 깜깜해지자 벽지의 야광 그림들이 연두색 빛을 낸다. 우주선을 탄 토끼, 초원의 기린, 나뭇가지의 새, 강가의 코끼리. 북극의 곰, 사과나무 아래에서 책을 읽는 소녀 그림들이 반복된다.　　　　　　　　　－ 전경린의 <밤의 나선형계단> 중간 －

희곡과 소설 문장을 따옴 대목들을 두고 비교해 보면 희곡은 '나오는 사람들'과 무대 지시문을 제외하면 대화 자체임을 알 수 있고 소설은 대화가 주요 요소는 되지만 경우에 따라서는 전혀 활용되지 않거나 양념 정도로 머물 수 있음을 보여준다. 희곡은 고전극에서 현대극으로 올수록 무대지시문이 자리를 점점 많이 차지함을 볼 수 있지만 대화 중심의 글예술성격 자체가 바뀌는 것이 아님을 알 수 있다.

희곡에서 대화는 인물의 성격을 나타내고 플롯을 진행시킨다.[1] 브룩스와 헤일만은 "대화는 인물 묘사도 하고 앞으로의 행동을 인도해야 하는데 그것은 곧 점차로 진행되어야 한다"고 하여 성격을 드러내는 수단으로서의 대화를 강조하였다. 그렇게 하자면 대화는 그럴듯한 것(plausibility)이 되고 자연스러워(naturalness)야 한다. 장면에 맞고 상황에 어울리고 인물의 말로서 어긋나지 않아야 한다.

또한 대화는 집중화에 이바지하고 간결성에 바탕을 두어야 한다. 소설이 길이에서 제약을 받지 않는 데 비해 희곡은 상연시간에 제약을 받고 무대에 제약을 받기 때문이다.

명수처 어머니

어머니 천벌이 내렸지. 살아서 남못할 일 시킨 죄로 병원 시체실
        에서 보름 동안이나 썩어야 하다니!

명수처 어머니!

어머니 (명수처를 보자 울음을 뚝 멈추고) 왜 나왔어! 몸이 편치
        않다면서 더 눠 있지 않구!

명수처 (미음그릇을 들어 내밀며) 미음 잡수셔요.

---

1) 구인환 외, 앞책, p.258.

어머니 너나 먹어.

명수처 전 아까 좀 먹었어요. 식기 전에 어서 드셔요

어머니 생각없다.

-차범석의 <위자료>에서

대화가 매우 간결하다. 그러면서도 이야기 진행이 집중적으로 이루어지고 있음을 본다. 너스레를 떨거나 불필요한 말을 늘여 놓아 이야기의 속도에 지장을 가져오지 않고 있다. 지루함에 떨어지게 하면 극적인 유기체로서는 낙제일 밖에 없게 됨을 작가는 잘 알고 있다.

2. 행동 드러내기

희곡은 흔히 객관적인 문학이라고 하는데 이는 작가의 개입이나 설명을 허용하지 않는 데서 온 말이다. 브룩스와 헤일맨은 희곡의 제약에 대해 말하여[2] 희곡에서는 직접적인 묘사를 할 수 없다는 것, 작자의 직접적 해설을 붙일 수 없다는 것, 순전히 정신적 심리적인 행동은 사용하기가 어렵다는 것 등을 지적했다. 행동의 세계를 무대 위에 표출하는 것이므로 이와 같은 제약이 있는 것으로 봄이 옳다.

아리스토텔레스는 『시학』에서 다음과 같이 지적하고 있다.

비극은 진지하고 일정한 길이를 가지고 있는 완결된 행동을 모방하는 것이요, 쾌적한 장식을 한 언어를 사용하고 각종의 장식은 각각 작

---

2) C. Brooks & R. Heilman, Understanding Drama(New York, 1965), p.25.

품의 상이한 제부분에 삽입된다. 그리고 비극은 희곡적 형식을 취하고 서술적 형식을 취하지 않으며, 애련과 공포를 통하여 이러한 감정의 카타르시스를 행한다.[3]

따옴글에서 볼 때 희곡은 '일정한 길이를 가지고 있는 완결된 행동'을 드러낸 것이 된다. 또 완결된 행동을 드러내기 위해 '쾌적한 장식을 한 언어를 사용'하는 대화가 필수적인 것이 다.

3. 상연을 위한 글예술

희곡은 연극 무대를 위한 설계도, 곧 각본이다. 눈으로 희곡을 읽을 때보다 배역을 정해 희곡을 읽으면 훨씬 현장감이 살아나는 까닭이 상연을 전제로 쓰여진 형식이기 때문이다. 길이에 제한이 있다든가, 배경이 자유롭지 않다든가, 완결된 행동을 그려야 한다는 것 등은 순전히 상연을 위한 전제에서 오는 제약이다.

완결된 행동을 드러내 보이기 위해 인물도 집중화되고 전형을 갖추게 되며 갈등과 의지의 투쟁을 보여주는[4] 성격으로 집약되지 않으면 안된다. 오혜령의 1막극 <돌아온 여인들>의 경우 농촌 잘살기 운동, 일테면 새마을 운동을 하는 인물들과 이에 대립되는 인물들이 펼치는 이야기다. 인물들이 모두 여인들로 등장하는 것이 이색적이다. 운동을 주도하는 이들과 이에 대립하는 이들을 추려 보면 아래와 같다.

---

3) Aristoteles, *Poetica*, ch.Ⅵ.
4) 구인환 외, 앞책, pp.252-253.

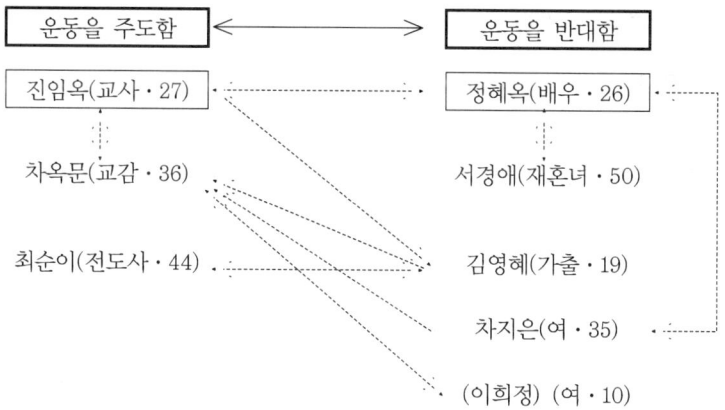

전반적으로 운동을 주도하는 인물과 반대하는 인물의 대립이라는 상황 설정 아래 펼쳐지는 <돌아온 여인들>은 개별 인물과 인물의 대립으로 위기를 만들고 있음을 본다. 주로 대립 세력간의 갈등을 보여주는데 진임옥과 정혜옥 사이 차옥문과 정혜옥 사이가 가장 큰 갈등의 관계가 된다. 그러면서도 같은 세력 간의 대립이 사건의 진행과 위기의 심도를 더해 주고 있음을 간과할 수 없다. 진임옥과 차옥문 사이의 갈등이 그것이다.

무대 위를 채울 인물의 행동들이 성격의 전형으로 살아나야 대립의 기초가 마련되는 만큼 배역과 배역의 견고 트는 긴장관계를 어떻게 심각한 수준으로 만들어 내느냐가 소중하다. 그림으로 그려 본 <돌아온 여인들>의 인물의 집중성과 성격의 전형화는 비교적 잘 이루어지고 있음을 볼 수 있다. 희곡 문장에서 앞에서 말한 대로 무대 지시문 (stage direction)은 대화와 함께 극 진행을 도와 주는데 이것이 무대에 올리기 위한 확실한 장치가 된다. 서두 부분의 무대 지시문의 예를 보자.

◇ 나오는 사람들 ◇

어머니(50세)

명 수(27세)…큰 아들.

명수처(25세)

광 수(24세)…작은 아들.

외삼촌(45세)

총무과장(40세)…뻐스회사.

◇때◇

현대

◇곳◇

명수의 집

*상연하는 지역에 따라서 지방 도시로 설정하여도 무방함.

◇무대◇

명수네 집 마루.

일정한 장치를 필요로 하지 않는다. 다만 넉넉치 못한 집안이라
는 분위기만을 설명할 필요가 있다. 마루를 사이에 두 양편에 방이
있다고 설정하면 된다. 따라서 건너방은 사람이 출입할 필요가 없
고 그 안방만은 출입문이 있으면 된다. 연극은 주로 마루와 뜰에서
진행되므로 최소한 마루만 설정하면 족하다.

마루 정면에 명색만의 상청<喪廳>이 꾸며져 있다. 조그마한 상
위에 어울리지 않게 큰 명수의 사진이 놓여있고, 사진틀엔 격식을

따라 검정 리봉이 여덟팔자형으로 매여있다. 그 앞에 촛대와 향그릇이 있다.

막이 오르면 이머니가 사진 앞에 앉아서 우는 듯 조는 듯 상반신을 연신 앞뒤로 서서히 흔들며 중얼거리고 있다. 마치 살아 있는 사람에게 말을 건네듯 하다가는 깜박 졸음이 왔는지 동작을 멈춘다. 다음 순간 소스라쳐 깨어나서는 다시 새로운 곡성을 울리고는 중얼거린다. 그러나 슬프다기보다는 권태로운 어조 같기도 하다.

ㅡ차범석의 3막극 <위자료> 서두 부분

◇나오는 사람들◇

(七名의 出演人員들이 各己 二役 三役 또는 四役으로 다음 役을 充當할 것)

1 病魔大王

2 小鬼長

3 나병 小鬼

4 小適 一

5 小鬼 二

6 小鬼 三

7 小鬼 四

8 金八字

9 下人

10 下人 一

11 下人 二

12 거지

13 妓生 월성

14 돌파리醫師

15 무당

16 굿쟁이 一

17 굿쟁이 二

18 굿쟁이 三

19 굿쟁이 四

20 病鬼(나병을 방문하는)

21 나병鬼一

22 나병鬼二

23 나병鬼三

24 의사

舞踊

1 病魔大王 入場時.

2 굿(무당과 굿쟁이의)

3 나병 小鬼의 춤(노래와 함께)

合唱

1 病魔大王讚歌

2 사랑의 노래

3 굿의 노래

4 나병小鬼의 노래

5 나병 박멸의 노래

獨唱

1 나병 小鬼 哀歌

(奇聲과 함께 무대를 질풍처럼 횡단하는 횃불들. 病魔大王과 그
의 위력을 상징하는 괴상하고 시끄러운 음악이 터져 나오며 이어
이 曲에 맞추어 노래를 하면서 나타나는 병의 마귀들. 巨大한 「병
마대왕」이 小鬼들을 이끌고 노래와 괴이한 춤을 추며 무대를 돈다)

「우리는 위대한 질병의 도깨비. 암흑을 지배하는 위대한 大王. 병
마대왕의 지시에 따라 이 세상의 인간들을 괴롭히는게 우리들 도깨
비의 유일한 임무, 아! 위대한 병마대왕. 아, 위대한 우리 도깨비.」
「우리는 위대한 질병의 도깨비. 제 아무리 인간들이 애를 써 봐
도 병마대왕의 지시에 따라 우리가 손을 대고 괴롭히며는 인간은
하나 둘 죽어야 한다.

아, 위대한 병마대왕.

아, 위대한 우리 도깨비.」

(노래를 마치자 小鬼中의 하나가 내미는 椅子에 대왕이 앉는다)

─이근삼의 <미련한 팔자대감> 서두 부분

◇나오는 사람들◇

어머니

아들

며느리

어사… 暗行御史

사또

이방
대장
사령 1, 2, 3
역졸 1, 2, 3, 4, 5, 6, 7
처녀들 많이

◇무대◇
초라한 집이 한 채 있을 뿐 울타리도 없다. 무대 중앙에서 약간
오른 쪽으로 마을 우물이 있다. 길쭉길쭉하게 다듬은 돌을 井형으
로 쌓아 올린 우물이다.

第一幕
(막이 열리면 처녀들 우물에서 고사리 나물을 씻으며 합창한다.
며느리도 같이 끼어 있지만 노래도 하지 않고 혼자 우울하다.)

「처녀들의 고사리씻는 동작은 무용이 가까운 율동적인 것이좋
겠다. 그 즐거운 분위기 속에서 며느리의 우울이 뚜렷이 표현되어
야 할 것이다.」

노래
뒷집 사는 동무들아
앞집 사는 동무들아
꽃바구니 옆에 끼고
나물캐러 가자시라
올라가면 올고사리

내려오면 늦고사리

아금아금 꺾어다가

앞냇가에 씻어갖고

우물에가 헹궈서는

반달이라 동솥안에

샛별같이 바쳐서는

생강후추 양념하여

열두판상 차려놓고

아버님요 어머님요

어서어서 일어나서

오좀기에 세수하고

비단수건 낯을 닦고

아침조반 하오시오

(처녀들은 헹군 고사리 나물 바구니를 들고 저마다 나가고 며느리만이 남는다. 며느리는 시름없이 집으로 걸어온다.)

－ 하유상의 2막극 <孝心感天曲> 서두 부분

인용한 서두의 무대지시문은 대동소이하지만 약간씩 다른 세 작품의 예이다. 차범석의 <위자료>는 「나오는 사람들→때→곳→무대」 순의 무대지시문을 보이고 있는데 이 순서가 정석이라고 볼 수 있다. 거개의 작품들이 이 순서를 보이고 있기 때문이다. 이근삼의 <미련한 팔자대감>은 「나오는 사람들→무용→합창→독창」 순의 무대지시문을 보이고 하유상의 <孝心感天曲>은 「나오는 사람들

→무대→제1막의 '삽입노래' 순을 보인다. 희곡의 성질에 따라 무대지시문이 상당한 변용을 보일 수 있음을 말해주고 있다. 어쨌거나 정석의 지시문이나 변용을 보인 지시문이거나 무대상연에 차질이 없도록 지시해 놓고 있는 것이 사실이다. 작품이 상연될 것을 전제로 지시하고 있음을 볼 수 있다는 이야기다.

4. '그렇게 보기'의 약속

대화로 말하는 글예술은 사건과 행동을 대화로 드러내면서 하나의 가공 세계를 구축한다. 가공 세계는 리얼리티가 획득되어 진짜인 것처럼 여겨지게 되지만 현실 그 자체가 아니다. 하나의 환상을 창조한 것이 된다. 여석기는

> 마치 무대 위에 나타나는 俳優가 사실은 고유의 자기 이름을 갖고 있는 배우이지 실지로는 그가 분장한 劇中人物이 아닌 것과 마찬가지로, 또 무대 위에 세워 놓은 집이 실지의 집이 아니라 나무 토막과 천으로 된 가짜의 집인 것과 마찬가지로, 演劇은 어디까지나 그럴싸한 가짜이지 절대로 現實과는 같지 않다. 그러나, 이 虛構는 단순히 어떤 架空의 사실을 나타내기 위해서나, 속임수를 장만하기 위해서나, 서커스의 마술사처럼 없는 것을 있는 듯이 보이기 위한 虛構는 물론 아니다. 그것은 人生의 리얼리티를 幻想化시킴으로써 보다더 리얼하게 드러내기 위한 방편인 것이다.[5]

---

5) 여석기, 『희곡론, 영미희곡수필평론』(1963, 신구문화사), pp.13-14.

고 지적한 바 있다. 이 말은 희곡문학의 '그렇게 보기'와 관련된다. 이른바 '컨벤션'에 대한 이야기라고 볼 수 있다. 사실은 배우가 분장했을 뿐이지 플롯 속의 인물이 아니다. 그러나 플롯 속 인물로 보아주는 약속이 희곡을 놓고 또는 연극을 통해서 이루어지게 된다. 무대 위에 세워놓은 집이나 장치도 실지로 사는 집이나 관리하는 장치가 아니다. 그러나 그렇게 보아주는 것이다.

기와로 깨끗이 단장한 두남국민학교 교감사택 내부. 무대 왼쪽은 긴 댓돌 위에 넓은 대청 그리고 내실로 통하는 미닫이 문이 전부 차지했고 무대 왼쪽 전면은 다른 방으로 인도하는 창호지문이 달려있다. 무대 오른쪽 후면에는 「간이상수도공사중」이라는 팻말이 붙어있고 양회부대, 나무조각, 연장 등이 어지럽게 널렸다. 그 너머 뒤쪽으로는 울창한 나무에 뒤덮힌 학교 건물의 일부가 보인다. 무대 중앙에는 통나무로 만든 동그란 의자들 서너개와 투박한 벤취가 어울리게 놓였다. 무대 전체의 분위기는 좀 어수선해 보이지만 집 뒤에 병풍처럼 둘러 있는 나무들과 하늘의 배경이 지극히 평화스러운 대조를 이루고 있다.
막이 오르면 한 여름 오후 서너시 경을 알리는 매미와 쓰르라미의 이중주가 절정을 이룬다. 댓돌 위에 까만 고무신 두 켤레가 제멋대로 놓여져 있고 마루 위에는 조그만 뒤주 하나가 있을 뿐 벽에 걸려 있는 표창장 액자가 이 집의 유일한 장식품이다.
무대 오른쪽 전면에 탭싸리로 대문 역할을 하도록 되어있는 부분은 거의 알아볼 수 없을 정도로 축 늘어져 있다.

따옴글은 오혜령의 <돌아온 여인들>의 '무대' 내용이다. 교감사택의 내부를 설명하고 있는데 댓돌 위의 넓은 대청이나 집 뒤쪽 울창한 나무에 뒤덮인 학교건물의 일부의 드러남은 분명히 만들어 놓은 세트에 불과하다. 그러나 실제 사람이 사는 대청이고 실제 크기의 나무이고 실제의 건물로 쳐 주는 공동의 약속이 전제되고 있다. 막이 오르고 나서 울리는 여름 매미소리와 쓰르라미의 이중주는 녹음된 효과음이지만 실제 매미소리로 듣고 실제 쓰르라미 소리로 듣는다는 묵계가 성립되어 있는 것이다. 이것이 바로 '그렇게 보기' (컨벤션)이다.

무대 위에서 주인공이 칼에 찔려 죽는 장면이 나오면 거짓으로 죽는 체하지만 관객이나 독자는 실제로 죽는 것으로 본다. 또 무대에 등장한 인물이 혼자 소리로 중얼거리거나(독백) 혼자 군소리로 하는 방백(傍白)도 관객이나 독자에게는 들리는 것처럼 하지만 무대 위에 있는 다른 인물들은 못 들은 것으로 인정해야 한다. 인물들이 입고 있는 옷도 사건 당대의 옷으로 인정해야 하고 쓰는 말도 당대의 말로 인정해야 한다.6) 브룩스와 헤일만은 "야구경기에서의 규칙이나 오랜 훈련의 결과처럼 또는 에티켓의 모습처럼, 제멋대로 다달은 공동의 약속"7)으로 '그렇게 보기'를 인정하고 있는 것이다.

---

6) 구인환 외, 앞책, p.246.
7) 구인환 외, 앞책, p.244. 재인용.

짜임

희곡의 짜임(플롯)은 소설보다는 훨씬 논리적이고 유기적인 연쇄를 보여준다. 길이에 있어 제한을 받고 상연시간을 무작정 늘여낼 수가 없고 배경이 제한되며 앉은 자리에서 다 볼 수 있는 완결된 행동을 그려야 하기 때문이다.

그러한 제한 속에서 재미를 주고 카타르시스의 효과를 얻게 하자면 짜임이 극적이고 단단해야 한다. 아리스토텔레스는 『시학』에서 다음과 같이 지적한다.

> 전체는 시초와 중간과 종말을 가지고 있다. 始初는 그 자신 필연적으로 다른 것 다음에 오는 것이 아니고, 그것 다음에 다른 것이 存在하거나 생성하는 성질의 것이다. 종말은 이와 반대로 그 자신 필연적으로 혹은 대개 다른 것 다음에 오나, 그것 다음에는 아무런 다른 것이 오지 않는 성질의 것이다. 中間은 그 자신 다른 것 다음에 오고 또 그것 다음에 다른 것이 오기도 하는 것이다. 그러므로 잘 구성된 플롯은 아무데서 시작하거나 끝나서는 안된다. 그 시초와 종말은 지금 말한 규정에 부응하지 않으면 안된다.[8]

시작과 중간과 끝이라는 짜임의 성질에 대해 말하고 있는데 시작할

---

8) Aristoteles, *Poetica*, ch. VII.

자리에서 시작하고 끝나야 할 자리에서 끝나야 하는 유기체로서의 단단함이 희곡의 생명임을 암시하고 있다. 소설은 때로는 작가 취향의 분위기 단락이 삽입될 수도 있고 주제를 강렬히 드러내기 위해 어느 장면을 필요 이상으로 늘여낼 수도 있다. 시도 때로는 시인의 사적 체험이 윤색의 농도를 짙게 할 수도 있다. 그러나 대화로 말하는 글예술은 '시작－중간－끝'이라는 고리로 집중되지 않으면 안된다.

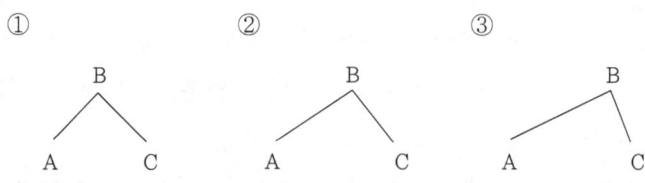

다만 시작(A), 중간(B), 끝(C)이 ①처럼 안정되어 있을 수도 있고 ②처럼 중간 부분이 비중이 실릴 수도 있고 ③처럼 끝이 급박하게 처리될 수도 있다. 극의 상황에 따라 비중과 완급이 조절되기 때문이다.

1. 짜임의 5단계

19세기 중엽 프라이탁(Gustav Freytag)은 『희곡의 기교』(Technik des Dramas)에서 아리스토텔레스의 3단계설을 더 세분화 시켜 5단계로 나누었다. 발단(introduction), 상승(rising), 절정(climax), 하강(return), 결말(catastrophe)이 그것인데 그 근거는 주인공과 적대 인물의 관계이다. 그에 따르면 발단은 앞으로 일어날 사건을 제시하고 상승에서는 구체적인 사건이 발생하고 그에 따라 주인공과 적대 인물의 갈등이 본격적으로 제시되면서 첨예화된다. 절정에서는 주인공이 적대 인물과 결정적으로 맞서게 되는데 여기서 주인공과 적대 인물의 운명이 판가름나게 되고 작가의 세계관이 구체적으로 드러나게 된다. 이때부터 극은 급격하게 하강하면서 결말을 맺는다. 이종대는 이를 그림으로 제시하면서 아래 설명을 잇는다.

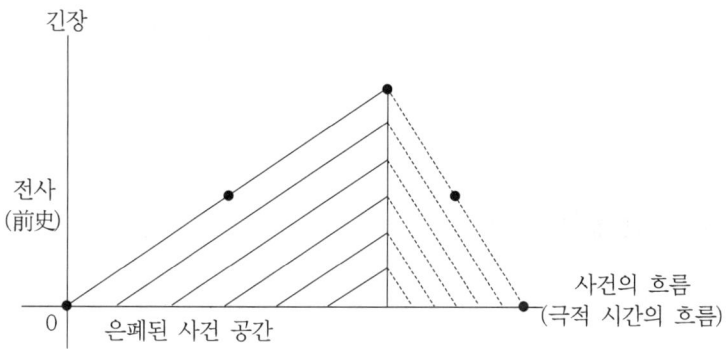

여기서 수직선을 기준으로 좌측은 전사(前史)에 해당되며 우측은 무대 위의 사건이 펼쳐지는 장(場)이다. 또한 수평선을 기준으로 위는 가시적 사건이 펼쳐지는 무대이고 아래는 무대 위의 사건과 동일한 시간대에 일어나는 사건이지만 무대 위에서 형상화되지 않는 즉 은폐된 사건이 발생하는 공간이다. 따라서 무대 위의 사건이 펼쳐지는 영역은 수직선 우측과 수평선 위가 공통으로 겹쳐지는 공간이라고 할 수 있다. 그 공간에서 수평선은 사건의 흐름 혹은 극적 시간의 흐름을 나타내며, 수직선은 대립과 그로 인한 긴장의 정도를 나타낸다.

무대 위의 시간이 흐를수록 긴장과 대립은 첨예화되다가 절정에 이르면 그 긴장과 대립이 폭발하여 사실상의 사건은 종결되고 긴장은 급격히 하강한다. 여기서 점선은 프라이탁의 이론을 모형화한 작품인데 그것은 다분히 이론적인, 관념적인 구조이고 실제 희곡 작품에 드러나는 구조는 위의 빗금 친 부분이 된다. 다시 말해 절정에 도달하면 이론적으로는 하강의 국면과 그에 따른 결말을 갖지만 실제 작품에서 그것이 드러나는 경우는 거의 회박하다. 특히 현대극의 경우는 더욱 그러하다.[9]

2. 5단계의 실제

프라이탁의 5단계를 다시 정리해 보면 아래와 같다.

· 발단 극의 들머리 부분으로 짜임의 실마리가 된다. 인물들이
       등장하고 유도적인 사건이 암시적으로 드러난다.
· 상승 사건과 인물들의 성격이 복잡하게 드러나면서 갈등, 분
       규를 일으킨다. 긴장을 더해 가면서 관중의 흥미와 주의
       를 집중시키는 극의 중심부이다.
· 정점 심리적인 뒤틀림, 의지와 의지가 맞붙고 주동과 반동간
       의 대립이 최고조에 이르는 대목이다.
· 하강 정점을 거친 다음 반전하여 파국으로 가는 부분이다.

---

9) 이종대, 『희곡의 세계』(1998, 태학사), pp.95-97.

· 대단원 짜임의 결말 부분이다. 극적 갈등과 투쟁이 종말을 고하고 관념의 긴장감이 완전히 풀린다.

오혜령의 <돌아온 여인들>을 5단계로 풀어보면 아래와 같이 된다.

· 발단   심훈의 상록수를 꿈꾸며 지역 개발에 힘쓰고 있는 진임옥 교사. 벌여 놓은 일들이 어려움에 봉착해 있을 때 가출소녀 영혜가 돌아옴. 교감 옥문과 임옥은 반가히 맞이함. 임옥과 옥문은 현실적으로 돈이 필요하다는 것을 확인하고 희정이 어머니 지은이가 올 것을 암시.

· 상승   ① 발육이 안된 희정이를 어린이들이 놀리는 데 따른 옥문과 임옥의 갈등
② 최순이 전도사는 딸 영혜가 벌어온 돈을 동네를 위해 기탁함.
* 희정의 존재(갈등 요인) 확인
③ 수도 사업 등 동네 개발 사업비 충당건으로 공동 장학기금을 헐자는 임옥과 이를 반대하는 옥문이 대립함.
* 희정의 존재 확인
④ 소설가 지은(희정의 모)과 배우 혜옥이 등장하고 지은은 딸 희정을 만남
⑤ 지은은 언니 옥문에게 고향에 왔으니 돼지나 잡으라고 말하고 혜옥은 뻐기러 왔다고 말함. 혜옥은 옥문에게 국민학교에 근무하며 희생하면 뭘 하느냐 하고 정부 표창이나 받으려는 것이냐고 빈정대자 옥문은 나가달라고 호통을 침.

⑥ 임옥과 혜옥은 임옥의 옛날 애인 이야기로 긴장. 그
동안 혜옥이 임옥의 옛날 애인과 사귀다가 헤어졌다고
털어 놓음. 임옥은 대수롭지 않게 받아넘김
· 정점 혜옥의 어머니 서경애의 등장으로 긴장함

작품에서 정점 대목을 옮겨 본다.

영혜 (숨이 턱에 차서 뛰어들어 온다.) 진선생님 오세요.

임옥 누가?

영혜 (숨을 몰아쉬며) 오신다니까요. (혜옥을 보며) 혜옥언니!
언제 오셨어요? 오늘 같이 손님이 많이 오다가는 내가 졸
도할거에요. (지은을 보고) 교감선생님 동생도 오셨네요.

임옥 침착하게 얘기해 봐.

영혜 저희 엄마가 그러시는데 혜옥언니 어머니께서 이장 할아
버지를 만나서 돈을 많이 내놓으시겠다고 하셨대요.

혜옥 어머니가?

임옥 (기쁨을 감추지 못하는 듯) 교감선생님. 어서 나와 보세요.
서울 손님들이 다 들이 닥쳤어요.

영혜 우리 어머니는 기도하시느라고 정신이 없으세요. 빨리 뛰
어가서 혜옥언니도 왔다고 말씀 드리겠어요. (뛰어나가다
가 마침 등장하는 서경애와 부딪친다.) 아야.

혜옥 (선채로) 어머니!

경애 너도 왔구나. (혜옥에게 다가간다.)

혜옥 (경애의 품에 안긴다)

210

옥문   (안방에서 마루로 나온다)

경애   차선생, 아직도 교감이시오?

옥문   아니 이게 누구십니까? (맨발로 뛰어 내려와 경애의 손을
       잡는다.)

순이   (미친 듯이) 오. 주여, 아버지. 하느님이시여! 이 선택 받은
       두남마을에 앞으로도 끊임없는 은총을 내려 주시옵소서.

· 하강   서경애의 귀향과 농촌 개발을 위한 지원 약속, 그리고
        혜옥, 지은의 귀향 결심

· 대단원 임옥의 감격

<돌아온 여인들>에서 상승부가 극의 중심임을 다시 확인할 수
있다. 실제로 상승부의 일부와 정점이 겹치고 있어서 칼로 두부 자
르듯이 경계를 명확히 할 수가 없다. 일테면 상승부의 ⑥번이 정점
에 포함될 수도 있다는 이야기가 된다. 하강과 대단원은 정점 다음
에 급락하는 모습을 보인다. 여기서도 하강·대단원은 관념적 형식
적 사고가 만들어 낸 허상이라고 지적할 수도 있을 듯하다.

민속극의 단절과 계승

민속극은 입으로 전해지는 입말의 문학과 관련되는 연극이다. 대화로 말하는 문학인 희곡이 글말의 문학이라면 민속극은 우리의 전통 입말의 문학으로 연희되는 민간 전승의 극이다.

가짜로 꾸민 배우가 등장하고, 집약적인 행위로 된 사건을 대화와 몸짓으로 표현하고, 다른 무엇에 의존하지 않고 독립적으로 공연될 수 있는 예술이라는 점10)에서 연극이라 할 수 있다. 이 민속극에는 가면극(탈춤)과 인형극이 있는데 대체로 사회비판적인 희극의 성격을 띤다.

1. 가면극과 인형극

가면극은 나무, 종이, 바가지 등으로 만든 탈(가면)을 쓰고 말을 주고 받거나 노래를 부르거나 하면서 몸짓과 춤으로 노는 극이다.

四八. 人物(八仙女 外에는 全員이 前述과 同一함
法僧大師 (海印寺 중, 正面을 向하여 앉아 있음)八仙女(상재 男
　　　女小巫 그 外에 三人을 追加하여 八名이 適當한 長編髮

---

10) 장덕순 외, 구비문학개설(1981, 일조각) p.163

女裝을 하고 正面을 向하여 앉아있음)

四九. 幕이 열리면 長短 국거리가락(4/4)과 三絃에 法僧과 八仙
女가 一齋히 일어서서 춤을 춘다 約 三分間 계속 後에

五0. 兩班廣大, 할미廣大, 말뚝이 옹生員 次生員 五方神將이
登場(모도 한쪽 구석에 서서 約三十秒間 춤을 보다가)

兩班廣大 (얼굴에 漸漸 怒氣를 띠우며 大聲으로)요바라 말뚝아一

말뚝이 네ー이 올소이다(長短과 三絃이 一齋히 근치고, 八仙女도
한쪽 구석으로 몰여 선다)

兩班廣大 중놈잡아 待令하라

중은 도망하여 한쪽 구석에 숨는다

말뚝이 녀ー이 올소이다. 하고, 중을 한참 차자단이다가 結局 잡
아서 兩班廣大 압헤 꿀러안치고, 중잡아 待令하엿소(달은
상재 一名이 따라왓다)

兩班 요바라 중아

중 네

兩班 너이놈 山골 중이 정성으로 禮佛이나 할 일이지 八仙女를
다리고 희롱을 한단 말이 웬말이냐

중 네 小僧이 只今 海印寺 중으로 義谷寺에 볼일이 잇서 내
려오던 道中에 仙女들이 못가게 붓잡기에 不得已 놀게 되
엿음니다만는 小僧도 本來 一亭庵 중이옵던니 二亭菴 가
는 길로 三路 네거리에 샛득한 任을만내 五腸에 든 마음
을 六圖로 풀너내여 七架裟 둘너메고 八道로 단이면서 求
하는게 美人이라 이중 저중 해페마오. 귀우에만 중이엿찌

귀아래도 중일는가요.

兩班 (怒氣 大發하여) 말뚝아 네 저놈 업퍼 놋코 때려라

말뚝이 네이(하고 중을 업퍼 놋코 때리려 할 때마다 상재가 수차
　　　로 중우에 업퍼린다)

次生員이 상재를 잡고 잇고, 말뚝이는 매를 치며, 중은 아이구 고
함을 친다. 十杖을 마친 後에

兩班 이놈 또 그러한 납뿐 짓을 할까

중　　다시는 안이하겻음니다 改過遷善하겟음니다 살여주십요

兩班 그만일러서라

ㅡ리명길본 〈진주오광대〉 제4막에서

가면극은 대화와 무대 지시문으로 이루어지는 희곡의 모습 그대
로를 보여준다. 따옴 대목에서는 양반과 말뚝이 그리고 중이 등장
하여 주고 받는 대화에다 인물의 동작을 지시하는 무대 지시문이
적혀져 있다. 공연은 남쪽은 정월 대보름날에 하고 중부 지역에서
는 단오날에 한다. 그러나 부락굿과 관련하여 공연되는 가면극은
공연일자가 고정적이나 부락굿과 관련이 희박해진 오광대, 산대놀
이, 해서 탈춤은 공연이 자유롭게 이루어질 수 있다.

가면극의 극적 형식은 매우 자연스런 면을 지니고 있다. 무대에
나온 배우가 "목중 : 떵꿍하는 바람에 구경을 나왔더니(楊州 5:2 이
두현)"라고 스스로 극을 보러 나왔다. 하고, 배우와 악사가 말을 주고
받기도 한다. 이런 요인들이 가면극을 지나친 극적 환상(dramatic
illusion)으로 몰아가지 않는 견제 역할을 해 준다.

지금까지 드러난 가면극은 다음과 같다.[11]

- 강능 관노 탈놀이 : 강능지방의 서낭제에서 공연하던 가면극. 연
  희자가 관노(官奴)임.
- 하회 별신굿놀이 : 경북 안동군 풍천면 하회동에서 공연.
- 야류(野遊) : 부산 근처 분포됨. 冶遊라 하기도 함. '동래야류',
  '수영야류'가 있음.
- 오광대 : 경남지방 분포. 다섯광대, 다섯과장으로 됨. '통영 오광
  대', '고성 오광대', '진주 오광대', '마산 오광대' 등
- 산대 놀이 : 서울 근처의 가면극. '양주별산대 놀이'가 있음
- 해서 탈춤 : 황해도 일대 탈춤 '봉산탈춤' '해주탈춤' '강령(康翎)
  탈춤' 등이 있음.
- 사당패의 <덧보기> : 사당패라는 떠돌이 극단이 공연하는 가면
  극. 특히 '덧보기'라 함.

인형극은 '꼭둑각시놀이' (덜미)라 하기도 하는데 나무로 사람의
모습을 만들어 그 인형을 놀리면서, 놀리는 사람이 인형들의 말을
대신 주고 받는 극이다. 20세기에 와서 글자에 오르고 연구가 되기
시작했다. 중국의 '郭禿'에서 왔고 일본으로 가서는 'クグッ(gugu-
tzu)'로 되었다는 설이 통설로 굳어져 있다.

인형은 나무나 박으로 만들어 색칠을 하고 옷을 입혔으며 크기는
삼십센티미터에서 1미터 정도이다. 넓은 마당에 기둥을 세워 커다
란 흰 포장을 치고 임시 극장을 만들어서 그 안을 세 부분으로 나
눈다. 가운데가 무대가 되고 양 옆쪽이 관객석이 된다.[12] 1936년에

---

11) 앞책 pp.166-168 참조
12) 김수업, 배달문학의 길잡이(1978, 선일문화사) p.276

채록된 김재철본 전8막 가운데 제1막을 옮겨 본다. 대화로 말하는 문학의 한 각을 엿볼 수 있다.

· 꼭둑각시 놀이

◇ 나오는 사람틀 ◇

박첨지…구장

홍동지…그의 조카

소박첨지…그의 아우

소무당…그의 조카딸

최영로…그의 사돈

표생원…해남 양반

꼭둑각시…그의 아내

돌모리집…그의 첩

상좌

잡탈중

동방삭

평양 감사

관속

강계 포수

촌사람(새면의 악사)

그밖에 이심이, 개, 꿩, 매.

새면 소리 요란한데 잡탈중이 와서 춤을 추고 다음에 관쓴 광대가 나와서 '세사는 금삼척이요. 생애는 주일배' 따위의 노래를 한참 동안 부른다.

제1막 곡예장

박첨지　떼루 떼루 떼루 떼루(새면에서 꽹매기를 꽹친다. 박이 놀
　　　　래어) 이게 무슨 소리냐.

촌사람　(새면) 여보, 영감.

박첨지　어ㅡ.

새 면　웬 영감이 아닌 밤중에 요란히 구느냐.

박첨지　날더러 웬 영감이랬느냐?

새 면　그랬소.

박첨지　나는 살기는 웃녘에 산다.

새 면　웃녘 살면 웃녘이 어디란 말이요.

박첨지　살면 살고 말면 말았지 이렇다는 양반으로서

새 면　그래서.

박첨지　서울 아니고야 살 데 있느냐.

새 면　서울이면 장안이 다 영감의 집이란 말이요?

박첨지　나 사는 곳을 저저히 이를 터이니 들어 보아라.

새 면　자세히 일러 보시오.

박첨지　서울로 일러도 일간통, 이골목, 삼청동, 사직골, 오궁터,
　　　　육조앞, 칠관악, 팔각제, 구리개, 십자가, 광명주리, 만리
　　　　재, 아래벽동, 웃벽동 다 젖혀 놓고 가운데 벽동 사시는
　　　　박사과라면 세상이 다 알고 장안 안에서는 뜨르르하시다.

새 면　그래 무엇하러 나왔어?

박첨지　날더러 왜 나왔느냐고?

새 면　그래서.

박첨지　내가 나오기는 있던 형세 패가하고 연로다빈하여 집에

들어 앉았을 길이 없어서 강산 유람차로 나왔다가 날이 저물어 주막을 찾어 주인에게 저녁 한 상 시켜 먹고 긴 장죽 물고 개리침 곤두리고 가만히 누웠노라니 어디서 별안간 뚱뚱뚱뚱 하길래 밖에를 나와 보니 어른은 두런두런, 어린아이는 도란도란, 짓걸덤벙하기로 '너희들 무엇을 이리 짓걸대느냐'고 물으니 '이동리에 남녀 사당이 놀음 놀기로 구경하려고 합니다' 어린애들은 이리 대답하나 젊은 사람들은 '심한 집 늙은이 길가다 잠이나 일찍 잘 것이지 닷곱에도 참녜 서홉에도 참녜가 무엇인가' 하기로 나도 현선백결에 늙었으나 노염이 더럭 나서 '이놈들 신로심불로라 하였거든 늙은이는 눈과 귀가 없느냐'고 호령 반 꾸짖었더니 다물러져 가더라.

새 면 욕을 했으면 무엇이라고 훈계를 했었나?

박첨지 양반이 지식있게 꾸짖었겠지 상없이 말했겠느냐?

새 면 그래서.

박첨지 네 에미 궁둥이와 네 애비 궁둥이와 마주 대면 양장구 똥구멍이 될 놈아 이렇게 꾸짖었네.

새 면 예끼 심한 잡늙은이 그리고 어떻게 했어?

박첨지 꾸짖고 보니 새면 소리는 심명을 도두기로 차차 찾어오니 이곳을 당도했네. 많이 모인 사람 중에 넘성지웃 넘어다 보니 어여쁜 미동과 미색이 긴 장단 군복에 남존대띠를 띠고 오락가락 춤추는 양을 보니 내가 길가던 늙은이일망정 어깨가 으쓱하기로 늙은 체모에 말못할 말이나 주머니 귀퉁이를 들여다보니 쓰던 돈이 조금 남았기로.

새 면   그래서.

(박은 아무 말 없이 눈을 감는다. 밑에서 치는 꽹매기 소리에 놀래어)

박첨지   어ㅡ.

새 면   애 박첨지, 그간 이야기하다가 잠을 자나 꿈을 꾸나?

박첨지   어ㅡ. 이것 보게 늙으면 죽어야 마땅해. 놀음판에 나왔다
         가 후기가 없어서 자연 실수 되었네.

새 면   그러나 저러나 주머니 돈은 얼마를 가지고 나왔나?

박첨지   얼마얼마얼마얼마(타령조) 날더러 얼마를 가지고 나왔느
         냐고?

새 면   그래서.

박첨지   잔뜩 칠푼이더라.

새 면   칠푼을 가지고 어디어디 썼단 말이요?

박첨지   비록 늙었을망정 비면이 썼겠느냐. 돈 쓴 데를 말할 터이
         니 자세히 들어 보아라. 사당 아이는 손목잡고 돌이고 주
         기와, 어여쁜 미색은 좋고좋은 상평통보를 입에 물고 주
         기와, 거사 불러 거사전 주고, 모개비 불러 행하해 주고
         나서 한 쪽이 무끈하기로 주머니 구석을 들여다 보니 칠
         푼 가지고 행하해 준 본전이 삼칠은 이십일에 두 냥 한
         돈이 남았더라.

새 면   예끼 심한 잡늙은이 본전은 칠푼인데 행하해 주고도 두
         냥 한 돈이 남았다니 행하해 주러 나온 게 아니라 여러
         손님 주머니를 떨지 않았는가?

박첨지   애 이놈아 네 그게 무슨 소리냐? 늙은이를 말시키고 술

을 대접 못할망정 고왕금래로 법이 있어서 이곳에도 번
화한 곳이라 관리가 있거든 늙은 박가를 포도청에다가
넣고 싶어서 무죄한 사람한테 그게 무슨 말이냐?

새 면　그러면 어째서 칠푼 가지고 실컷 썼는데 두냥 한 돈이 남
　　　　았단 말이요?

박첨지　네가 늘고 주는 목을 모르는구나?

새 면　늘고 줄다니요?

박첨지　세상 만물이 번성하여질 제 나는 짐승은 알을 낳고, 기는
　　　　짐승은 새끼를 치는 줄을 모르느냐? 이 잡놈들아 내 돈
　　　　도 그렇게 번성했다는 말이다.

새 면　내가 잡것이 아니라 박노인이 늙은 심한 잡것이요. 그러
　　　　나, 무엇을 하려고 나와 우뚝 섰소?

박첨지　날더러 말이냐?

새 면　그래서.

박첨지　몸은 늙었을 망정 마음에 신명이 나서 어깨가 으쓱으쓱
　　　　하니 춤 한번 추자고 나오셨다.

새 면　그러면 한식 추어보시오.

박첨지　장단을 때려라 떵떵떵떵. (새면의 장단에 맞추어 박은 춤
　　　　을 춘다.) 어으 어으 여보게.

새 면　왜 그러나.

박첨지　나는 이렇게 한식 추었으나 뒷절에 소무당녀들이 쌍쌍이
　　　　짝을 지어 나물을 캐다가 이 장단 소리를 듣고 춤추러
　　　　나온다네.

새 면　나오라고 하게.

220

박첨지 그러면 나는 육모초 들어가네.

2. 계승·복원, 그리고 새 지평

가면극 등 우리들의 전통놀이들은 일제 강점기에 철저히 배척당하고 금지당했다. 민중들의 삶과 호흡으로 숨쉬는 살아있는 예술은 겨레 공동체를 붙들어 주는 힘이 되기 때문에 그러했던 것이다. 일제는 그 대신에 서울에다 극장을 다수 세워 놓고 그들의 신파극을 퍼뜨리기 시작했다. 본정좌(本町座), 가무기좌(歌舞伎座), 경성좌(京城座), 수좌(壽座), 용산좌(龍山座).어성좌(御成座). 좌구량좌(佐久良座) 등의 일본인 극장이 경술국치 이전에 이미 세워져서 그 임무를 수행하고 있었다.

일제의 앞잡이 이인직과 임성구는 원각사라는 극장을 열거나 친일극단 혁신단을 만들고 일본 연극을 본뜨고 전파하기에 심혈을 기울였다. 그러는 사이 전통 민속극은 사라져 갔고 민중의 신명내기는 풀이 죽거나 마땅한 계기를 얻지 못해 굴절되고 마는 현상을 빚기도 했다.

광복 이후 뜻있는 이들에 의해 상당 부분 복원되고 연희되는 보람을 얻고 있기는 하지만 민중의 숨결이 고스란히 살아서 예술이라는 그릇을 채우고 그 숨결이 다시 삶의 에너지로 솟아나는 그런 고리를 만들어 내지 못하고 있는 것이 현실이다. 이른바 단절 이후 계승의 물꼬를 제대로 틔우지 못하고 그냥 감격하고 그냥 '좋은 우리 것'이라는 데에 맴돌고 있을 뿐이 라는 것이다.

그런대로 대학생들의 탈춤 운동으로 서툴지만 창작탈춤의 몸짓을 보게 되는 일은 민속극과 우리 희곡의 전망을 여는 단초가 된다는 점에서 기대에 값하는 것이 아닐 수 없다. 거기다 '진주 탈춤 한마당' 대회 개최와 안동의 탈춤 페스티벌 개막은 민속극을 민중의 숨결 안으로 돌려 주는 계기가 될 듯 싶다. 특히 1998년 제3회 「진주탈춤한마당」에서 1930년대 이후연희가 끊겼던 진주오광대를 복원한 일은 예사로운 일이라 할 수가 없다. 「진주탈춤한마당」을 여는 삼광문화연구재단13)이 주축이 되어 시민적 기구인 진주오광대복원사업회가 진주오광대를 복원한 것이다. 복원사업회가 만든 <진주오광대> 소개 내용을 옮겨 본다.

· 우리나라에서 맨 먼저 전문가의 눈에 띄어 재담(대본)을 채록했다 : 1928년 8월 14일 진주유치원에서 영문학자요 민속학자였던 정인섭이 말뚝이 강석진으로부터 재담을 채록했는데 이것이 한국 최초로 채록된 탈춤 재담이다(1933, 『朝鮮民俗』 창간호에 실림).

· 우리나라에서 맨 먼저 학자의 눈에 띄어 연구 논문을 썼다 : 정인섭이 채록한 재담을 보고 민속학자 송석하가 오광대를 두루 조사하여 「五廣大小考」(1933, 『朝鮮民俗』창간호

---

13) 삼광문화연구재단 : 재단법인 '삼광문화연구재단'은 지역금융의 대들보인 진주상호신용금고(회장 윤득용, 대표이사 윤철지)가 출연한 자금으로 1995년 6월 13일에 설립되었다. '지역민과 더불어 살며 행복을 나눈다'는 신념으로 20여년간 지역문화 발전과 우수한 인재 양성을 위해 해오던 사업들을 더욱 근본적이고 체계적으로 지원하고자 설립한 것이다. 주요 사업은 '마을축제 되살리기'와 '진주탈춤한마당' 행사다. 임직원으로는 이사장 김수업, 이사 강희근, 이사 곽상진, 이사 윤철지, 이사 이찬근, 이사 정병훈, 사무간사 곽재균 등으로 구성되어 있다.

에 실림)를 썼는데 이것이 한국 최초의 탈춤에 관한 학술
논문이다.

· 우리나라에서 맨 먼저 중앙 일간 신문에 자세히 소개되었다 : 민속
학자 송석하는 1934년 정월 보름에 진주오광대탈놀음을
구경하고 그해 4월 21일부터 30일까지 열홀 동안 <東亞
日報>에다 「南鮮 假面劇의 復興氣運」이란 제목으로
사진을 곁드려 소개했다.

· 마을 토박이 탈놀음과 전문 떠돌이 탈놀음이 어우러져 예술의 가치
가 아주 높았다 : 진주에는 설 축제의 마무리로 대보름에
놀던 토박이 탈놀음이 옛부터 내려온 위에 진주에 있던
「솟대쟁이패」가 오광대탈놀음을 경상도 전역으로 떠돌
며 놀았던 까닭에 매우 뛰어난 예술성을 갖추었다.

<진주오광대>는 다섯 마당으로 짜여져 있다. 첫째 마당은(신장
놀음)은 동방 청제신장(靑帝神將), 남방 적제신장(赤帝神將), 서방
백제신장(白帝神將). 북방 흑제신장(黑帝神將), 중앙 황제신장(黃
帝神將), 곧 오방신장(五方神將)이 땅 위의 모든 잡귀와 잡신들을
누르고 몰아내는 마당이다. 둘째 마당(오탈놀음)은 동방 청탈, 남방
적탈, 서방 백탈, 북방 흑탈, 중앙 황탈, 곧 오방지신(五方地神)이
나타나서 갖가지 병신춤으로 놀면서 무서운 질병의 신(疫神)을 몰
아내고 안녕과 평화를 지켜주는 마당이다. 셋째 마당(말뚝이 놀음)
은 한없이 유식한 하인 말뚝이가 무식한 주인 생원님과 주인의 친
구인 옹생원 · 차생원을 골려먹는 놀이로서 신분으로 사람을 차별
하는 사회 제도가 얼마나 잘못되었는가를 보여주는 마당이다. 넷째

마당(중놀음)은 산 속에서 수도하던 스님이 속세에 내려왔다가 양반들이 팔선녀와 어울려 춤추며 노는 것을 보고는 세상 재미에 넋을 빼앗기는 놀이로서 수도자의 삶과 세속인의 삶을 대조하여 참다운 삶이 어떠해야 하는지를 묻고 있는 마당이다. 다섯째 마당(할미놀음)은 집안을 버리고 떠돌던 생원님을 말뚝이가 데리고 왔으나 생과부로 늙어버린 할미와 어여쁜 기생을 둘씩이나 데리고 온 영감 사이에는 풍파가 일어난다. 무책임한 남편 때문에 여인의 삶과 가정이 어떻게 되는가를 보여주는 마당이다.

이런 짜임의 <진주오광대>가 이제 연희됨으로써 진주 사람들의 문화가 한결 두터워지게 됨은 물론 삶의 시름을 담아내는 예술적 용기가 오늘의 삶과 의식을 창조적으로 담는 용기로 확대될 터전이 마련된 것이다. 아울러 창조적 상상력에 더 깊이 함몰되어 있는 1920년대 이래의 우리 희곡 문학이 전통민속극의 활력에 접맥되는 또 하나의 계기가 될 수 있지 않을까 한다.

그동안 애써 만들어온, 대화로 말하는 글예술은 우리 민중의 애환과 삶이 긋는 궤적에서 우려낸 것이기보다는 외래 형식이 우리의 삶을 그냥 우격다짐으로 짓이겨 놓은 것이라는 인상을 지울 수가 없다. 이제부터라도 희곡에다 전통극의 그 살아있는 숨결을 불어넣을 필요가 있다 할 것이다. 그 길은 새로운 지평에 닿아 있으므로 작가들의 창조적 모색에 기대를 걸지 않을 수 없다.

제6장
따져 말하는 글예술

글예술이 만들어지고 나면 그 글예술의 값을 따지는 글이 나오게 된다. 입으로 말하고 입으로 토론하고 입으로 맛보면서 값을 따지는 것도 있을 수 있겠지만 그것을 글로써 드러내게 되면서 '따져 말하는 글예술' 갈래가 생겨나게 된 것이다. 이것이 곧 비평이다. 오늘 우리 문학의 경우 비평을 평론이라고도 하면서 글예술 5대 갈래의 하나로 치는 것이 상례로 되어 있다.

따져 말하기, 비평

1. 뜻넓이

　따져 말하는 글예술인 비평은 서양의 'criticism'에 해당되는 갈래이다. 이 말은 라틴어인 criticus, 희랍어인 Krinein에서 왔다. criticus는 'a judge'의 의미를 지니는데, '심판, 재판관, 감정가, 심사원' 등의 뜻이 된다. 한편 criticism의 형용사 'critical'에는 '비평적'이라는 뜻과 '위기의'라는 뜻이 있다. 같은 어원의 'crisis'는 위기라는 뜻이다. '크라이시스'는 의학상으로 죽음이냐, 회복이냐 하는 병세의 전환점을 의미하고, 일반적으로는 '결정적 순간' '전환점' 등의 뜻을 가진다. 결국 비평은 '가치의 애너키즘'을 극복하려는 의도를 내포한다.[1] Krinein은 '구분하다, 식별하다. 결정하다' 등의 뜻으로 풀린다. 그러므로 어원상 비평은 여러모로 따져서 성질을 식별하고 가치를 판단하는 글임을 알 수 있다.

　비평에 대한 사전 풀이를 보자.[2]

　문학비평은 텍스트 인물, 구성, 문학론을 다룬 비평적인 작가의 문

---

1) 문덕수, 앞 책, p.229.
2) 구인환 외, 앞 책, pp.343-344, 재인용.

학, 또는 예술적인 본질과 평가의 기술이다.

(The Shorter Oxford English Dictionary)

문학비평은 문예작품의 美와 단점에 대한 지식과 적정의 판단과 가치 평가의 기술이다.

(Webster's New International Dictionary)

문예에 대한 과학적 비평을 말한다. 곧 작품의 비평은 好惡를 기초로 할 것이 아니고, 여러 가지 점에서 논리적으로 귀결을 지어 보려는 비평 방법을 가리킨다.

(백철 편 「文藝辭典」)

2. 기능

따져 말하는 글예술은 갈래로 굳어져 오면서 3가지의 단계적 기능을 지니는 것으로 자리잡아 왔다. 글예술에 대한 해석이 그 첫단계이고 감상이 그 두 번째 단계이고 평가가 그 세번째 단계이다. 해석의 기능은 기초적인 것으로 우선 글예술을 판독하거나 이해하는 기능을 말한다. 오래된 자료인 경우 판독을 해야 하고, 텍스트(원본)가 모호할 경우 어귀를 바르게 풀어야 하고, 텍스트를 잘 이해하기 위해 역사적 지식을 원용해야 할 경우 그 지식을 섭렵해야 한다. 일테면 작품을 감상해내기 위해 필요한 일체의 준비 과정으로서의 비평적 접근이 '해석'(interpretation)인 것이다.

이기철의 <李相和의 「나의 寢室로」>는 해석의 기능을 보여주는 작품인데 한 대목을 옮겨본다.

228

시 「나의 침실로」는 매우 아름다운 언어의 조직과 정감적인 분위기를 갖고 있으며, 그 형식상의 균형미도 뛰어난 작품이다. 그러나 이 시를 해석하고 이해하는 데는 몇 가지 어려움이 수반되는 애매한 시어가 등장한다. 그리하여 여기서는 이러한 몇 곳의 애매한 말의 해석상 여러 견해를 비교 검토하고 시 전체의 문맥에 맞는 해석의 길을 제시하려고 한다.

먼저 이 시의 1행에 나오는 「마돈나」의 의미에 대한 여러가지 해석이다. 마돈나에 대한 해석상의 여러 차이는 마돈나가 기독교와 어떤 관계를 지니느냐 하는 데 집중되어 있다. 앞의 <나의 침실로>에 대한 여러 논문들의 견해를 보면 대체로 마돈나는 이탈리아어 마돈나가 성모 마리아를 지칭하는 것이지만 그렇다고 이 시에서 마돈나가 반드시 성서에서 말하는 성모 마리아를 말하는 것은 아니며, 오히려 마돈나라는 이름은 연인의 정신적 승화인 영원한 여성이거나 사랑하는 사람을 성모 마리아처럼 섬기겠다는 열렬한 사모의 정을 나타낸 우의적인 말일 뿐이라고 본다.

이 견해를 발전시켜 본다면 마돈나는 이상화에게 있어서는 이 시를 쓸 때의 연인이었던 유보화로 보는 견해도 용인될 수 있다. 그러나 매우 우의적이고 상징적인 이 시에 있어서 마돈나는 축어적 해석을 할 것이 아니라 함의적인 해석을 내리는 것이 타당할 것이므로 마돈나를 인류를 구원할 수 있는 성모 마리아로 볼 수도 있고, 화자가 사랑하는 아름다운 육체를 지닌 젊은 여성이라고 볼 수도 있으며, 조국의 해방 혹은 민족의 구원을 전해줄 수 있는 메신저로서의 마돈나라고 볼 수도 있을 것이다. 그렇다고 하더라도 이 시의 정조와 분위기로 봐서는 마돈나는 수밀도의 가슴을 가진 아름다운 여성임을 간과할 수는 없다.

다음으로는 「목거지」의 의미이다. 그동안 목거지에 대해서는 여러 가지의 해석이 있었는데 목거지는 여러 사람이 모이는 잔치마당의 대구지방의 방언으로 봄이 타당하다. 이상화의 시와 산문의 다른 곳에서의 목거지의 사용을 예로 보면 그것은 곧 판명된다.

그 밤의 어둠에서 쏨여난 뒤직이 가튼 신령은
光明의 목거지란 이름도 모르고

<비음의 서사>

뼈저리는 좋은 맛에 자스러지기는
보기좋게 잘도 자란 果樹園의 목거지다

<나는 해를 먹다>

우태로 부부는 십이월 삼십일 오후 아홉시부터 열 두시 사이에 마려훈이가 그린 물우로 거러가는 크리스트란 그림을 전등으로 보시게스리 목거지를 열 터이온즉 소만왕림하심을 바라나이다.

<염복>. 시대일보 연재 134회 분

여러 손님은 남에게 자랑을 하려고 일부러 이름 잇는 사람을 손가락질 하면서 이런 못고지에서는 이런 짓이 체면치레로 알 든 것이었다.

<염복>, 시대일보 연재 158회 분

위에서, 광명의 목거지란 어둠을 뚫고 나가 광명하게 함께 사는 목거지를 뜻하고 과수원의 목거지란 과일나무의 우거져 있음을 말하는 것이며 <염복>에서의 못고지 혹은 목거지는 여러 사람의 모임, 연회, 잔치마당을 가리키는 것임은 문면을 자세히 읽어보면 확실한 것임을 알 수 있다.

다음으로는 3행의 <눈으로 유전하던 진주>인데, 이 구절에 대해서 어떤 해석자는, 진주는 눈물 혹은 일상적 가치이며 그리하여 이 구절

230

은 눈물이나 일상적 가치는 버리고 몸만 오라는 뜻으로 풀이했고, 또 어떤 해석자는 이 구절을 값나가는 장식품 즉 겉치레라고 보고 장식품이나 겉치레는 그만두고 몸만 오라라고 해석했다. 이런 해석을 통해서 보면 이 구절의 <눈으로 유전한다>는 뜻은 家寶로 내려 오는 유물 또는 장식품으로 볼 수 있어 화자가 기다리는 것은 가보가 될 만한 유물이나 장식품 따위의 겉치레는 다 두고 마돈나 너만 오면 된다는 의미로 볼 수 있다. 이 때 마돈나는 물론 몸(육체)을 가진 마돈나이다.3)

따옴 대목에서는 <나의 침실로>의 애매한 시어 '마돈나' '목거지' '눈으로 유전하던 진주'에 대한 해석의 노력을 보여주고 있다. '마돈나'는 축어적인 해석을 할 것이 아니라 ①성모 마리아이거나 ②아름다운 육체를 지닌 젊은 여성이거나 ③민족의 구원을 전해줄 수 있는 메신저로 볼 수 있다고 했다. '목거지'는 여러 사람의 모임, 곧 연회, 잔치 마당을 가리키는 것으로 보았고 '눈으로 유전하던 진주'는 가보로 내려오는 유물 또는 장식품으로 보았다. 이와 같은 점검은 <나의 침실로>에 대한 해석상의 쟁점을 풀어내는 기초적 비평 작업에 해당된다.

두 번째 단계인 감상의 기능은 최종 평가를 위한 전단계에 해당된다고 볼 수 있다. 물론 감상 자체가 비평의 목표일 수도 있음에 유의할 필요는 있다. 그렇다 하더라도 비평이 글예술에 대한 값 따지기에 있다고 볼 때 전단계로서의 기능임을 부인할 수 없다 하겠다. 감상 비평의 한 예를 들어 본다.

---

3) 한국시문학회 편, 『한국현대시작품연구와 감상』(1993, 학문사), pp.62-64.

「열치매 나타난 달이

흰 구름을 좇아 떠가는 것 아니야?」「새파란 나리(내)에 耆郎의 즛
(모양)이 있어라! 이로 나리 조약(小石)에 郎이 지니시던 마음의 끝을
좇과저.」

아으, 잣(栢) 가지가 높아 서리를 모를 花반(花郎長)이여!

(열치매

나토얀 드리

흰구룸 조초 뼈가는 안디하

새파론 나리여히

耆郎이 즈싀 이슈라

일로 나릿 지벽히

郎이 디니다샤온

모수미ᄀᆞ홀 좇누아져

아으 잣가지 노파

서리 몯누올 花반이여)

이 노래는 진작 그 <높은 뜻>-高邁한 詩想으로 新羅 당시에
국내에 喧傳되었던 名歌, 그러기에 景德王의 말에도 <朕嘗聞師讚
耆婆郎詞腦歌, 其意甚高>云云이라 한 것이다.

우선 그 奇想天外의 詩法! 作者는 <耆婆郎>이란 젊은 花郎長
의 드높은 人格과 理想, 志操를 기림에 있어서 한 마디도 그것에
직접 언급함이 없이 돌연히 劈空撰出의 <달>과의 問答體를 빌어
와 前八句에서 그것을 은연중 暗喩로 傍敍 <얼마나 的確한 이미
지를 주는 효과적 手法인가!), 結二句에서 <잣가지>를 빌어 그것
을 正敍하였다. 그러나 우선 그 <問答體>의 <天衣無縫>한 솜씨

를 보라! 독자의 便宜를 위하여 右 解詩에 내가 인용부를 蛇足으로 덧붙여 第一−三句가 <달>에게 試問하는 辭, 第四−八句가 <달>의 擬答임을 보였으나, 原詩엔 물론 그런 것이 있을 리 없고, 오로지 독자의 문학적 想像力을 기다릴 뿐. (이런 경우에 平明만을 위주하는 西詩라면 필시 <내가 달에게 묻되…>, <달이 대답하기를…> 운운의 군소리를 붙여 詩興을 平板化할 것이다)

  前 八句의 詩意−
  「구름 장막을 홱 열어젖히매 둥두렷이 나타나는 달아, 너는 흰 구름을 좇아 西쪽으로 떠가는 것이 아니냐?」
  (달이 대 답하되)
  「나는 흰 구름을 좇아감이 아니로세.
  멀리 地上을 굽어보니,
  새파란 閼川 냇가에
  耆郎의 모양이 있어라! 이제로부터 냇가 모래벌 위에 郎의 가지고 있던 그 <마음의 끝>을 좇으려 하옵네.」
  後 二句−<亂>(結辭)에 가로되,
  「아아, 잣가지가 드높아, 서리를 모르올 花郎님이여!」

  우선 그 問, 答, 結辭로 된 三部體. 이는 위에 잠깐 언급한 대로 저 希臘 희곡의 <男, 女, 合>唱과 不期而同되는 희한한 詩法이다. 또 그 詩 벽두에 냅다 던지는 <열치매−>라는 <아닌밤중에 홍두깨> 같은 異樣의 手法. 내가 위에 <구름 장막을 홱 열어젖히매>라는 구구한 補註를 더했으나, 그런 부질없는 <客語>까지를 蛇足으로 덧붙임은 나 같은, 혹은 西詩같은 庸才의 時法. 저 鄭松江의 네 長歌(「關東別曲」, 「思美人曲」, 「續美人曲」, 「星山別油」)의 멋들어진 각 허두

-<江湖에 病이 기퍼> <이 몸 삼기실 제> <뎨 가는 뎌 각시> <엇던 디날 손이> 등도 이에 비하면 당초부터 문제가 안되는 凡庸한 <發聲法>이랄 수밖에.

그러나 이 노래의 最高의 妙技, 奇絶한 詩想은 물론 저 第八句의, 「마음의 끝을 좇과저」(믐 홀 좇누아져)의 <마음의 끝>이란 한 句에 있다. 달이 서쪽으로 감은 거저 뜻없이 감이 아니라 냇가 모래 위에 耆郞이 서서 지녔던 <마음의 끝을 좇아감>이라고 달이 답하는 것이다.

따옴글은 양주동의 <新歌歌謠의 文學的 優秀性 —주로「찬기파랑가」에 대하여>4) 중간 부분이다. 신라노래 <찬기파랑가>에 대한 감상 비평인 셈이다. 노래가 묻고 대답하고 결론을 짓는 3부체로 된 짜임을 보인다는 분석에다 작가의 주관과 정서가 개입된 비평이다. 감상은 향수하는 것이기 때문에 주관적 정서에 의지하게 된다. 거기다 작가의 직관이 중요하게 작용하기 마련이다. '돌연히 劈空撰出의 달'이라든가 '효과적 手法인가!' '실로 놀랍게 선연하지 않은가!' '하도 흥겨우니 한 폭의 <기하>도로 이를 표현, 설명할 수밖에.' 등의 표현이 주관적 수용의 질감을 보이는 대목이다. 찬탄하고 기리는 말법에 잘 길들여진 비평가의 감상이 그것대로 하나의 새로운 문체를 드러내고 있음을 본다.

따져 말하는 글예술 기능의 세번째 마지막 단계는 평가이다. 따지기의 목표는 값을 매기는 일, 곧 가치 평가에 있다. 그 가치는 글예술의 미학이나 내용에서 따로 따로 추출될 수도 있지만 형식과

---

4) 『신한국문학전집평론선집(1)』(1979, 어문각), pp.343-347.

내용의 일원적 질서 위에서 드러나는 것일 때 보다 합당한 것이라 하겠다.

① 이상 考察을 통해 우리가 우리 詩의 짜임새를 위해 지름길을 찾을 가능성이 어느 정도 밝혀졌다고 생각된다.

첫째, 現代詩는 그 의미의 外延과 內包 양면에서 誤謬를 범하지 말아야 한다.

다음, 現代詩의 짜임새는 물론 적절한 譬喩, 이미지의 구사로 획득될 수 있는 것임에 틀림없다. 그러나 그들이 行이나 聯을 단위로 하는 부분적인 것에 머물러 있는 한 現代詩의 짜임새가 總體的인 것이 될 수는 없다. 적어도 現代詩가 한 作品으로서 완전한 짜임새를 지니기 위해서는 전체 작품의 外延과 內包가 한 점에서 집약되는 과정이 거쳐져야 한다. 그것을 우리는 Tension이라고 할 수 있을 것이 다.

셋째, 한 作品의 Tension은 그 意味의 外延이 內包에 의해 완전히 흡수될 때 비로소 획득되는 것이다. 단의 A Valediction : Forbidding Mourning에서 黃金이 지니는 外延은 그 內包 속에 완전히 흡수되는 것이었다. 이 경우 黃金을 받아들이지 않는다는 것은 곧 의미 전체를 받아들이지 않는다는 게 되어 버린다. 왜냐하면 여기서 意味는 그대로 黃金의 이미지 속에 흡수되어지는 것이기 때문이다.

② 이상에서 본 바와 같이 그동안 韓國의 詩는 社會的 現實을 외면하여 왔다고 하여도 지나친 말은 아니다. 우리 歷史가 그렇듯이 韓國의 新文學은 敗北의 文學이었다. 그렇다면 韓國詩의 主體性은 새로 發見되어야 한다. 우리의 당면 課題는 새로운 價値觀을 創造하는 데 있음은 새삼스럽게 말할 나위도 없을 것이다.

니이체의 神이 죽듯 韓國詩의 純粹도 이젠 막을 내려야 한다. 과거

내세웠던 그러한 純粹詩는 두말할 것도 없다. 이것은 앞서 말한 바 <詩文學派>나 <靑鹿派> 또는 徐廷柱에게 한하는 말은 아니다. 韓國 詩壇에 한결같이 적용되어야 할 問題이다. 歷史的·世界的 現實이 그것을 요구하고 있다. 純粹를 容納할 수 없다는 것은 이미 우리의 社會的 生活內容이 그것을 立證하고 있는 것이다. 그리하여 歷史的 現實과 世界的 現實에 立脚한 우리 스스로의 主題를 찾아야 한다. 前世代를 淸算하고, 밝은 韓國的 주제를 새것으로 代替하기 위해서 는 바로 <오늘>이라는 社會的 現實에서부터 우리의 詩는 출발해야 하지 않을까. 앞서 말한 바 모든 문제는 이 現實 속에 있기 때문이다.

①은 김용직의 <詩作의 짜임새 문제>5) 결론 대목이고 ②는 장백일의 <現代詩의 社會性>6) 결론 대목이다. 김용직은 시가 전체적인 통일성, 조화감, 유기체로서의 조직성에서 미감이 획득된다고 보고 김광균, 톰슨, 김기림, 주요한, 김영랑, 정지용, 죤 단 등의 작품을 예로 든 다음 시의 짜임새를 위한 지름길을 판단으로 결론지었다. 따져 말하는 글예술에서 평가는 판단이나 논의의 요약도 포함된다고 볼 때 ①의 판단 부분은 평가에 속하는 것이다.

장백일은 시인의 임무로 "자기 현실을 정시하고 그 사회적 현실 속에서 저항하며 새로운 현실을 제시해 주는 데 있다"고 전제하고 김영랑, 박용철, 정지용 등 시문학파 시인들의 순수성을 비판한 데 이어 청록파 시인들과 서정주의 비현실적 시에 대해서도 꼬집었다. 따옴대목은 결론 부분인데 사회적 현실에서 한국의 시는 새롭게 가능성을 열어가야 한다는 가치를 제시하고 있다. 따지기라는 궁구함

---

5) 같은 책, 『평론선집(3)』, pp.114-123.
6) 같은 책, 『평론선집(3)』, pp.454-457.

의 결론이 제대로 드러나 있음을 볼 수 있다.

비평에서는 앞에 제시한 작품에서처럼 기능의 한 부분에 특별히 힘을 싣는 예도 있지만 그 기능들이 작품 한 편에서 고루 살려지는 예도 있음을 놓쳐 보아서는 안된다.

갈래

비평은 여러 갈래로 나눠질 수 있다. 비평의 대상에 따라 갈래지기도 하고 비평의 기준에 따라 갈래지기도 한다. 또 무엇에다 힘을 주었는가에 따라 성격이 서로 다른 비평이 나타나기도 했다. 필자는 보다 큰 갈래는 이름을 새로 붙여서 오래 기억할 수 있고 실질적인 이해의 도움을 주고자 했다. 일테면 '원리 비평'이라 일컬어지는 것을 '바탕 따지기'라 한다든가 '실천 비평'이라 부르는 것을 '작품 따지기'라 한 것 등이 그것이다.

1. 대상에 따른 갈래

따져 말하는 글예술의 대상이 글예술 자체의 기본에 관한 것일 수도 있고 작품일 수도 있고 또 따져말한 글, 곧 비평이 될 수도 있다. 글예술의 본질이나 기원, 목적, 기능, 방법 등에 관한 것을 대상으로 삼을 때 '바탕 따지기' 비평이라 이름 붙일 수 있다. 이런 비평을 원리비평(theoretical criticism) 또는 원론비평이라 불러온 비평이다. '문학의 이해' '문학원론' '문학의 길잡이' 등이 이에 속하며 따져 말하기의 이론적 근거를 세우는 한 편 한 편의 비평이 이에 속한다고 보면 된다.

김현의 <글은 왜 쓰는가 －文化의 考古學>7), 김주연의 <비평
창작론>8), 홍기삼의 <불교문학이란 무엇인가>9) 등이 바탕따지기
비평에 해당된다.

① 글을 쓴다는 행위는 무엇인가? 브랑쇼오에게 있어서는, 그것은
죽음의 확인이며, 프루스트에게 있어서는, 죽음의 演技이다. 그러나,
스탕달에게 있어서는 자기 노출을 의미하는 것이며, 사르트르에게 있
어서는 행동의 전제 조건이다.

글을 쓴다는 행위는 이처럼 다양한 의미를 갖고 있다. 말을 바꾸면,
개성적인 작업이다. 글을 쓴다는 것이 개성적인 작업이라는 명제는 19
세기 부르즈와 文化의 소산인데, 그 文化가 형성시킨 소설이라는 대
쟝르를 선택한 자들에게는 거의 전부에게 은밀하게 침윤되어 있다.
그것은 개인이 주석자로서만 저술에 관계하게 되어 있던 중세기와는
판이하게 다른 상황이다. 긍정적인 의미에서이건 부정적인 의미에서
이건, 부르조아 文化의 유산을 어느 정도는 받아 보존하고 있는 현대
사회에서는, 글을 쓴다는 행위는 매우 개성적인 행위이다. 이 개성적
인 행위라는 것을 고독한 행위라는 표현으로 바꾼다면, 그것이 갖고
있는 의미가 더욱 두드러질지 모르겠다.

② 몇해 전 방한한 프랑스의 반소설작가이자 비평가인 뷔또르는 다
음과 같이 감명스러운 연설을 한국의 문학애호가들 앞에서 피력한 일
이 있다.

---

7) 김현, 『想像力과 人間』(1973, 일지사), pp.17－26.
8) 김주연, 『문학비평론』(1980, 열화당), pp.183－187.
9) 홍기삼, 『문학사와 문학비평』(1996, 해냄), pp.267－279.

"문학에서의 비평은 흔히 저널리즘, 아니면 학문으로만 간주되는 경향이 있다. 그러나 비평도 틀림없는 창작이다. 시, 소설과 같은 창작품이 불완전한 세계에 빛을 더하는 완벽성의 추구라면, 비평 역시 불완전한 창작품에 빛을 더해 보다 완벽한 것을 추구하는 작업이다."

이것을 부연해서 설명하자면, 현실을 직접 대상으로 하는 시·소설 등 이른바 창작은 그것을 소설로 묘사, 표현함으로써 현실과는 또 다른 하나의 세계(혹은 질서)를 창조하게 되는 바, 이때 이에 가해지는 비평 역시 시·소설의 질서와는 독립된 또 하나의 고유한 질서를 갖게 된다는 것이다.

③ 흔히 알려진 대로라면, 불교는 언어를 부정하는 종교다. '언어도단 불립문자'(言語道斷 不立文字)를 축자적으로 해석하면, 불교의 언어 부정적 입장은 과연 단호한 것처럼 보인다. 그러나 세존께서 설하신 팔만사천법문은 모두 언어에 의존한다. 그 때의 언어란 언어도단과 불립문자의 경지를 통과한 상태에서 다시 획득한 언어일 것이다. 그렇다고 하더라도 삼장 십이분교 모두는 언어로 표현되어 있다. 그 언어가 강을 건너갈 때 필요한 뗏목[捨筏登岸]과 같이 비록 목적이 아니라 수단에 불과한 것이라 하더라도 세존의 금구직설은 모두 언어를 수반한다. 다시 말해 여러 해의 고행 끝에 숙명의 비밀을 깨달은 각자(覺者)는 홀로 깨달음의 세계에 머무를 것인가 아니면 무명의 중생들에게 진리를 전파할 것인가를 심각히 고민하다가 다시 뗏목을 타고 차안(此岸)의 세계로 되돌아왔던 것이다. 즉 석가는 "그렇게 돌아온 사람"[如來者]이고, 불교 또한 침묵 아닌 말의 선택에서 시작된다.

①은 김현의 <글은 왜 쓰는가> 서두이다. 글은 왜 쓰는가는 글

예술은 왜 만들어 내는가라는 질문에 해당된다. 김현은 이 질문을 회피하게 만들고 우스꽝스럽게 희화화시켜 버리는 악질적인 현상이 순수문학과 참여문학의 대립현상이라 들고 '문화의 고고학' 곧 자기가 서있는 상황을 투철히 인식하고 그것을 고려하여 극복해 나가려는 태도를 세우는 데서 그 질문에 접근해야 한다고 말한다. 왜 쓰는가에 대한 원초적인 질문은 곧 글예술 이론의 바탕을 잡는 일에 연결된다.

②는 김주연의 <비평창작론> 서두이다. 비평도 창작이어야 한다는 견해를 피력하는 가운데 우리 비평은 아직 오스카 발젤(창조비평)을 말하기에 앞서 빌헬름 쉐러(실증·과학주의)를 말해야 할 단계라고 주장했다. 비평 자체의 독자 예술성에 관한 바탕 따지기인 셈이다.

③은 홍기삼의 <불교문학이란 무엇인가> 서두이다. 불교문학에 대한 개념의 정의와 범주의 설정에 대한 따지기 글이다. 불교문학의 개념과 그 범주는 크게 두 가지로 요약됨을 말한다. 하나는 경전을 불교문학으로 규정하는 것이고 다른 하나는 불타의 가르침을 세계관적 토대로 수용한 창작문학이라는 것이 된다. 또 이 둘을 합쳐서 불교문학이라고 보는 사람도 있다는 것이다. 이 따지기는 개별 작품에 대한 것이 아니므로 바탕에 관한 것이 된다.

바탕따지기가 제대로 되어야 개별 글예술에 접근할 수가 있다. 바탕이 잡혀 있지 않은데 글예술 하나 하나에 값을 매겨줄 수가 있겠는가. 대상에 따라 비평을 분류할 때 그 두번째 갈래는 '작품따지기 비평'이 된다. 이 비평은 실천비평(practical criticism)이라 불러온 것인데 작품뿐만 아니라 작품을 창작한 작가까지도 따지기의 대상에 들어간다. 작품과 작가는 불가분의 관계로 작가가 없는데 구체적인 작품이 생산될 수 없다고 볼 때 작품론이 작가론을 포함하게 되는 것이나 작가론이 작품론을 포함하게 되는 것은 매우 자연스런 일이 아닐 수 없다.

김동인의 <한국근대소설고>, 김환태의 <정지용론>, 김병걸의 <김정한 문학과 리얼리즘>, 김우정의 <박목월론>, 이형기의 <안수길론>, 염무웅의 <만해 한용운론>, 이선영의 <춘원의 비교문학적 고찰>, 백철의 <춘원 이광수의 생애>, 백낙청의 <문화연구의 자세와 민족문학—김정한의 「수라도」를 중심으로>, 정호웅의 <「土地」론> 등이 얼른 들 수 있는 작품따지기 비평들이다. 조연현의 <원죄의 형벌>[10]을 보자.

애비는 종이었다. 밤이 기퍼도 오지 않았다.
파뿌리같이 늙은 할머니와 대추꽃이 한주 서 있을 뿐이었다.
어매는 달을 두고 풋살구가 꼭하나만 먹고 싶다 하였으나—흙으로 바람벽한 호롱불밑에
손톱이 깜한 에미의 아들.
甲午年이라든가 바다에 나가서는 도라오지 않는다 하는 外할아버지의 숯많은 머리털과
그 크다란 눈이 나는 닮었다 한다.
스물세햇동안 나를 키운 건 八割이 바람이다.
세상은 가도가도 부끄럽기만 하더라.
어떤이는 내눈에서 罪人을 읽고 가고
어떤이는 내입에서 天痴를 읽고 가나

---

10) 조연현, 『원죄의 형벌, 미당연구』(1994, 민음사), pp.9—17.

나는 아무것도 뉘우치진 않을란다.

찬란히 티워오는 어느 아침에도
이마우에 언친 詩의 이슬에는
몇방울의 피가 언제나 서꺼있어
빛이거나 그늘이거나 혓바닥 느러트린
병든 숫개만양 헐덕어리며 나는 왔다.

이것은 서정주씨의 「自畵像」이란 시의 전문이다. 나는 이 시를 서
정주를 이야기할 때 가장 중요한 작품의 하나라고 본다. 그것은 이 작
품이 자기를 직접으로 노래한 자화상이라든가, 이 작품이 씨의 전작
품 중에서 특별히 우수하다든가, 혹은 이 작품이 씨의 23세라는 연소
한 연륜에 비해서 놀라운 능력을 발휘했다든가 하는 그러한 의미에서
가 아니라, 23세라는 연소한 나이 때에 불렸던 이 작품 속에 씨의 숙
명적인 어떤 운명의 행로가 이미 예언되어 있어 보이기 때문이다. 『花
蛇集』의 전 노정을 통한 씨의 굴욕과 유랑과 천시와 죄의 의식이 가
장 노골적으로 이 한 편에 표시되어 있기 때문이다.

<애비는 종이었다>는 이 굴욕 의식! <스믈세햇동안 나를 키운 건
八割이 바람>이라는 이 유랑의 의식! 그리고 <어떤이는 내눈에서 罪
人을 읽고 가/어떤이는 내입에서 天痴를 읽고> 갔다는 천치와 죄
의 의식이 그것이다.

서정주 씨는 어쩌면 선험적이라고까지 할 수 있는 비범한 예지에 의
하여 너무나 일찍 자기의 운명을 통찰해 버렸던 것이다. 23세 때 「自
畵像」에서 발견한 씨의 이러한 굴욕과 유랑과 천치의 죄의 의식은 씨
의 전생애를 통하여 버릴 수 없는 씨의 業苦가 되어버린 것이다.

조연현은 <원죄의 형벌>에서 서정주 시인의 시 <자화상>을 분

석하는 데로부터 시집 『화사집』의 세계를 접근해 들어간다. <자화상>은 '굴욕과 유랑과 천치와 죄의 의식'을 보여준다고 따지면서 <문둥이>, <대낮>, <입마춤>, <웅계>, <수대동시>, <서풍부>에서의 전율과 반항과 발악·절망·통곡·비원의 심연을 추적해 보여준다. 이런 원죄의 형벌은 시집 『귀촉도』의 재생의 노래로 극복되기 시작하여 시집 『신라초』에서 완전한 상태로 회복된다고 따졌다. 조연현의 결론은 순전히 작품 따지기에서 이루어낸 것이며 시인의 세계 이행에 대한 추적 또한 구체적인 개별 작품들을 통하여 이룩하고 있음을 본다.

세번째 갈래는 '비평 따지기 비평'이다. 비평에 대한 오류나 기준 적용 등에 대한 따지기가 있는 것은 막을 수 없는 일이다. 작품을 바라보는 시각이 비평가마다 같을 수가 없거니와 설령 취향이 서로 같다고 하더라도 적용 방법에 대한 기호가 서로 다를 수가 있다. 이러한 시각이나 방법상의 편차에서 오는 문제점들을 거론하는 것이 이 비평이다.

2. 기준에 따른 갈래

따져 말하는 글예술에 있어 따지는 기준이 무엇이냐에 따라 갈래가 생겨날 수 있다. 남이 세운 기준, 곧 이미 있어온 기준을 따지기의 표준으로 삼는 일도 있고, 내 기준으로 따질 수도 있으며, 작품 기준으로 따지는 수도 있다. 이것은 영국의 왓트슨의 분류와 다르지 않다. 그는 비평을 입법비평(legislative criticism), 심미비평

(theoretical criticism), 기술비평(descriptive criticism)[11]으로 나눈 바 있다.

'남 기준으로 따지기'는 만들어져 있는 이론이나 기준, 말하자면 이미 남이 만들어 놓은 잣대로 따지는 비평을 말한다. 어떤 이념이 좋은가, 어떤 수사가 좋은가, 어떤 뼈대가 좋은가 등에 대한 기존의 기준으로 따지는 경우인데 아리스토텔레스가 세운 기준을 적용하는 것이라든지 사회주의 이념의 잣대로 글예술에 접근하는 것이라든지 '선(善)'이나 계몽적 관점에서 개별작품을 분석해 내는 것 등이 남 기준으로 따지기에 해당된다.

① 그러므로 藝術도 그것을 역사적으로 辨證的으로 그 시대와 그 시대의 法律·政治·經濟組織과 이에 따라가고 있는 文化樣式과의 연관에서 고찰하고, 그 文藝면 文藝, 그림이면 그림의 그 소위 本質의 요소를 구명하는 것이 科學的인 정확한 연구 방법이다. 그러나 氏는 이러한 방법과는 아주 딴판이니 어찌하리오. 마침내 예술은 美라는 超現實的 存在를 偶像으로 한 영구불변의 超階級的 물건이라고 하고서 現實의 ××對立의 관계를 은폐하고, 藝術史 -더 크게 말하면 世界史 -에서 그 根源的 존재, 역사의 推進力으로서의 ××관계에 存在를 塗抹하여 버리려고 하였다.

이러한 일을 한 氏에게 무어라고 烙印을 찍어야 옳을 것인지 讀者는 명백히 알 것이다.

② 특히 문학예술은 고대에서부터 휴우머니즘의 도시에서 胎生했고, 또 휴우머니즘으로 부흥을 한 역사를 돌아볼 때 오늘 이 휴우머니

---

11) G. Watson, *The Literary Critics*(Penguin Books, 1962), pp.11-16.

즘의 운동은 세계문학이 이 사조를 타고 재생의 시대를 가진 것이 기대되기까지 한다. 여기서 오늘 우리 조선문학만이 이 세계적이고 역사적인 사조에 대해 외면하여 고립해 있을 수는 없고, 또 그래서는 안될 것이다. 여기서야말로 조선문학이 구석진 데서나마 그 세계사적인 세력을 잘 효용하여 문학사적인 전진의 轉機를 지어볼 기회인 것을 잊어서는 안될 것이다.

①은 김팔봉의 <관념론적 예술관과 파탄>의 한 대목이고 ②는 백철의 <현대사조로서의 휴우머니즘>의 한 대목이다. 김팔봉은 사회주의적 현실관에 입각하여 예술운동을 펴야 한다는 당위론을 이야기하고 있고 백철은 1930년대의 사회 상황이 인간옹호의 정신을 요구하고 있다고 보면서 휴우머니즘의 당위성을 말하고 있다. 말하자면 두 사람 다 남이 세워놓은 사상을 기준으로 문학예술을 파악하고 있는 '남 기준으로 따지기'의 비평을 하고 있는 것이다.

'내 기준으로 따지기' 비평은 남의 이론이나 기준이 아니라 내가 읽은 느낌이나 향수의 잣대로 따지는 것을 말한다. 흔히 심미비평이라고 부르는 것이다. 인상이나 자기류의 맛보기 심도가 관건이 된다. 아놀드(M. Arnold)의 인상비평, 페이터(W. Pater)의 쾌락비평, 와일드(O. Wild)의 유미적 비평 등이 이런 따지기에 속한다[12]고 볼 수 있다.

　　말로는 하지 말고
　　잘 익은 감처럼
　　온 몸으로 물들어 드러내 보이는

---

12) 구인환 외, 같은 책, p.365.

진한 감동으로

가슴 속에 들어와 궁전을 짓고

그렇게 들어와 계시면 되는 것.

—문효치의 <사랑법 1> 전문

세번째 갈래인 '작품 기준으로 따지기'는 작품의 조건이 따지기의 표준이 되는 비평을 말한다. 이른바 기술비평(記述批評, descritive criticism)이 그것이다. 사회적인 여러 요인이나 작가가 처해 있었던 여러 환경을 도외시하는 것이 이 비평의 본령이다.

비평의 시작은 올바르게 읽는 일이다. 환언하면 될 수 있는 대로 작품에 접근하는 일이다.   (P. Lubbock)

문학작품을 상대로 하는 것 외에는 여하한 가치평가도 인정하지 않는다.   (R. G. Moulton)[13]

작품 자체의 조건에 대한 탐색은 가락이라든가, 낱말이라든가, 플롯이라든가, 이미지나 상징 등이 그 주요 대상이 됨은 물론이다. 위 <사랑법 1>의 경우 2음보와 4음보의 교차를 보인다든가 직유나 한 문장 구조의 틀을 보여주는 데 대한 탐색으로 들면 작품기준으로 따지기 비평이 된다.

---

13) 같은 책, p.367. 재인용.

비평 · 글예술

따져 말하는 글예술인 비평이 과연 글예술인가? 하는 질문 앞에서 대개는 대답을 망설이게 된다. 글예술 5대 갈래 속에는 분명히 드는 것인데도 그것이 글예술, 곧 문학창작인가 하는데 대해서는 쉽게 대답하기가 힘들기 때문이다. 글예술은 정서, 상상, 사상, 형식, 체험 등의 요소들이 고루 섞여서 이루어지는 것인데 비평에 특히 창작적 정서, 상상, 체험이 스며 있는가 하는 물음 앞에서 자유로운 오늘 우리나라의 비평이 얼마나 있겠는가를 생각해 보게 된다.

그러나 비평은 특별한 갈래이므로 여타의 갈래의 성격과 하나로 놓고 논의할 수는 없다고 말하는 사람이 많을 것이다. 비평 특유의 기능이나 기술 방식이 다른 갈래의 속성과는 다를 수밖에 없다고 말하는 사람이 많을 것이다. 그렇다 하더라도 '따져 말하는 글예술'이 글예술인 한에서는 글예술 갈래로서의 몫을 포기할 수는 없다. 비록 대다수의 비평이 제 몫을 못하고 있다 하더라도 올바른 비평의 길이 휘어져 있는 그대로라고 말할 수는 없는 노릇이기 때문이다.

1. 현황

프랑스의 반소설 작가이면서 비평가인 뷔또르는 "문학에서의 비평은 흔히 저널리즘, 아니면 학문으로만 간주되는 경향이 있다"[14]고 말한 바 있다. 저널리즘이나 학문적 성격을 띤다고 꼭 비평이 하자가 있다는 것이 아니라 비평의 창조성 결핍을 문제삼는 것으로 보아야 한다. 조연현은 현대 비평에 대해 아래와 같이 말한 바 있다.

> 나는 늘 비평이 논문적 형태로 나타나는 데 대해서 회의를 품어왔다. 그것은 논문적 형태 속에는 약동하는 생명이 느껴지지 않기 때문이다. 비평이 삶의 몸부림이라면, 그 속에는 그 사람의 생명의 약동이 있어야 할 것이 아닌가. 그것은 때로는 논리적 모순으로 나타날 수도 있고 熱情的인 意志의 모습으로 나타날 수도 있고, 경우에 따라서는 편견과 독단의 형식으로 반영될 수도 있을 것이다. 생명의 약동이 질서정연한 논리적 구조로 잘 정리된 수리 전답의 조합처럼 구획적인 분류로 나타날 수만은 없지 않은가.[15]

비평이 '삶의 몸부림'이라는 전제 아래 쓰여진 글인데 비평이 '논문적 형태'로 쓰여지는 데 대해 비판하고 있다. 논문적 형태 속에는 약동하는 생명이 깃들 수 없다는 견해이다. 이른바 창조 비평을 주장하는 입장의 글인 셈이다.

논문은 원래 사리에 관해 체계적이고 과학적으로 연구한 결과를 논리성을 가지고 일정한 형식에 맞추어 진술한 글[16]이다. 그러므로

---

14) 김주연, 『문학비평론』(1974, 열화당), p.183 재인용.
15) 조연현, 『조연현문학전집④ 문예비평』(1977, 어문각), pp.15-16.
16) 한국어문교육연구소 편, 『문장의 이론과 논문작성』(1990, 장학출판), p.196.

명백하고 간결한 문장이 되어야 한다. 이렇게도 해석된다거나 저렇게도 볼 수 있는 것이 아니라 엄정한 해석의 잣대로 쓰여지는 글이다. 어구의 사용도 정확하게 선택해야 하고 시제도 현재형과 과거형을 사용하면서 미래형을 쓰지 않는 것을 원칙으로 한다. 이러한 논문이 그대로 비평이 된다면 글예술이 갖는 속성을 담아내기가 어렵게 된다.

이것은 바로 그 말이다. 無가 심오하다는 것은 벌써 <天下萬物은 有에서 나고, 有는 無에서 남>(40章) "The thing of the world come from Being. and Being (come) from Nonbeing"(Lin Yu-tang, The Wisdom of Laotse, Michael Joseph, London, 1948)이라는 데서 엿볼 수 있는 것이 된다. 老子의 無의 價値性은 莊子의 <無用의 用>에서 잘 나타내고 있다. 그는,

山木自寇也, 膏火自煎也, 桂可食故, 伐之, 漆可用故, 割之, 人皆知 有用之用而, 其知無用之用也.(莊子 人間世篇)
(산의 나무는 벌목해가기를 등잔기름은 불붙기를 自招한다. 桂皮는 먹을 수 있으므로 베어내고 옻칠하는 나무는 사용할 수 있어 째어낸다. 사람은 다 유용하게 쓰는 가치성만 알았지 無用之物의 所用 가치를 모르고 있다.)

라고 말하고 있다. 그래서 莊子는 당장 눈앞에 보이는 <有用之用>만 말하지 말고. 그속에 들어있는 眞理를 알아야 된다고 다음과 같이 말하고 있다.17)

---

17) 『신한국문학전집평론선(3)』(1979, 어문각), p.367.

따온 대목은 <老子의 現代的 意義>라는 비평에서 따왔는데 말의 선택에 있어 비평글로서는 어지럽다. 논문 형태가 되다보니 말의 모습에서 글예술이라는 차원을 벗어나고 있음을 본다. 엉어, 한국어, 중국어가 섞여서 미학적 '앞모습'을 보여주지 못하고 있다. 글의 진행도 '1. 序言, 2. 現代에 있어서 老子의 論理, 3. 結語'순서로 되어 있어서 상상의 여지가 없다. 논문형태가 글예술이 되기 어려움을 그대로 실증해 준다.

현대 비평에서의 다른 병폐는 자기 주견이 없이 남의 비평을 전형으로 삼고 따라가는 추수주의(追隨主義)라 할 것이다. A비평가가 거론한 사람이면 B, C비평가도 그대로 거론하는가 하면 A가 특정 방법을 선호하면 B, C비평가도 그 방법을 따라가는 사례가 많다는 것이다. 그런 비평에 자기 삶의 판단이나 몸부림, 그리고 글예술을 이루어 내는 체험이나 형식이 스며들 수가 없다. 비평도 창작이기 때문에 한 편 속에서 이룩하는 독자적인 영역이 있어야 한다. 비평가는 남의 방법이나 형식을 맹목으로 따르고서는 그 영역을 절대 확보할 수가 없음을 알아야 한다.

2. 지향

뷔또르는 따져 말하는 글예술에 대해 다음과 같이 말한다.

> 비평도 틀림없는 창작이다. 시, 소설과 같은 창작품이 불완전한 세계에 빛을 더하는 완벽성의 추구라면, 비평 역시 불완전한 창작품에 빛을 더해 보다 완벽한 것을 추구하는 작업이다.[18]

비평이 창작이라는 점에 강조를 하고 있다. 불완전한 창작에 빛을 더하는 독자적인 질서가 비평이라는 것이다. 다른 갈래 글예술의 불완전성을 메꾸고 확충하는 갈래이면서 그 스스로가 예술품으로 구성되는 것이지 않으면 안된다. 그래서 어떤이는 "참다운 비평가는 시인이며 창작가다"라고 말한다. 비평이 정서와 상상력 그리고 형식의 창조에 자유롭지 않다는 이야기일 것이다.

곽종원은 비평정신에 대해 언급하고 있다.

그러므로 비평정신은 어떤 고정된 기성관념에 얽매어 있어서는 안되고 어디까지나 자유스러운 창조정신이 발로되고 발전되어 가야 되는 것이다. 다시 말하자면 어제까지 좋다고 생각되었던 것이 오늘에 와서 완전히 그 가치를 전복시켜서 좋지 않을 수도 있는 것이니, 비평정신은 부단히 새로운 가치를 발굴해 내고 창조해 내는 데 그 근본 사명이 있다는 것이다.19)

비평정신은 창조정신에서 나오는 것이고 그것은 또 개성의 표현과 직결되어 있는 것이다. 창조와 개성은 글예술을 바라보는 시각에서 말하기도 하지만 비평을 읽는 일에 있어서도 연결되어 있다. 비평의 짜임도 상상. 체험, 정서를 환기시켜 주면서 형식의 탐구나 삶의 이해에 대한 창조적인 판단을 받아들인다.

조연현은 비평의 독자적이고 창조적인 면모를 아래와 같이 힘주어 말한다.

---

18) 김주연, 같은책, p.183 재인용.
19) 곽종원, 『비평정신의 본령, 비평문학론』(1975, 세종출판공사), p.5.

비평이란 누가 뭐라고 어렵게 풀이해도 그것은 자신의 인생적 경륜이 다른 그것과의 교섭이나 충돌에서 빚어지는 문학적 산물이다. 이 때문에 중요한 것은 언제나 자신의 인생적 경륜이지 무슨 주의나 무슨 방법이 아니다. 그러한 편리한 도구같은 것이 정말 있다면 그런 것은 얼마든지 활용해서 좋을 것이다.[20]

조연현은 아무리 비평이라 할지라도 과학적 방법이나 사상이 중심이 되어서는 안되고 인생이 그것을 제압할 때 그것이 유용하다는 입장을 보인다. 방법은 인생적 경륜을 드러내는 것으로 적합하지 않을 때는 아무 소용이 없음을 말하고 있다. 이제 이러한 여러 입장들을 참조하여 비평이 참된 글예술이기 위한 3가지 기준을 제시하면서 따져 말하는 글예술 갈래를 맺을까 한다.

① 따져 말하는 글예술에는 작가의 삶이 드러나야 한다.
② 과학적 방법은 삶의 몸부림을 드러내는 데 유용하게 써야 한다.
③ 정서, 상상, 체험, 형식 등의 글예술 요건이 녹아 있어야 한다.

---

20) 조연현, 앞책, pp.14-15.

부록

삶의 몸부림으로서의 批評
- 批評의 根源과 그 方式 -

   고등학교 다니는 막내딸애가 金裕貞의 어느 小說을 무슨 系列에 속하는 小說이냐고 물었다. 系列이란 말이 이해가 되지 않아 그게 무슨 뜻이냐고 물으니까, 浪漫主義系냐 自然主義系냐 하는 따위의 대답을 묻는 것이라 했다. 그런 것 몰라도 된다니까 國語의 숙제라고 하면서 대답을 강요했다. 나는 뭐라고도 대답할 수가 없어 小說을 그런 식으로 이해하는 것은 가장 무의미한 해석이라고 말해주었더니 학교 선생님은 그렇지 않다는 것이었다. 30여 년 동안 비평 생활을 해온 나는 나의 막내딸 앞에서 여지없이 文學을 잘 모르는 아버지가 되어버렸지만 우리나라의 國語敎育 또는 文學敎育의 허망한 實相에 부딪친 것 같아서 서글펐다.

   金裕貞의 어느 작품이 어느 계열에 속하느냐 하는 것은 특히 金裕貞의 경우 누구도 명료하게 대답하기 어려운 것이지만, 그런 것이 쉽게 지적되는 작품이 있다 해도 그런 方式의 계열의 判別이 도대체 그 작품의 이해와 무슨 관계가 있다는 말인가. 어떤 文章을 골라놓고 이게 무슨 文體냐고 묻는 따위와 마찬가지로 부질없는 공부에 지나지 않는다.

물론 무슨 계열이냐 무슨 문체냐 하는 것이 文學上의 중요한 研究課題가 될 수 있다. 이런 문제가 독립된 연구 대상이 된다 해도 아무 작품이나 아무 문장이나 함부로 예를 들어 그 계열이나 문체를 기계적으로 규정지어 놓는 일은 아주 위험한 일이다. 이것이 위험하다는 것은 그 규정의 잘잘못이 염려가 되어서가 아니라 文學에의 접근을 그런 식으로 유도하는 그 자체가 아주 非文學的인 方法이 되기 쉽기 때문이다.

흔히들 選多型으로 되어 있는 입학시험 문제 같은 것을 보면, 이 글의 主題는 다음 어느 것인가 해놓고 正答이 없는 것도 있고, 正答이 여러 개 있는 것도 있는 것을 보게 된다. 정답이 없는 것은 出題者가 그 글의 主題를 잘못 해석하고 정답이 아닌 다른 정답을 정답으로 생각한 때문이요, 정답이 여러 개 있는 것은 그곳에 제시된 어느 것도 다 똑같은 정답이 될 수 있는 것으로서 그 중의 어느 하나도 완전한 또는 대표적인 대답이 될 수 없는 대답들이 적혀 있는 경우다. 이런 경우 대부분의 사람들은 이것을 出題의 미스 정도로 생각한다. 물론 출제의 미스임에 틀림이 없다. 그러나 보다 더 중요한 것은 출제의 미스가 아니라 주제를 파악하는 방법이 이러한 방식이어서는 안 된다는 데 있다. 主題란 選多型式으로 규정될 수 없는 복잡하고 미묘한 性分이다. 그 미묘하고 복잡한 성분에의 접근을 選多型式 槪念이나 公式으로 유도한다는 것은 주제에의 접근을 오히려 방해하는 非文學的인 방식이다. 文學敎育은 오히려 그 미묘하고 복잡한 主題의 性分을 미묘하고 복잡한 그대로 접촉시켜주는 데 있다.

물론 이러한 選多型式 槪念 整理도 전혀 無用한 것은 아니다. 槪念의 比較的 整理나 잡다한 類似槪念 속에서 近似値를 찾게 하는 데에는 도움을 준다. 그러나 그러한 필요와 도움에도 불구하고 이러한 방식은 어디까지나 便宜的인 方便이지 槪念究明의 근본적인 방법이거나 수단은 아니다. 이러한 사정은 이러한 問題의 出題者들도 알고 있을 것이다. 그러나 문제는 출제자 자신도 알고 있는 그 편의적 방편이 자신도 모르게 圖式化되어, 그것이 國語나 文學을 가르치는 최상의 또는 어쩔수 없는 교육적 수단으로 되어 버렸다는 데 있다.

우리의 국어교육이 또는 문학교육이 이렇게 되어온 裏面에는 물론 그 이유가 있다. 그 이유의 중요한 원인의 하나는 기본적으로는 문학교육의 어려움에 있는 것이지만 다른 현실적 이유를 든다면 參考書가 그런 식으로 되어 있기 때문이며, 참고서가 그렇게 되어 있는 까닭은 우리 文壇의 文學知識이 그렇게 되어 있는 까닭이며, 우리 文壇의 文學知識이 그렇게 되어 있는 까닭은 우리의 批評活動이 그렇게 되어 있는 까닭에서는 아닐까.

文體가 어떠니 무슨 修辭方式이이니 무슨 系列이니, 하는 用語들은 무슨主義 무슨的이라는 용어들과 함께 우리 批評界에 간단없이 사용되고 쉴사이없이 橫行하는 낱말들이다. 나도 그런 식으로 글을 많이 써오기도 했지만 문단에서 사용되는 이러한 용어들이 어디까지나 편의적으로 사용되는 용어거나 개념들이지, 그 자체에 어떤 절대적인 의미가 부여되어 있는 것은 아니다. 복잡한 교통을 정리하는 데 靑赤의 등불이 켜지는 것처럼 복잡한 문학적 상황을 설명하는 데 편의적으로 그러한 개념 정리나 용어가 요구된다. 그렇다고 해서 그러한 편의적인 개념 정리나 용어가 문학의 본질을 설명하는 데 적절한 수단이나 방법이 아닌 것도 잘 알고 있다. 이 때문에 부득이 그러한 편의적인 개념이나 용어에 의존하면서도 그러한 편의적인 思考나 判斷에서 벗어나려고 하는 노력이 우리의 진정한 批評이 된다고 뜻있는 사람들은 생각해왔던 것이 아닌가. 그러나 중요한 것은 그 편의적인 방식이 어느덧 批評의 本領인 것처럼 그릇 습성화되어 버렸다는 데 있다. 이러한 습성의 심각성은 그 편의적인 방편이 批評觀이나 文學觀으로서 굳어져간다는 데 있다.

한때 實存主義的 批評이라는 것이 입에 오르내렸는가 하면 한때는 新批評이라는 것이 유일한 새 批評方式인 것처럼 주장되기도 했고, 또 어떤 때는 構造主義批評이니 原型批評이니 神話批評이니 하는 것들도 주장되기도 했다. 지금도 이런 낱말들이 무슨 새로운 깃발처럼 입에 오르내리기도 하지만 도대체 批評이라는 것이 자신의 人生的 經綸과 떠나서 편리한 대로 어디서 꾸어오고 빌려오고 할 수 있는 그러한 機能일까. 내가 보기에는, 客觀主義批評이니 主觀主義批評이니 하는 것이 무의미한 것처럼 構造主義批評이니 新批評이니 또 무슨 批評이니 하는 모든 구별도 무의미해 보인다. 객관적으로 판단해야 될 것과 주관적으로 판단할 수밖에는 없는 그러한 문제와 경우가 있다. 객관적으로 다루어야 할 것은 객관적으로 다루어야 할 것이고, 주관적으로 판정해야 할 것은 주관적으로 판단할 수밖에는 없다. 객관적으로 다루어야 할 것도 그 主觀主義 때문에 주관적으로 다루어야 하고, 주관적으로 판단해야 할 것도 그 客觀主義 때문에 객관적으로 판단해야 한다는 것은 잠꼬대 같은 소리일 수밖에는 없다. 마찬가지로 문제의 성질에 따라서, 또는 그것을 다루는 사람의 性向에 따라서, 때로는 무슨 主義的 批評처럼 되는 경우도 있겠지만 처음부터 그 무슨主義的 批評에 맞추어 비평 활동이 시작된다는 것은 어리석은 일이 아닐 수 없다. 어디서 構造主義 소리가 나면 그쪽으로 쏠리고 다른 데서 原型批評 하면 또 그쪽으로 쏠리고 하는 것은 옳은 비평의 정신도 아니며 방법도 아니다. 비평을 자신의 인생 철학과 아무 상관이 없는, 누구나 쉽게 갖다 쓸 수 있는 편리한 무슨 전자계산기 같은 것으로 생각할 수는 없지 않은가.

나는 비평이 무엇인지도 모르고 비평에 어떤 방법이 있는지도 모르고 비평을 해왔다. 그래서 나의 비평은 엉터리 비평밖에는 될 수 없는 것인지도 모르겠지만 이것은 내가 연애가 무엇인지도 모르고 연애를 했고, 결혼의 확실하고 분명한 뜻도 모르고 결혼을 한 것과 같다. 나는 나의 그러한 연애와 결혼을 잘못이라고 생각하지 않는다. 연애나 결혼의 원리와 방법을 먼저 배워가지고 연애나 결혼을 하는 미친 놈이 이 세상에 있을까. 마찬가지로 무슨주의의 비평관이나 방법에 의거하지 않으면 비평이 되지 않는 것처럼 생각하는 것은 비평의 본질을 모르는 白痴的 判斷일 수밖에는 없다.

비평이란 누가 뭐라고 어렵게 풀이해도 그것은 자신의 人生的 經綸이 다른 그것과의 교섭이나 충돌에서 빚어지는 文學的產物이다. 이 때문에 중요한 것은 언제나 자신의 人生的 經綸이지 무슨 주의나 무슨 방법이 아니다. 그러한 편리한 도구 같은 것이 정말 있다면 그런 것은 얼마든지 활용해서 좋을 것이다. 그것을 자신의 인생적 경륜에 의해서 활용하는 것과 자신의 인생적 경륜을 그것에 맞추어가는 것과는 전혀 그 의미가 다르다. 자신의 인생적 경륜이 무슨주의로 圖式化될 수 없는 것처럼 자신의 고정된 비평적 방식도 사실은 없다고 보아야 한다. 전혀 예측할 수 없는 사태에 직면할 때 누구나 당황하는 것처럼 어떤 문제에 봉착될 때마다 당황하는 것이 옳은 批評家의 최초의 표정이요 동작이다. 그 당황 속에서 자신의 살 길을 찾아가는 방법만이 진정한 비평의 양상이며, 그러한 방법은 결코 미리 준비되어 있었던 것은 아닌 것이다. 그가 자신이 살길을 찾아가는 그 방법은 방법이라고 하기보다는 오히려 삶의 몸부림이며, 그 몸부림을 지탱해가는 것은 그의 인생적 경륜이다. 이 때문에 한 평론가가 자신에게 부딪칠 어떠한 문제이든 그 모든 것을 요리하고 해결해 나갈 자신의 방법은 항상 한 가지로 고정되어 있는 것이 아니라 자기에게 부딪치는 문제의 성질에 따라서, 그때 그때의 자신의 상황에 따라서 늘 달라질 수밖에는 없다. 두 번 결혼할 수밖에는 없었던 사람이 첫 번째의 결혼과 두 번째의 결혼이 동일한 방법에서가 아니었던 것처럼 문제에 부딪칠 때마다 방법은 항상 달라질 수밖에는 없을 것이다. 이것은 비평의 방법이란 자기 뜻대로 선택한 편리한 수단이 아니라 그때그때의 자신의 최상의, 또는 최선의, 또는 어쩔 수 없는 삶의 몸부림이기 때문이다. 자신의 삶의 몸부림이 아닌 어떠한 비평도 그것은 단순한 知識의 表現이거나 편의적 분석이거나 形式的인 價値의 識別이거나 便宜的인 分類이거나 한 것이지 문학적 표현으로서의 비평이라고 볼 수는 없다. 비평도 그것이 문학적 표현이라면, 그런 의미에 있어서의 비평이란 무엇보다도 먼저 그것은 그 사람의 삶의 표현이어야 할 것이 아닌가.

　나는 늘 비평이 論文的 形態로 나타나는 데 대해서 회의를 품어 왔다. 그것은 논문적 형태 속에는 약동하는 생명이 느껴지지 않기 때문이다. 비평이 삶의 몸부림이라면, 그 속에는 그 사람의 생명의 약동이 있어야 할 것이 아닌가. 그것은 때로는 논리적 모순으로 나타날 수도 있고 熱情的인 意志의 모습으로 나타날 수도 있고, 경우에 따라서는 偏見과 獨斷의 형식으로 반영될 수도 있을 것이다. 생명의 약동이 질서정연한 論理的 構造로 잘 정리된 수리조합의 전답처럼 구획적 分類로 나타날 수만은 없지 않은가. 삶의 實相은 편의적인 개념이나 용어만으로써는 설명될 수 없는 산 肉身의 살아 가는 활동적 양상이다. 비평은 바로 그러한 삶의 실상이 詩나 小說 과는 다른 樣式으로 반영된 것에 지나지 않는다. 그러한 미묘한 肉 身의 活動이 구획 정리가 잘 된 수리조합의 田畓式 文章인 논문적 형태로 담아질 수 있는 것일까.
　논문적 형태는 결코 비평의 최초의 모습은 아니었다. 古代에는 哲學的인 명상의 형태로, 近代에는 살롱식 談話의 스타일로 비평 은 나타났다. 그렇게 나타났던 비평은 논문식 명확성이나 논문식 논리보다는 오히려 不安과 懷疑의 樣相이 더 강했다. 그 불안과 회 의의 양상은 바로 어려운 문제에 직면한 사람들의 당황한 모습은 아니었던가..비평이 전문화되고 세분화되고 지식화되고 과학화되면 서부터 논문적 형태로 體質이 달라져버린 것이 아닌가. 이것은 나 의 독단일까. 그러나 나는 분명히 보았다. 아니 보았다고 하기보다는 확실히 읽었다고 말해야 할까. 자신의 삶의 몸부림으로 나타나 있는 비평을. 가령 J M 말리의「도스토예프스키論」「基督論」, 쉐스토프의「입센論」「도스토예프스키論」「유다論」, 메르자코프스키의「도스토예프스키論」, 이와 비슷한 비평들은 얼마든지 있다. 이러한 비평들은 결코 논문식 형태로 나타나 있지는 않다. 그들이 도스토예프스키나 예수나 입센이나 유다와 같은 人物(問題)과 봉착하여 어떻게 자신의 문제를 찾아보려고 했는가 하는, 그들의 삶의 몸부림이 때로는 논리적으로, 때로는 비논리적으로, 때로는 무조건의 몰입으로, 때로는 강한 반발로 그려져 있을 뿐이다. 흡사 서로 맞부딪쳐 있는 한 쌍의 씨름꾼의 모습으로. 상대방을 극복하기 위한 모든 수단이 여러 가지 방법으로 다 동원된다. 그 여러 가지 방법 중에는 자기의 씨름 履歷에서 얻어진 기술도 있고, 상대방의 기교나 힘에 따라 좌우되는 대응책도 강구된다. 문제는 상대방을 극복하기 위한 필사적인 역량의 발휘다. 비평의 이와 같은 양상은 우리가 살아가는 實相의 모습 바로 그대로다. 벼란간 6·25동란에 직면했을 때 그것에서 무사할 수 있는 어떤 편리한 생활의 방법이 있었는가. 우리는 다만 死力을 다하여 6·25와 대결했을 뿐이다. 승리만이 우리가 살 수 있는 길이요, 그 승리를 위해서 우리는 최선을 다할 수밖에는 없었다. 個人도 그랬고 國家도 그랬다. 이것이 6·25에 대한 우리의 진정한 비평이다. 그밖에 무슨 6·25에 관한 비평이 있었겠는가. 그 動亂의 渦中에서 우리는 왜 침략을 당했는가, 적이 침략해온 이유는 무엇인가, 우리는 왜 승리해야 하는가, 승리를 위한 구체적인 활동(生活의, 戰爭의 打開)은 하지 않고 이런 것을 따지고만 앉았는 것이 6·25의 비평이 되었다고 생각할 수 있겠는가. 이것은 비평에 대한 나의 상징적인 比喩다. 비평이 결사적인 행동이 아니고 이렇게도 저렇게도 말할 수 있는 의견이나 주장이라고만 생각되고 있는 한 그 비평은 삶의 표현과는 거리가 먼 것이 된다.

원래 비평은 위험이나 위기를 극복하려는 데에서 발생된 것이 아니던가. 이 단순한 비평의 發生原理를 요즘에 와서 모두들 잊어버리고 있다. 危機意識이 가장 高調되는 때는 전쟁에 직면했을 때다. 戰時에서처럼 모든 사람들이 자기도 모르게 批評家가 되는 경우는 매우 드물다. 戰時의 긴장은 바로 批評精神이 發動되지 않을 수 없는 非常의 상황이다. 전쟁이 아니라도 전쟁과 같은 위기 의식을 가져다주는 경우는 매우 많다. 우리가 어떤 작가와 遭遇했을 때, 어떤 작품을 읽었을 때, 어떤 문제에 봉착했을 때 그러한 것에서 유발되는 여러 가지 종류의 自覺的 衝擊은 그 自覺으로 인하여 우리를 방황케 하고 새로운 자기를 찾게 하는 등 자신의 지금까지의 질서에 혼란을 야기시킨다. 이러한 때는 누구에게나 위험 신호의 불이 켜지는 것이고, 이러한 위험 신호는 자신의 방황과 혼란을 극복하려는 사람에게 비평적 기능을 발휘시킨다. 그러니까 비평이란 살기 위한 탈출구를 찾는 몸부림이 된다. 이러한 몸부림이 삶의 형태로서가 아니라 科學的 形態로 나타난 것이 學問이고, 文學에 관한 學問的 記述이 文章化된 것이 論文的 形態다. 그러니까 논문적 형태란 일종의 科學的 表現으로서 現代에 들어서면서부터 文學을 이와 같은 科學的 對象으로 취급하는 경향이 강해졌다. 古代에서는 문학이나 예술을 철학적으로 다루어온 경향과 아주 대조적인 것이 된다. 그러나 문제는 이와 같은 문학의 과학적 취급이 文藝批評의 領域에까지 침투되면서 비평이 전문화되고 지식화되고 과학화되는 유력한 한 경향을 낳았다. 나는 비평의 이러한 경향을 반드시 배척하지는 않는다. 그러한 경향은 近代의 科學精神이 우리의 생활을 보다 더 分析的으로, 보다 더 細分化해서, 보다 더 合理的으로 이끌어주는 것처럼 그러한 효과를 우리의 비평에도 가져다주기 때문이다. 그러나 분명히 못박아두어야 할 것은 과학적 기능은 문학적 기능과는 전혀 다른 성질의 것이라는 점이다. 비평은 어디까지나 문학적 기능이 그 본령이지 과학적 기능을 달성하려는 것은 아니라는데 있다. 과학적 기능을 비평이 활용하는 것은 장려할 수 있는 일이지만 그 때문에 문학적 기능을 상실한다면 그것은 主客의 轉倒가 아닐 수 없다.

모든 것이 과학화 되어가는 현대에 있어 과학적 방법이 많이 採用되는 비평이 과학화되어 가는 것은 당연한 일이지만, 이러한 비평의 體質變化가 비평이 철학 쪽에 더 가까웠던 옛날보다도 더 향상되었거나 더 발전되었다고는 나는 믿지 않는다. 그것은 비평이 문학이기 위해서는 과학보다는 철학 쪽에 더 많은 血緣을 갖고 있는 것이라고 나는 믿기 때문이다. 그것은 人生問題와 직결되는 것은 과학보다는 철학이기 때문이다. 그렇다고 나는 문학의 철학에의 의존을 반드시 좋게만 보는 것은 아니다. 비평의 哲學依存主義는 비평의 科學依存主義와함께 다 같이 견제되어야 할 성질인 것이다. 다만 과학 의존보다는 오히려 철학 의존이 보다 더 문학과 접근된 것이 아닌가싶을 뿐이다.

어쨌든 과학주의적인 방법에의 의존은 現代批評의 맹목적인 한 경향이고, 이러한 경향은 과학적 기능을 그 外形的 形式的인 方法이나 節次만을 흉내낸 方法的 節次的 亞流들에 의하여 진정한 작업과는 상관없는 圖式化된 知識, 圖式化된 方法, 圖式化된 비평의 홍수를 만들어내고 있다. 이러한 도식적 비평이 편의적인 여러 방편적인 용어나 개념들을 不動한 文學的 原則이나 방법처럼 만들어버린 것이 아닌가. 金裕貞의 어떤 작품이 무슨 계열이냐고 묻는 것이 문학교육이 되고 選多型式 解答이 문학공부가 된다고 생각하는 이러한 문학에의 접근 방식의 근원은 따지고 보면 바로 그 도식적 비평의 敎育的 轉用이 아니고 무엇인가.

學術的인 論文이 비평을 대신하고, 圖式的인 批評이 文學的 現場을 좌우하는 것은 어느 정도는 어쩔 수 없는 일이다. 그러나 그러면 그럴수록 삶의 몸부림으로서의 비평은 더욱 生動하게 자신의 創造的 機能을 발휘해야 될 것이 아닐까.

(조연현)

문제

· 비평은 왜 논문형태가 아니어야 하는가?
· 삶의 몸부림으로서의 비평에 대해 요약 설명해 보라.

한국문학, 왜 감동이 약한가
-그 초월성 결핍을 비판한다-

1. 현대 문학과 세속성 - 리얼리즘

「소설은 신에 의해 버림받은 세계의 서사시」라는 루카치의 지적
은 현대 문학의 세속적 성격을 투시한 날카로운 통찰로서 음미될
만하다. 문학은 현실의 반영이며, 사회 구조의 모순을 해부하고 묘
사함으로써 사회 발전에 기여하는 것이 작가의 할 일이라고 굳게
믿고 이를 반복해온 루카치 이론은, 오늘날 어떤 의미에서 신물이
날 정도의 진부함을 지니고 있는 것이 사실이다.

그러나 그 진부성에 동의하면서도, 그것은 우리에게 문학에 대한
인간의 믿음이 이토록 철저하게 현실적일 수 있는가 하는 것을 충
격적으로 보여 준다는 점에서 항상 새삼스럽다. 루카치의 이론은,
문학의 세속화가 극화된 한 현장이다.

프랑스 시민혁명 이후, 민중주의가 형이상학을 붕괴시키면서 세
계를 일원론적으로 인식하게 되었다는 것은 이미 우리가 잘 알고
있는 바와 같다. 인간의 감각을 통해 인지 가능한 세계, 과학적으로
검증될 수 있는 세계, 예컨대 경험적인 세계만을 진실로 인정하는

리얼리즘의 대두와 발달은 이 파도의 가장 큰 파랑을 이루면서 문학의 세속화를 급격하게 몰고 갔다.

신과 인간과의 관계를 은총과 축복이라는 차원에서 건강하게 바라보고자 했던 클롭슈토크의 세계도, 미적인 이상주의에서 도덕적 실천의 힘을 동시에 보고자 했던 쉴러의 세계도, 죄와 속죄의 끝없는 순환의 원형 속에서 인간의 한계와 그 극복을 어떤 거룩한 힘을 통해서 이루어보고자 했던 괴테의 세계도 이미 이 같은 파장 속에서는 실종되어 버렸던 것이다.

기독교적 세계관과 낭만주의적 세계관은 경험 제일주의, 물질적 합리주의에 의해 열광적으로 대치되었으며, 인간 영혼과 정신의 힘에 대한 형이상학적 탐구는 백안시되거나 거부되었다.

그리하여 신 대신 인간이 모든 것을 이룰 수 있다는 믿음과 더불어 리얼리즘의 행진은 시작되었고, '신에 의해 버림받은 서사시'인 소설은 이러한 리얼리즘 문학의 핵심적 매체로 등장한다. 소설이 19세기의 산물이라는 까닭도 바로 그것이다. 소설은 과연 리얼리즘의 이념을 가장 걸맞게 수행하는 장르로서의 위력을 발휘하기 시작하였으며, 역사의 뒷면에 오랫동안 묻혀 살아온 민중들의 모든 것을 담아 주고, 또 토해 냈다.

물론 헤겔은 소설을 중산 계급을 잘 그려 내는 문학 장르로 보았으나, 헤겔 당시 중산 계급의 형성 자체가 회의적일 수밖에 없는 형편에서, 소설이란 장르를 이와 관련지어서만 보는 것은 옳지 않을 듯하다. 오히려 소설은 실로 오랫만에 봇물 터지듯 거리로 쏟아져 나온 여러 가지 형태와 성격의 민중들의 이야기를 담아 줌으로써, 심지어는 통속소설·간통소설이라는 명명까지 나올 정도로 그 그

룻의 폭이 넓어지는 형세가 되었다.

따라서 소설은 장르의 본질상 그보다 앞선 다른 장르들, 예컨대 서정시·서사시와의 형식 내적 연관성을 완전히 부인할 수 없다고 하더라도, 이 같은 현실주의의 매체가 되어 문학의 세속화에 가속적인 기능을 한 것만큼은 틀림없다.

여기서 우리는 문학의 세속화에 대한 올바른 뜻을 한번 반추해 볼 필요가 있는 것이다. 대체 세속화란, 특히 문학과 관련하여, 무엇을 뜻하는가. 앞에서의 이야기와 연관해서 볼 때, 리얼리즘이 전통사회를 지배해 온 초월적인 가치의 거부-기독교의 그것과 낭만주의의 그것-위에 기초하고 있다는 점이 먼저 유의되어야 할 것이다. 그렇다면 기독교적 세계관과 낭만주의의 그것은 세속화되지 않은 상태, 말하자면 세속화 이전의 어떤 상태와 평화를 이루는 이름일 것이다.

가령 이 시기의 작가로서 지금까지도 우리의 마음을 줄기차게 움직이고 있는 괴테는 <가니메드>(희랍 신화에 나오는 미소년)라는 시에서, 다음과 같이 노래한다.

아침 놀 속에서
그대 나를 둘러싸고 타오르듯,
봄이여, 사랑하는 이여!
수천 겹 사랑의 기쁨으로
그대 영원한 따사로움의
성스러운 감정
무한한 아름다움이

내 가슴에 몰려오도다!

내 그대를 이 팔에
안고 싶은 것을!

아, 그대 가슴에 누워
애태우노라,
그대의 꽃, 그대의 꿀
내 가슴에 몰려온다.
그대는 내 가슴의
타는 갈증을 식혀 준다.
사랑스러운 아침 바람,
밤꾀꼬리가 안개 낀 계곡에서
사랑스럽게 나를 향해 운다.

내가 가지요! 내가 가지요!
어디로? 아, 어디로?

위로, 위로 가려고 애쓴다.
구름들이 아래로 떠돈다.
구름들이 그리움에
목마른 사랑에게 고개를 숙인다.
내게, 내게!
그대 품속에서
저 위로
얼싸안으며 감싼다!
저 위로
그대의 품에,

사랑이 풍성하신 아버지여!

아름다운 소년에게서 촉발된 시인의 미적 감수성은, 자신의 그렇지 못한 모습에 대한 반성, 아름다움에 대한 동경·헌신을 거쳐 마침내 창조주인 신에 대한 찬탄과 감사로 이어진다.

괴테 시대라고 부를 수 있는 독일 18세기는, 어떤 의미에서 이렇듯 신을 발견한 시대라고도 할 수 있다. 저 높은 곳에서 유유자적하던 신, 이 땅 위에 내려와 봐야 기껏 교회와 교회 지도자들에게만 와 있던 신, 그리하여 오랫동안 지배 이데올로기와 동의어를 이루었던 신이, 그 억압적 우상성을 벗고 인간에게도 따뜻한 사랑과 은혜의, 살아있는 힘일 수 있음을 발견한 시대다.

괴테와 거의 동시대였다고 할 수 있는 클롭슈토크는, 그리하여 <구세주>·<봄의 축제>와 같은 작품에서, 신을 위한 신 아닌, 인간을 위한 신을 힘차게 노래한다.

예컨대 <구세주>와 같은 장편 서사시에서는 과거의 귀족들이 즐겨 사용해 온 운율을 과감히 버려 버리고, 보다 폭 넓은 인간에게 입각한 정열을 바탕으로 해서 이 땅 위 살아 움직이는 신을 성공적으로 그려내고 있다. <봄의 축제>에서도 자연 속에 전개되는 신의 활동이 찬미되는데, 물방울 하나, 벌레 한 마리도 그 생명의 고귀함과 아름다움에 대한 찬양에 힘입어 사물로서의 의미를 획득하고 있음을 볼 수 있다.

이 시기는, 말하자면 신과 인간이 만나는 시대였다. 독일의 경우 기독교는 이방 종교로서 그 토착화에 상당한 시련을 겪어 왔으며, 민족정신의 정통성과는 일정한 거리를 갖는 종교였다. 널리 알려지고 있는 바와 같이 독일 정신의 전통은 차라리 신비주의에 있다고 하는 편이 옳을 것이다. 낭만주의는 이 같은 신비주의적 본질이 정치적·문화적 상황과 만나서 이루어진 하나의 범민족적 사회 운동의 성격을 띠고 있었던 것이 18세기 말 독일의 분위기였다.

중세 〈니벨룽겐의 노래〉와 같은 작품에서 이미 강하게 나타나기 시작한 신비주의적 요소는 르네상스·종교개혁 시기를 전후하여 경건주의적 경향을 보이다가 마침내 18세기 중반 이후 낭만주의라는 이름 아래 통합되고 있음을 문학사는 보여 주고 있다.

그 바탕의 저류가 되고 있는 공통된 어떤 것이 있다면, 그것은 이른바 데몬(Dämon)이라는 이름의 초합리적·초자연적인 요소다. 우리나라의 샤먼과 비교될 수 있는, 흥미 있는 여러 특징을 지니고 있는 이 요소는, 요컨대 기독교가 수용되기 이전 독일 정신의 바탕을 이루었던 것으로서, 18세기 말 낭만주의에 이르러 하나의 유형화를 얻게 된다. 그 특징은 환상을 통한 자아의 발견으로 개성을 중시하며, 개성의 발전을 위해서 영원히 힘쓰는 것을 이상으로 한다.

이러한 낭만주의는 계몽주의적 합리성을 비판하고, 내면 세계에의 조명으로 인한 개성의 확충을 도모함으로써 인간성의 발견에 획기적인 기여를 하였다. 물론 정신적인 맥락에서 볼 때에, 모든 사조가 그러하듯이 낭만주의 역시 상당한 역기능을 한 것이 인정된다. 예컨대 낭만적 반어는 사물과 현상의 해석 방법에 대한 끊임없는 이상주의적 태도를 심어주었으나, 인간 정신의 지나친 추상화로 필경 낭만주의의 생명을 단축시키는 결과를 초래하기도 했던 것이다.

어쨌든 낭만주의는 기독교와는 또다른 차원에서 세속화 이전의 어떤 문학적 기질을 지녔었다. 가령 낭만주의적 특질을 전형적으로 지녔던 시인으로 평가되는 노발리스는, 이처럼 노래했다.

　(……) 어두운 밤이여, 그대 또한 우리에게 따뜻한 마음마음을 갖고 있는가? 그대 외투 속에 나에게 보이지 않으면서 영혼을 힘차게 사로잡는 그 무엇을 숨기고 있는가? 매혹의 향기가 그대 손에서, 양귀비 다발에서 흩날려 떨어진다. 그대 감정의 무거운 나래 높이 쳐들고―. 어두움 속에서 우리는 말할 수 없는 감동을 맛본다.

　빛과 아름다움을 찬양하면서 창조주를 찬양하는 것 대신, 여기서는 '밤'에 대한 찬미만이 가득하다. 제목 자체가 <밤의 찬가>인 이 장시에서는 빛 대신 어두움이, 낮 대신 밤이, 창조주 대신 그 무엇인지 알 수 없는 어떤 신비스러운 힘이 시인의 가슴을 사로잡으면서 감동을 던져준다. 이것이 바로 신비주의다.

　신비주의에서는 창조주 신의 사랑인 아가페 대신, 인간들의 성적인 사랑인 에로스가 중시된다. 따라서 이성간의 사랑의 순간은 신비롭게 예찬되고, 기독교에서는 그 과도한 탐닉을 죄로 보고 있는 섹스가 오히려 구원의 실마리가 되기도 하고, 가정과 결합된 밤의 한가운데에서 영생에의 믿음이 태동하기도 한다.

　이렇듯 기독교는 유일신, 신비주의는 범신론에 가까운 믿음을 표방하고 있음에도 불구하고, 그러나 이 둘 사이에는 공통된 것이 있다. 그것은 두 가지 모두 어떤 형이상학적인 믿음을 갖고 있다는 점이다.

　초월성이라는 이름으로 부를 수 있는 이 믿음은, 우주와 인간을 창조한 어떤 존재에 대한 믿음을 통해서 인간 존재를 포함한 모든 존재의 유한성을 깨닫고 있다. 이 각성은, 이 세상에서의 삶이 전부가 아니라는 이해를 가져오며, 그런 의미에서 인간 영혼의 정신화의 첫 단계가 된다. 물론 그 정신화로의 길이 반드시 순조로운 것은 아니다.

그 다음에야 천둥을 치며 신들이 내려오리라. 그동안 나는 자주 친구도 없이 이렇게 기다리는 것보다 잠을 자는 것이 차라리 좋으리라 생각한다. 무엇을 하고 무엇을 말할지 모르겠다. 이 궁핍한 시대에 시인들은 무엇을 해야 한단 말인가? 그러나 그들은 성스러운 밤에 이 나라에서 저 나라로 진군해 간 주신(酒神)의 거룩한 사제들 같다고 당신은 말한다.

날카로운 감수성으로 이미 그 같은 존재의 부재를 느끼고, 정신화로의 길에 회의를 품었던 횔데를린은, 이처럼 기독교인지 신비주의인지 알 수 없는 태도로, 조금은 자학적으로 정신과 시의 갈 길을 우려하고 한탄하였다. 그 횔데를린이 정신이상으로 40년 가까운 고난의 세월을 보내고 나자, 기다렸다는 듯이 시와 정신을 능멸하는 시대가 오고야 말았다.

그러나 사람들은 그것을 오랫동안 학수고대해 온 표정으로 환영하였다. 물론 귀족주의와 봉건주의는 정치적 차원에서건 문학적 차원에서건 타파되어야 했고, 그런 의미에서 19세기 중반 이후의 시민 사회 형성 과정은 보다 활발한 전개가 촉구되었어야 할지언정 이를 부정적으로 보아서는 안 될 것이다.

그러나 시민 사회의 형성을 위해 건전하게 작용했어야 할 인간

이성과 과학의 기능에 대해서는, 그 평가가 비판적이 되지 않을 수 없다. 문학에서 문제되는 것은, 이른바 리얼리즘이라는 현실주의적 세계관과 문학의 지나친 세속화 현상이 바로 그 비판의 대상이 된다.

문학이 일부 귀족과 문학 애호가의 손에서 벗어나 민중들의 생활 현장으로 옮겨진 것은 지극히 바람직스러운 일이었다. 그러나 그것이 장의 확대와 심화라는 차원을 넘어, 기능 자체에 대한 변질과 이어지면서, 마치 이성이 과학주의와 정치주의의 도구로 떨어진 것처럼, 현실 사회의 환경과 조건을 바꾸기 위한 도구로 떨어졌을 때, 비극은 엄청난 출발을 시작하였던 것이다. 왜냐하면 정신화의 한 형식으로 올라가야 할 문학이 물질 현상과 같은 범주의 하나로서 이해되도록 부단히 요구되었기 때문이다.

물론 리얼리즘을 이 같은 물질 현상 내지는 자연과학과 구별해서, 리얼리즘 자체에 어떤 정신적인 요소가 있는 것으로 바라보는 견해도 있다. 예컨대 리얼리즘은 사실주의적인 측면과 이상주의적 측면을 동시에 지녔다는 생각[1]인데, 여기에는 리얼리즘이 '현실의 객관적 반영'이라는 해석과 더불어 '현실의 주관적 선택'이라는 해석이 교묘히 깃들어 있다.

리얼리즘은 당대 사회 현실을 객관적으로 묘사하는 것이라는 오래된 강조에도 불구하고, 사실상 어떤 특정한 현실적 목표에의 기여를 목적으로 한 논의가 많았었다는 사실을 상기한다면, 기르누스의 입장은 차라리 모든 리얼리즘 신봉자들의 숨겨진 이중 의도를 전형적으로 드러내 주는 말인지도 모르겠다.

그러나 여기에서 쓰인 '주관'을 '정신'이라는 말과 같은 것으로,

---

1) Wilhelm Girnus, *Wozu Literatur*, Frankfurt, 1976, 35면 이하 참조.

그리고 이때의 '이상주의'를 '초월성'과 결부시켜 이해하는 것은 아무래도 무리인 것 같다. 그럴 것이 이때의 주관은 작가의 현실적 의도의 선택에 작용하는 기술이며, 이상주의란 그것에 의한 사회적 비전의 현실화에 지나지 않기 때문이다.

그 어떤 경우든 작가에 의한, 문학에 의한 이 세계의 현세적 개혁이 완벽에 가깝게 성취될 수 있다는 믿음은 문학적 세속주의를 표본적으로 보여 주고 있다. 어떤 의미에서 그것은 천진스럽게 보이기까지 한다. 그것은, 그들—특히 루카치를 중심으로 한 이론가들—이 그렇게 통박해 마지 않았던 모더니즘이 하나의 형식주의였듯이 또다른 의미의 형식주의—아마도 이데올로기적 형식주의라고 할 수 있지 않을까—를 극명하게 보여준다.

인간에 의해서 찬미될 것은 이제 '훌륭한 인간' 이외에는 아무것도 남지 않았다는 초기 리얼리즘은, 아도르노가 예리하게 지적했듯이 이제는 「기계라는 이름의 천사」[2]밖에 남기지 않고, 여전히 반성되지 않고 있다는 사실에서 세속화된 문학의 슬픔이 그치지 않는다.

2. 현대 문학과 세속성 – 모더니즘

그렇다, 나는 내가 어디서 왔는지 안다.
불꽃처럼 탐욕스럽게
나는 나를 불사르고 소멸시킨다.
빛은 내가 잡고 있는 모든 것.
숯은 내가 놓아 버린 모든 것.

---

2) T.W. Adorno, *Noten zur Literatur*, Frankfurt, 1966, 135면 참조.

불꽃이야말로 정말이지 나 자신이다!

  <인간을 보라>는 시에서 니체가 이렇듯 씩씩하게 '인간 만세'를 주장한 이후, 이른바 모더니즘은 리얼리즘과 더불어 문학의 세속화에 결정적으로 기여한 것으로 보인다.

  한국 문학에 나타난 리얼리즘과 모더니즘은 적대적인 표정을 하고 있는데, 문학의 세속화라는 관점에서 보면, 둘은 그리 멀리 있는 것 같지 않다.3)(리얼리즘과 모더니즘의 적대적 관계는 물론 우리 문학에서만 문제되는 것은 아니다. 예컨대 루카치가 <오해된 리얼리즘을 반박한다>는 글을 쓰고 전후하여 표현주의 · 초현실주의 등을 반사실주의라고 비난하고 이들을 부르주아의 타락상으로 규정한 것은 널리 알려진 사실이다. 그러나 이 같은 그의 견해는 '문학적 진보주의와 역사 의식은 전위적 형식을 통해 매개'된다는 아도르노의 반격을 비롯해서 많은 서구 마르크시스트의 반론을 만났고, 이즈음에 와서는 낡은 웃음거리가 된 감이 있다.)

  그렇다면 무엇이 둘을 이음동어처럼 들리게 하는가. 리얼리즘이 '훌륭한 인간'에서 '기계'에 이르는 과정을 바람직한 가치로 보았다면, 모더니즘은 '훌륭한 인간'에서 '예술'에 이르는 모든 것을 바람직한 가치로 보았다. 이 길은 전자에 비해 훨씬 정신적이며, 형이상학적인 느낌을 준다.

  그러나 어떤 의미에서는, 리얼리즘보다 모더니즘이 훨씬 완강하게 문학이 지닌 초월성과의 전통적 유대를 끊어 버렸다고 할 수 있

---

3) 그 가장 비근한 예는 백낙청 편 《리얼리즘과 모더니즘》(창작과 비평사, 1984)에서 볼 수 있다.

다. 리얼리즘이 과학과 정치라는 우회를 통해 결과적으로 초월성을 차단해 버렸다면, 모더니즘은 의도적인 단절의 바탕 위에서 출발했기 때문에 초월성과의 관계는 차라리 배반이라는 표현이 더 적절할는지도 모른다.

「신은 죽었다」는 니체의 과장된 몸짓이나 「언어는 시인이 창조한다」는 보들레르의 선언은, 모두 그 배반을 뼈아프게 나타내는 현상들이다. 물론 리얼리즘이 그렇듯이, 모더니즘에 대한 개념 접근도 그리 간단한 것은 아니며, 일반적 통설은, 니체나 보들레르를 지나 20세기 문학에 주저앉아 있는 것이 사실이다. 막연히 현대 문학의 포괄적인 성격을 일컫는 경우도 있고, 특히 소위 전위적·실험적 경향에 집중되어 있는 경우도 있지만, 그 뿌리는 역시 니체나 보들레르로까지 소급해서 바라보는 것이 정당한 것으로 내게는 생각된다.

초기 니체에서는 사실 모더니즘이라고 부를 수 있는 어떤 것과 리얼리즘이라고 부를 수 있는 것의 혼재를 우리는 발견할 수 있다. (리얼리즘과 모더니즘의 먼 거리가, 보기에 따라서 반드시 그렇지 않을 수도 있다는 것은, 일반적으로 리얼리즘의 연장이라고 생각되는 자연주의를 오히려 모더니즘이 답습하고 있다는 루카치의 견해에서도 흥미있게 읽혀진다.)

그 혼재의 현장은 앞서 인용한 시 <인간을 보라>에서 은밀하게 노출되고 있다. 즉 이 시를 잘 읽어보면, 거기에는 리얼리즘 가치관의 바탕이 되고 있는 물질주의와 모더니즘 예술의 줄기가 되는 인간 정신에의 확신이 교묘하게 얽혀져 있음을 볼 수 있다.

실제로 니체는 그의 유명한 《차라투스트라》에서 「나에게 있어 육체는 정신이다!」라고 소리쳤는데, 이것은 그때까지 공허한 관념론으로만 비쳤던 전통적 형이상학에 대한 반기이자 인간 정신에의 긴장된 집중을 통해 정신·육체·물질의 통합을 이루어 보고자 했던 야심의 표현이라고 할 수 있다.

여기까지의 니체는 격려될지언정 비난받을 수 없을 것이다. 그러나 그가 그 같은 통합이 인간의 능력에 의해 이루어질 수 있다고 부지불식간 믿기 시작했을 때, 개인적으로는 그 자신의 고난이, 그리고 역사적으로는 하나의 파탄이 준비되기 시작했던 것이다.

니체에 대해 불붙여진 이 같은 믿음은 벤과 같은 시인에 의해 하나의 극점에 도달하게 된다. 벤은 말한다.「형식은 신」이라고. 여기서의 형식은, 물론 문학 작품, 특히 시에서의 그것을 가리키는 말이다. 니체의 영향을 크게 받은 그는, 니체에게서 한 발짝 더 나가서 자연과 인간에 대해서까지 일체의 기대를 포기하는 것으로 공언하고, 예술의 절대화를 통해 절망적인 현실을 극복할 수 있다고 주장하였다. 벤의 이러한 주장은 그의 유명한 공작성 개념과 절대시론으로 대변된다.

이에 앞서 <삶―보다 낮은 환상>이라는 그의 시를 보면, 다음과 같은 표현이 나온다.

형식만이 믿음과 행동,
처음엔 손으로 가만히 만져지고
다음엔 손들로부터 벗어난
그 彫像들은 새싹들을 감추고 있다.

자세한 해석이 필요없을 정도로, 시 즉 문학은 인간에 의해 창작되기 시작하지만 그것이 하나의 형식으로 독립해 나가는 과정은 자율적이라는 뜻을 담고 있다.

……이 시는 아마도 분열된 시간들 가운데 하나를 모을 것이다—절대시, 즉 믿음이 없는 시, 희망이 없는 시, 누구에게도 향하지 않고 있는 시, 당신이 매혹적으로 조립하고 있는 어휘들로 된 시……

이것이 그의 절대시다. 과연 이런 시가 있을 수 있는가 하는 문제와는 별도로, 여기서 우리는 이른바 '예술의 비인간화'라는 경지에 이르게 된다. 예술은 예술 혼자 넉넉히 존재할 수 있는 것으로, 인간조차 거기에 개입할 필요도 없으며, 개입해서는 안되고, 개입하지 않아도 좋다는 이론이다. 현대 문학·예술이 잃어버린 신의 자리에 오르는 순간이다.

공작성은, 내용의 일반적인 몰락의 와중에서 그 스스로를 내용으로 체험하고 이 체험으로부터 하나의 새로운 양식을 형성하려는 기법의 시도다. 그것은 가치의 일반적인 허무주의에 대항하여 새로운 초월성을 정립하려는 시도다.

공작성이라는 벤의 개념을 계속해서 살펴보면, 위와 같은 주목할 만한 발언이 개진된다. 시 창작의 실제 기법의 과정에서 나오는 공작성이라는 개념이, 알고 보면 어마어마한 이 시인의 예술관·문학관의 핵심이 되고 있는 것이다. 그것은 「가치의 일반적인 허무주의에 대항한 새로운 초월성 정립의 시도」라는 것이다. '가치의 일반적인 허무주의'란 이른바 모더니즘 계열의 서구 문화인들이 일반적으로 동의하고 있는 당시의 정신적 생활이다.

　무엇이 허무주의를 유발하고 있는지에 대한 이들의 진단이 반드시 동일하지 않은 가운데, 우리로서 발견할 수 있는 것은 '신의 실종'이라는 현상이다. 이들은 대체로 압도적인 물질주의·정치주의가 인간을 소외시키고 세계 불안을 고조시키는 주범들이라는 인식에 직접적으로 매달리고 있지만, 그 배후에는 그것을 확신에 찬 믿음으로 뒷받침하고 있는 거대한 무신론이 숨어 있음을 간과해서는 안될 것이다. 무엇보다 그것은 그들이 새로운 신과 새로운 초월성을 찾는 데서 명백해진다.

　흥미로운 것은, 여기서도 벤의 공작성을 가리켜 새로운 초월성의 정립 시도라고 밝히고 있는 점이다. 그러나 과연 그 공작성이 초월성으로 올라섰는지에 대해서 지금으로서 우리의 대답은─이 시인의 끈질긴 정신에 경의를 표함에도 불구하고─지극히 회의적이지 않을 수 없다. 왜냐하면 지상적인 것이 이 지상을 넘는 초월성을 갖기란 근본적으로 불가능하다는 것을 우리는 체험적으로 익히 알고 있기 때문이다. 오히려 그것은 우리에게 메마른 교만을 가져다 준 일면이 없지 않다.

　모더니즘이라는 말로써 한국 문학에서 요약되고 있는 일련의 내면 중심적 경향은, 요컨대 리얼리즘과는 다른 차원에서 인간 정신의 완벽주의를 공공연하게 드러내고 있다.

　앞서 살펴보았듯이 벤의 경우엔 아예 인간 정신이 예술 정신으로 전환되면서 인간 자체를 탈각시켜 버리는 힘마저 갖게 되었다. 이런 입장은 이른바 순수시를 내세우고 있는 발레리도 마찬가지다.

　이런 생각의 흐름은 현상학에 의해 포괄적으로 파악되고 설명되면서 현대인의 '자아'를 폭 넓게, 그리고 심도 있게 파헤치는 데 기여하였으나, 궁극적으로는 그 자아를 한없는 불안으로 몰고 갔음을 우리는 알고 있다. 후설에서 하이데거에 이르는 과정을 그 축적과 노력의 도정으로 본다면, 사르트르에 이르러 그것은 엄청난 추락을 만나게 된 것으로 이해된다. 이런 측면에서 볼 때 실존주의란, 파헤쳐질 대로 헤쳐진 인간 자아의 잔해가 앙상하게 떨고 있는 현상으로 보이기도 한다.

물론 넓은 의미에서 모더니즘이라는 말 속에 포함되고는 있으나, 모더니즘이 니체, 벤, 그리고 현상학과 실존주의로 설명될 수 있는 맥락만을 갖고 있는 것은 아니다. '모더니즘'이라는 내용을 지닌 그것은 다른 한편 심리주의라고 불리는 많은 작품들을 또한 갖고 있는바, 예컨대 조이스, 프루스트, 브로흐, 무질 등등이 아마 여기에 속할 것이다.

그러나 이들 심리주의문학은, 인간의 내면 세계를 확충시킴으로써 인간의 미묘한 작은 세계들을 통찰하는 데 봉사한 것 같으면서도 기실 변형된 자연주의라는 비판을 받기도 한다. 또한 이러한 경향에는, 다소 억울하다고 하더라도 소위 '삶을 위한 문학'의 노선을 걸어간 일군의 작가·비평가들도 어쩔 수 없이 포함된다.

그 가장 미묘한 예는 유명한 T.S. 엘리어트인데, 그는 「우리가 시를 바라볼 때 그것은 무엇보다 시로 바라보아야지 다른 어떤 것으로 보아서는 안된다」고 말함으로써 일견 예술 지상주의의 태도를 보였다. 그러나 작품 자체를 중시하면서도 엘리어트는 문학과 삶과의 관계를 끊임없이 인식하고 있었는데, 필경 엘리어트가 기독교 신앙으로 개종해 갔다는 것은 의미 심장한 일이 아닐 수 없다.

모더니즘의 파탄은, 언어에 매달리다가 결국 언어에 절망하고 죽어간 바하만이나 첼란에게서 극적으로 나타난다. 파울 첼란은, 그에 대해서 가해진 한 비평, 즉 「사회의 여러 가지 힘과 거리낌없이 부딪치면서 아방가르드적 문체를 보여 주는 걸작」이라는 말이 말해주듯, 매우 '전위적'인 시인이다. '전위적'이라는 표현은, 이를테면 모더니즘의 다른 말이라고 할 수 있겠는데, 그것은 시대를 의식하는 작가의 의식이 일체의 과거로부터의 탈출, 내용과 형식 모든 면에 있어서의 철저한 거부를 뜻한다.

첼란은 익명화·물질화되어 가는 인간의 구원으로서 언어의 정확성을 시도, '언어 창살'이라는 개념에까지 이르렀으나 언어는 결코 신이 될 수 없었다. 마침내 그는 고양된 언어의 형태로 침묵을 선택했고, 끝끝내 그 침묵 속에 자신을 가라앉혔다.

3. 세속성의 한계와 문학의 기능

문학의 세속화가 정치적·종교적 의미에서 문학의 민주화·대중화를 가져온 것은 사실이다. 그러나 리얼리즘과 모더니즘은 그런 의미에서 그 발전을 이끌어 오며 점차 부정적 기능을 드러내었고 시간이 지나가면서 그 한계에 대한 각성과 비판도 스스로 갖게 되었다.

그것들 자체로부터 비롯된 각성의 주요 내용은 대략 다음과 같은 것들이다. 예컨대 리얼리즘의 경우, 리얼리즘이 단순히 현실의 객관적 묘사가 아니라는 주장이다. 이 점에 관해서는 루카치의 <오해된

리얼리즘에 반대하여>에 대한 아도르노의 반론, 백낙청·임철규의 최근 견해가 주목되는데 그중 백낙청의 소견을 들어 본다.

> 우리의 리얼리즘론이라는 것도 이러한 작업을 제대로 거친 뒤에야 이 시대의 진실을 비평 분야에서 대변하는 이론으로서 진리의 감화력을 빌릴 수 있을 것이다. 그러한 리얼리즘론은 리얼리즘 자체에 관해서도 종전의 통념을 크게 바꾸지 않을 수 없을 것이 분명하지만.

이 글은 이른바 모더니즘에 대한 자상한 검토를 담고 있는, 그가 편한 《리얼리즘과 모더니즘》에 수록된 것이데, 크게 바뀌어야 할 리얼리즘의 새로운 개념에 대한 직접적인 언급은 없다고 하더라도, 리얼리즘이 더 이상 19세기식 인생 겉핥기에 머무를 수 없다는 점만큼은 도처에서 강력히 시사되고 있다.

이러한 생각은, 리얼리즘에서 과거에 금과옥조처럼 여겨져 온 '객관성'이라는 미망 대신 오히려 올바른 주관성이 중시되어야 한다는 입장의 대변처럼 보인다. 이것은 리얼리즘을 물질주의·현실주의의 동의어에서 구출하는 데에 있어서는 확실히 진일보한 생각이며, 현대의 리얼리스트들은 여기서 그 문학적 규범을 찾고 있는 것이 사실이다.

그러나 그 기대가 다음과 같은 소박한 믿음이 될 때, 우리는 그 가능성에 대해 회의하지 않을 수 없다.

> 현실을 모순과 적의의 대상으로 거부한 자아가 다시 그 현실로 돌아올 때, 현실의 본질은 모순이라는 것을 다시 깨달을 수밖에 없다. 그러나 모순의 실체인 현실 이외의 돌아갈 또다른 세계는 없다. (……) 현

실의 모순을 극복하여 이 현실에서 새로운 세계를 창조하고자 하는 것이 리얼리즘의 기본 정신이라면 리얼리즘의 기본 정신에 의해서 모더니즘의 절망적인 인간상은 극복될 수 있는 것이다.[4]

그럴싸하고 또 그럴법하다. 어떤 의미에서는 그랬으면 좋겠다는 생각도 든다. 그러나 과연 그럴까. 또 그럴 수밖에 없을까.

첫째, 현실의 본질은 모순이라는 것을 깨달으면서도 그 현실 이외에 돌아갈 세계는 정말로 없는 것인가. 물론 '현실적으로 보아 현실 이외에 돌아갈 곳이 없는 것'은 사실이다. 그러나 우리는 인간이기 때문에 모든 사물과 현상을 현실적으로만 볼 수 없는 것이다.

하나의 실상으로 존재하고 있는 것은 경험적인 현실이라고 이 글의 필자는 진술하고 있는데, 이 경우 그 경험의 구체적 내포에는 당연히 환상과 같은 관념적 경험도 포함되어야 할 것이다. 감각에 의해서 인지되는 것만을 경험으로 받아들인다면, 인간의 모든 형이상학적 노력은 허망한 가상에 지나지 않는 것이 될 것이다.

인간이 꿈을 '실제로 꾸는 존재'인 한, 꿈도 현실의 일부일 수밖에 없다. 따라서 현실의 본질이 모순이며, 현실 이외에 돌아갈 또다른 세계가 현실적으로 없다는 것을 인정하는 경우에 있어서도, 우리는 동시에 다른 길이 있을 수도 있다는 믿음을 포기해서는 안된다. 이것이 포기되면 온갖 논리적 조작에도 불구하고, 리얼리즘은 다시 물질주의·과학주의, 심지어는 동물주의의 대명사로 타락될 수 있음을 직시해야 한다.

둘째, 모더니즘의 인간상은 절망적인 것이며, 리얼리즘은 그렇지

---

4) 임철규, 《우리 시대의 리얼리즘》, 한길사, 1983, 177면 참조.

않은 것일까 하는 회의다. 그렇게 볼 수도 있으나, 보기에 따라서는 그 반대일 수도 있다. 모더니즘이 신의 사망을 선고하고 그 자리에 초인의 개념을 추구한, 어떤 의미에서 인간의 영적 능력에 대한 과신을 근간으로 하는 니체 사상을 원류로 하고 있다는 점, 19세기 리얼리즘이 인간을 동물적 수준으로 격하시킨 자연주의를 그 자식으로 삼았다는 역사적 사실을 상기할 때, 모더니즘만을 절망적 인간상으로 규정짓는 것은 어느 한 면에 대한 관찰일 수 있다.

그러나 가장 중요한 것은, 다음과 같은 마지막 질문이다. 즉 리얼리즘의 기본 정신이 '현실의 모순을 극복하여 이 현실에서 새로운 세계를 창조하는' 것이라고 했을 때, 과연 리얼리즘은 무엇으로 이 세계를 창조할 수 있느냐는 것이다.

원래 문학의 세계 창조론은 낭만주의 이론으로부터 유래된 것으로서, '영원한 파괴와 생성을 거듭하는 정신'인 낭만적 아이러니는, 작가에 항상 이 세계를 새롭게 바라보기를 요구하였다. 여기서 낭만주의가 그 방법으로 제시해 준 것이 바로 꿈과 환상이었다. 이들을 통해 현실로부터 멀어졌다가 다시 현실에 가까이 갔을 때 현실은 새롭게 보일 수 있다는 생각이었다.

그렇다면 낭만주의적 문학관을 정면에서 거부하는 리얼리즘은 무엇을 통해서 새로운 세계를 창조할 것인가. 이른바 '전형'을 통해서? 낭만주의를 포함, 리얼리즘 역시 이 지상의 인간적인 어떤 것에 의해서는 그 새로움에 일정한 한계가 있음을 나는 지적하고 싶다.

초월적인 가치가 실체든 아니든, 그것은 초월적인 가치에 의해서 어느 정도 가능하리라는 것이 이 글의 태도다. 다시 말하면, 인간(작가)은 아주 높은, 혹은 아주 깊은 어떤 경험을 함으로써 거듭 태

어날 수 있고, 세계를 새롭게 볼 수 있을 뿐이다. 그 아주 높고 깊음
이 초월성이다.

리얼리즘에서보다 오히려 전위적 예술에서 좀더 참된 역사 의식
과 진실을 발견하고 있는 아도르노는, 전위적 형식, 즉 아방가르드
적 세례를 받지 않은 작품들에 대해 수상쩍어한다.[5] 그러나 넓은
의미에서 모더니즘의 범주에 포함될 수 있는 이 같은 아방가르드적
노력도 초월성에 앞서 인간적 세속을 드러내는 결과를 넘어서 존재
하는 것은 아닌 것 같다.

앞서 잠깐 살펴본 첼란과 같은 시인처럼 많은 '전위 작가'들이 초
월성에 관심을 가졌고, 실제로 그 가능성을 모색한 것은 사실이었
다. 그러나 그들은 형식과 언어를 통해서 그 가능성을 찾고자 했다.
형식과 언어는 인간적인 것이 아닌, 독자적인 어떤 것으로 보고자
했으며, 심지어는 거기서 신적인 것을 보았던 것이다. 안타까운 일
이다. 첼란은 모더니즘의 극점에 이르러 그것을 반성한 양면성을
지니고 있으나 끝끝내 그 갈등을 극복하지 못했다.

> 제물이 된 점토질의 주물들이
> 달팽이 속에서 기어나왔다.
> 세계의 모습이
> 나무딸기 무리 위에서
> 하늘을 향해 고양되어 있다.

이 얼마나 눈물겨운 시인가. 그는 초월성의 결핍으로 인하여 인

---

5) T.W. Adorno, *Noten zur Literatur*, Frankfurt, 1966, 107면 이하 참조.

간의 지상적 아이덴티티마저 상실의 위험에 직면해 있다고 보고, 언어를 통해 신과 만날 수 있는 길을 보고자 했다. 그러나 근본적으로 인간의 어떤 정신적인 고양에 그 가능성을 두었다. 인간적 고양은, 마치 해탈의 그것처럼 기껏 침묵에 이를 수 있었을 뿐, 살아 있는 삶을 풍성하고 거룩하게 해줄 수는 없었던 것이다. 그것은 우리가 죽음을 넘어설 수 없는 것과도 같은 이치다.

최근에는 영미 계통에서 포스트 모더니즘이란 개념까지 등장해서, 모더니즘의 폐해를 반성 극복해 보고자 하는가 본데, 초월적 실체를 인간적 범주에서 찾으려고 하는 한, 그것은 모더니즘의 또다른 변형에 불과할 것이다.

리얼리즘과 모더니즘을 세속성이라는 이름 아래 한 묶음으로 비판하고, 이에 대응하는 초월성이 강조될 때, 자칫 문학의 신비주의화, 비의적인 문학에 대한 지나친 옹호가 우려될는지도 모른다. 그러나 이미 이 글 앞부분에서 밝힌 것과 같이, 신비주의는 그 자체가 초월적 문화의 맞은편에 있다.

가령 초월성과 신비주의가 애매한 공존을 보여 주는 것 같은, 19세기 말에서 20세기 초에 걸친 독일의 신낭만주의를 보면 흥미롭다. 신낭만주의자들로 통칭되고 있는 게오르게, 호프만시탈, 릴케 등 세 시인은 비슷하면서도 상당히 다른 세계를 지닌 시인들이었다.

거칠게 분류한다면 이들 중 게오르게는 신비주의에 가까웠고, 릴케는 초기 기독교의 세계에서 점차 모더니즘적 경향으로 옮겨갔으며(실존주의적 경향을 넓게 잘라 말한 것이다), 호프만시탈만이 온건하게 기독교적 전통에서 멀리 가지 않고 있었다. 당시 가장 혁신적으로 보였던 시인은 물론 게오르게였으나, 그는 이미 '죽은 시인'

으로 평가된다.

그러나 날이 갈수록 그 맛이 새로워지는 시인이 호프만시탈이다. 그는 게오르게나 릴케처럼 비의적 공간으로 쉽게 숨어 버리지 않았다. 건강한 현실 의식과 언어 의식을 갖고 있되, 실험적인 온갖 아방가르드적 노력과 정치적 극단주의가 문명을 파괴하고 있다고 피곤해 하면서 초월성 앞에 무릎을 꿇고 새로운 힘의 강화를 기도했다. 호프만시탈의 시나 드라마에서 때로 범접하기 힘든 어떤 엄숙함과 신선함 혹은 서늘한 분위기를 느낄 수 있는 것은 이 까닭이다. 초월성을 18세기 말 낭만주의의 핵심적 가치로만 보려는 역사적 이해가 결코 정당하지 않은 것도 또한 이 까닭이라 할 수 있다.

리얼리즘과 모더니즘은 물론 계몽주의 이후 근세·현대 문학의 내용을 다양하게 이끌어 온 것이 사실이며, 거기에 비쳐진 문학인의 지혜와 노력은 마땅히 존중되어야 할 것이다. 그러나 그것에 의해서 문학적 감동은 실현되고, 자체의 모순이 극복될 수 있다고 믿는다면, 그것은 어리석은 맹신일 뿐이다. 무엇보다 기능화되고, 원자화되고, 익명화된 독자들이 그런 문학으로부터 자꾸 멀어지고 있음을 알아야 한다. 문학은 그런 현세적 기능주의 세계관에 의해 인간 구원이 이루어지지 않는다는 것을 기능적으로 보여 주어야 한다.

4. 한국 문학의 일상성주의와 초월성 결핍

한국 문학이 세속성에 의해 그 특징을 부여받고 설명될 수 있느냐하는 것은 간단치 않은 문제다. '한국 문학'이라고 했으나 그 범위

규정도 수월치 않은 일이며, 장르에 따른 고찰 역시 항상 병행되어야 할 것이다. 그러나 이 짧은 지면은 그 모든 것을 허락지 않는다. 따라서 나로서 대상으로 삼는 것은 최근의 한국 문학─대체로 45년 이후─이며 이것은 거친 인상기적 성격을 넘어설 수 없음을 먼저 밝히지 않을 수 없다.

우리 주변을 살펴볼 때, 오늘 우리의 문학은 문학하는 사람들 이외의 사람들의 폭 넓은 관심을 끌고 있지 못한 것이 정직한 현실이다.

최인호의 《별들의 고향》, 김홍신의 《인간 시장》과 같은 장편소설이 70년 이후 장기간 베스트셀러로 작가의 수입을 올려 주었고, 조세희의 《난장이가 쏘아올린 작은 공》, 김주영의 《객주》, 황석영의 《장길산》이 각각 다른 의미에서 평단과 매스컴의 이목을 집중시킨 것은 사실이지만, 그것들을 포함한다고 하더라도 한국 문학은 평균적인 한국인들을 훌륭한 독자로 소유하고 있느냐 하는 문제에 대해서는 회의적일 수밖에 없다.

그럴 것이, 오늘날 수많은 한국의 직업인, 예컨대 군인·상인·공무원·노동자 등등 가운데 문학 독자로 계속 머물러 있는 부류는, 지극히 소수의 교원 정도임이 여러 가지 정보를 통해 밝혀지고 있기 때문이다. 무엇보다도 4천만 명의 인구를 가진 나라에서 연간 고작해야 5천부 팔리는 소설집이나 시집이 베스트셀러로 기록되고 있음을 보아도 그 형세는 넉넉히 짐작된다.

문학 강연회나 세미나 등의 행사에 참석하는 청중 대부분이 학생 아니면 일부 교원층이라는 사실은, 소위 산업 사회 운운하는 요즈음의 현실에서도 별로 달라지지 않고 있다. 지금까지는 주로 '책을 읽지 않는다'는 명목 아래, 문학 독자 아닌 일반인들에게 그 비난이 행해져 왔고, 그 비난 이상의 어떤 원인 규명적 노력도 행해진 일은 드물었던 것으로 생각된다.

그러나 과연 문학이나 문학인 쪽에서 반성할 만한 요인은 없는 것일까. 왜 우리 문학은 시장의 상인을, 은행원을, 공무원을, 의사를 감동적으로 사로잡지 못하는 것일까. 우리 문학을, 문학인만의 문학, 문단주의의 놀잇감 수준에 방치케 함으로써, 사회 전체의 정신적 구심점, 말하자면 살아 움직이는 삶의 원리에 작용하는 힘을 빼앗아 버리는 것은 무엇일까.

나는 여기서 한국 문학의 이 같은 감동 상실의 원인을, 한국 영화의 그것과 비교해서 살펴보는 것도 흥미로울 것으로 생각한다. 영화인들의 자기 위안의 수준에 머물러 있는 소위 '국산 영화는 오랫동안, 정말 너무하다고 할 정도로 관중들로부터 외면되고 있다. 그 이유는 간단하다. 재미가 없기 때문이다.

영화든, 소설이든, 소재라는 측면에서 접근할 때는, 새삼스러울 아무것들도 없다. 모두 사람들의 살아가는 이야기다. 사람이 태어나서 자라나고, 사랑을 알게 되고, 사람들을 만나고, 자신의 일을 갖게 되고, 그러다가 사랑의 슬픔, 사람들과 때로는 헤어지는 아픔, 혹은 일에 실패하여 당하는 고통으로 괴로워한다. 때로는 무엇인가를 위해 싸움도 하다가, 이윽고는 모두 죽어 가는 것이다.

남자든 여자든, 흑인이든 백인이든, 그러나 똑같은 이야기를 그리고 있음에도 불구하고, 이른바 외화, 즉 서양 영화에는 관객들이 몰리는데, 우리 영화는 왜 그렇지 못한가. 왜 재미가 없는가.

사람들이 재미를 느낀다는 것은, 그들이 작품을 통해 일정한 감동을 맛본다는 것이다. 그렇다면 감동은 어떤 경우 촉발되는가. 이를 위해서는, 어떤 경우 감동 없이 재미를 느끼지 못하는가를 살펴보는 길이 있을 수 있다. 일반적으로 사람들은 일상의 재현에서는 감동을 느끼지 못한다. 오히려 지루함만을 느낀다. 문학을 포함한 모든 예술을 통해서 사람들이 찾고자 하는 공통된 심리가 있다면, 그것은 일상으로부터의 탈주, 즉 일상성의 파괴다.

일상성이란 앞서 언급한 일상적 생활의 궤적인데, 일상적 삶이 더도 덜도 아닌 인간의 모습이라는 점에서 중요함에도 불구하고, 예술에서 단순한 일상의 반영은 아무런 의미를 갖지 못한다. 그렇기 때문에 사람들이 나와서 이성간에 사랑이 행해지고, 헤어지고, 아파하는—무대와 세트도 마찬가지여서, 밥 먹고, 자고, 차 타고 가고, 전화 걸고, 술 마시고, 다투는 장면이 대부분이다—한국 영화가 별 감흥을 이끌지 못하는 것이다.

그것은 인간 삶의 본질에 대해, 인간들이 벌이는 생활의 희로애락이라는 측면에서 그 탐구를 멈추기 때문에 생겨나는 어쩔 수 없는 한계다. 예술은 바로 이 한계와 만나서 싸우는 또다른 인간의 모습을 보여 주어야 한다.

한국 문학도 크게 보아 한국 영화와 그 속성이 별로 다를 것이 없어 보인다. 물론 문학은 오랫동안 전통을 갖고 있고, 그 전통에는 한국인의 사상이 은밀하게 숨어 숨쉬고 있을 것이다. 이 점 짧은 역사를 가진 영화와는 비교되지 않는 그 나름의 문화를 지니고 있는 것이 사실이다. 그러나 45년 이후 한국 문학을 훑어볼 때, 전통 단절론의 어느 쪽에 손을 들든지 간에, 거기에는 한국 영화에 지적되는 비슷한 문제점들이 온존되어 있음을 피할 수 없이 인정하게 된다.

현대 한국 문학에 나타나는 인간들의 문제는, 앞서 언급된 생활의 희로애락 묘사 수준을 크게 넘지 않는다. 그러나 인간에게 있어서 가장 큰 문제가 있다면, 그것은 그의 존재에 대한 물음일 것이다.

어디서 왔으며, 어디로 가는가에 대한 가열된 인식이 배제된 채, 지금 이 땅 위에 있어서의 현실만을 인간성이라는 이름으로 포착한다면, 그것은 불구의 인간성 인식이 될 수밖에 없다. 그러한 인식 아래에서는 이 땅에서의 일상적 삶의 모습도 제대로 파악될 수 없다. 땅 위만을 걸어다닌 자의 땅에 대한 생각과, 하늘을 날아 본 사람의 땅에 대한 생각은 같을 수 없을 것이 아닌가.

인간 현존 이전의 상황과 인간 현존 이후의 상황은 인간 현존 상황에 대한 인식과 병행을 이룰 때, 인간 현실에 대한 정당한 전체적 인식은 비로소 가능해지는 것이다. 이런 관점에서 볼 때, 현대 한국 문학은 너무도 나태한 상태에서 전체적 인식을 가장하고 있으며, 이러한 결함이 문학의 감동성 상실이라는 유감스러운 결론으로 유도되고 있다.

현대 한국 문학이 이런 측면에서 전혀 관심을 표한 일이 없는 것은 아니다. 우선 떠오르는 것으로서 김동리의 《사반의 십자가》·<무녀도> 등의 장·단편소설들이 이 문제와 간접적으로 부딪치는 작품으로 보이는데, 섭섭하게도 거기서 나오는 결론이 감동과 맺어지느냐 하는 것은 의문이다.

가령 《사반의 십자가》에서 작가는 기독교의 십자가에 의문을 표시하고 지상에서도 구원이 있을 수 있다는 '지상의 신'을 내어놓는데, 그것이 지상에 현존의 형태를 가지는 한, 창조적 초월성 아닌 피조물의 위치를 벗어나기는 힘들다. 결국 그것은 신 아닌, 하나의 이념이며 우상이다. 그것이 인간을 위해서 무엇을 할 수 있는가. 다시 말해서 인간의 현존적 삶에 어떤 '거룩한 힘'을 발휘할 수 있는가.

《사반의 십자가》에는 아무런 논리적 전개 없이, 한국인의 샤머니즘적 심성만이 표출되어 있다. (여기서 우리는 초월성과 종교와의 관계를 생각해 볼 수 있겠으나, 이에 대해서는 또다른 별도의 고찰이 필요한 것이다.)

황순원도 초기의 《카인의 후예》, 후기의 《움직이는 성》·《신들의 주사위》에서 이 문제를 은근히 건드리고 있으나, 그 세계 역시 초월성에 대한 본격적인 관심과는 다소 거리가 있다. 예컨대 가장 직접적인 제목을 가진 《카인의 후예》에서 작가가 표현하고자 했던 주제는 인간 선악의 문제, 우리의 남북 대치 상황에서 유도된 작가의 비극적인 정치 인식과 결부된다.

이후 이른바 50년대의 한국 문학은 전후 문학이라는 이름에 걸맞게 6·25의 동족 상쟁과 이데올로기 대립의 현장에 대한 치열한 고발·규탄으로 이어졌는데, 흥미로운 일은 이 경우에 있어서도 현실의 황폐와 인간성의 마멸에도 불구하고, 초월적 존재와의 관련 아래 이 문제를 보고자 하는 시각은 거의 없었다는 점이다.

이 점은 서구의 전후문학과 좋은 대조를 이루는 바, 가령 하인리히 뵐의 《아홉시 반의 당구》·《아담아, 너는 어디 있었는가?》와 같은 소설이 나치스의 횡포와 전쟁의 광포성 가운데서 신의 존재에 대한 끝없는 질문을 배경으로 이루어졌다는 사실이 음미될 수 있겠다.

감수성의 혁명, 개인의 발견이라는 말로 그 특징이 설명되는 60년대의 문학에서도, 산업 사회 의식·현실 의식·민중 의식의 전개라는 측면에서 논의되는 70년대의 문학에도, 초월성의 문제는 진지하게 제기되지 않았다. 예외가 있다면 백도기의 《가롯 유다에 대한 증언》, 이문열의 《사람의 아들》, 이청준의 《낮은 데로 임하소서》, 그리고 한승원의 《불의 딸》 정도가 있지 않나 생각되는데, 이들 작품들도 초월성의 문학적 형상화라는 수준에서보다는 이것을 문제로서 제기했다는 차원에서 평가될 수 있을 것이다.

초월성이라고 하면, 시간과 공간의 한계를 뛰어넘는 어떤 힘에 대한 이름일 것이다. 그것은 항상 '지금 여기'에 존재하고 있게 마련인 인간이, 그 '지금 여기에 있는 상태로부터' 벗어나 올라감을 의미한다. 일종의 차원 돌파가 초월이다.

무릇 보편적 진리는 이 같은 초월성을 바탕으로 그 구체적 내포가 추구된다. 일상적 삶을 그린다고 하더라도, 우리 인간들이 겪는 현실의 개별성을 묘사하고, 또 그에 대한 작가의 태도를 진술한다고 하더라도, 그러한 삶을 의미 있게 하는 보편적인 힘의 제시가 은밀하게나마 나타나야 하는 것이다. 이런 각도에서 한 나라, 한 민족의 문학은 그 나라와 민족의 종교와 깊은 관계가 있다는 견해가 통념화될 수 있는 것이다.

그러나 모든 종교가 초월성을 지니고 있는 것은 아니기 때문에, 문학은 때로 종교 비판적인 모습을 취하기도 한다. 이런 측면에서 최근에 발표된 한승원의 《불의 딸》과 같은 장편이 주목될 수 있다.

이 소설은 우리 고유의 샤머니즘과 외래의 기독교를 우리 현실 생활을 지배하는 두 가지 종류의 정신적 패턴으로 대립시켜 놓고, 한국인에게는 역시 샤머니즘이 제 옷일 수밖에 없다는 것을 강조한다. 일상성주의에서 벗어나 형이상학적 주제를 다루었다는 점에서, 40년대 김동리식의 허구적 현실 인식에서 탈피했다는 점에서 놀라운 진전을 보여준 《불의 딸》은, 그러나 문학에서 중요한 것이 무엇이냐는 문제에 대한 관심과 빗겨남으로써 모처럼의 기회가 상실된 감이 있다.

이 소설에서 작가는 샤머니즘이 우리 고유의 것이라는 사실을 지나치게 중시, 현세적 집착을 마치 바람직한 가치가 되는 듯한 결론에 빠지고 있다. 따라서 다른 한편 그의 기독교 비판은, 기독교의 세계관과 인생관, 즉 기독교 교리에 대한 비판 아닌, 잘못 인도된 어느 기독교 신자에 대한 비판이라는 차원으로 인도되고 있다.

나로서는 《불의 딸》에 나타난 두 가지, 서로 달라 보이는 작중 인물들 즉 부부의 태도는, 한쪽이 샤머니즘, 한쪽이 기독교에 빠져 있음에도 불구하고 근본적으로 모두 똑같은 샤머니즘의 그것으로 판단된다. 그 결과 이 소설은 우리에게 바람직스러운 삶의 표상을 감동적으로 표출하지 않고, 원시적·동물적 색채의 삶을 폐쇄적으로 반영하는 데 머무르게 된다. 문학에서 중요한 것은 초월성이라는 인식이, 처음부터 배제되어 있었기 때문이다.

초월성을 거부한 인간의 나머지 길이 어떻게 비극으로 연결되어 가는가 하는 것은 이문열의 《사람의 아들》이, 그것을 받아들인 인간의 고귀한 승리는 이청준의 《낮은 데로 임하소서》가 근자에 각각 그 나름의 성과를 갖고 보여 준 바 있다. 초월성은 현세성을 무화 내지 약화시켜 주는 개념이 아니라, 그 자체를 강화·승화시켜 주는 방법 정신이다.

한국 문학은 이제 리얼리즘에의 맹신과 모더니즘의 환상으로부터 함께 깨어나야 한다. 오늘의 한국 문학은 리얼리즘이냐 모더니즘이냐는 부질없는 양자 선택의 강박에서 무엇보다도 벗어나야 하며, 어떤 역사적 경험에 대한 지적 탐닉도 경계되어야 한다. 중요한 것은, 오늘 우리의 삶을 삶답지 못하게 하고 있는 원인에 대한 깊은 통찰이다.

여기에는 역사적 고찰, 사회 심리적 고찰, 보다 깊은 철학적 고찰이 물론 필요할 것이다. 그러나 이들과 함께 조심스럽게 살펴져야 할 일은 한국인의 기본적인 정신 구조에 대한 끈질긴 탐구의 자세다.

정치 상황이 바람직스럽지 못했다면, 또 그 상황에 대응하는 사람들의 태도가 올바르지 못했다는 것을 역사에서 배웠다면, 그것을 가져온 보다 근원적인 문제에까지 거슬러 올라가야 한다. 초월적 가치가 현세적 생명과의 교환까지도 사양치 않는, 그러면서도 우리의 삶을 풍성하게 하는 것이라면 과연 우리에게 그것은 있었는지, 있었다면 어떤 형태로 존재했었는지 캐내야 한다.

나로서는 이 같은 질문에 다소 회의적인 대답을 갖고 있다. 한국인의 정신 구조는, 기록이 전하는 한에 있어서는, 외국의 그것으로부터 부단한 영향을 받아 왔다. 또 상당한 변모를 거듭했다. 이 과정에서 특히 주목할 점은, 그 외래 정신의 수용이 대체로 정치 지도자나 그 지배세력에 종속적인 지식인들에 의해 자의적으로 이루어져 왔고, 따라서 지배 이데올로기에 알맞은 변화를 감수하거나 지배 이데올로기 자체로 문화가 경직되어 왔다는 사실이다. 관인(官人)문학과 사림(士林)문학으로 분류되는 근세 초기의 한국 문학은 이를 웅변으로 나타낸다.

이런 형세 아래에서 문학은 원천적으로 도구적 이성의 구실을 할 수밖에 없었고, 초월성 아닌 현세성이 두드러진 특징으로 전통화되다시피 하였다. 자연히 일반 민중은 한을 키워 가게 되었고, 한은 한풀이를 통해서 '풀어 버려지는' 순환 회로를 갖게 된다. 한풀이 문화란, 근본적으로 사적이며 개별적인 범주를 넘어서지 못한다. 귀족 문학이든 민중문학이든 이런 성격은 동일하며, 그 보이는 형태가 달라진 오늘날에 와서도 사정은 마찬가지다.

그렇기 때문에 문학은 온갖 고통과 한계를 지닌 이 땅 위에서의 삶을 극복하고 올라서는 힘이 되지 못하고 억압에서 달아나는 '풀이의 문화'가 된다. 요즈음 곳곳에 웬 풀이의 문화는 그리 많은지, 살풀이춤이 횡행하는 것도 이런 맥락에서 비판받아야 할 것이다.

문학이 초월성을 획득하려면, 자연과 자연의 창조주 앞에 겸허한 마음을 가져야 하며 어떤 거룩한 신성성 앞에 감사와 찬탄의 노래를 부르는 일에 인색해서는 안될 것이다. 인간이 하늘과 땅, 우주 속에서의 자신의 위치를 상대적으로 인식할 때, 인간은 배전의 힘을 가질 수 있다. 겸허함과 강건함은, 한국 문학이 그 감동성의 회복을 위해 긴요하게 배워야 할 당면한 미덕이다. 수동적 싸움을 버리고 영원한 지평을 바라보아야 한다.

(김주연)

문제
· 이 비평에서 초월성은 무엇을 말하는 것인가?
· 한국 문학의 과제를 무엇이라 말하고 있는가?

지은이 · 강희근

1943년 경남 산청 화계리 벌말 출생
진주고, 동국대학교 국문학과, 동아대 대학원 수료(문학박사)
1965년 대학 재학중 서울신문 신춘문예 시부 당선으로 문단 데뷔
<新春詩> <흙과 바람> <震檀詩> <火田詩> 동인
제5회 공보부 신인 예술상(66), 경상남도 문화상(74),
조연현 문학상(95), 경남문학상(98) 수상
국립 경상대학교 경남문화연구소장, 인문대학 학장,
전체 교수회장 (국공립대 교수협의회 부회장) 역임
배달말학회장, 진주문인협회장, 경남문인협회장 역임
현재 경상대학교 도서관장, 국어국문학과 교수,
경남 펜클럽 회장, 개천예술제 재전위원장
시집 <연기 및 일기> <풍경보> <山에 가서-시선집> <사랑祭>
<사랑祭 이후> <화계리> <소문리를 지나며> 등
저서 <시 짓는 법> <우리 시문학 연구>
<한국 가톨릭 시 연구> <경남문학사> (공저)

글예술이란 무엇인가

초판 1쇄 발행 _ 2005년 3월 2일
초판 2쇄 발행 _ 2006년 2월 20일

지은이 _ 강희근
발행인 _ 김흥국
펴낸곳 _ 도서출판 보고사
등 록 _ 제6-0429
주 소 _ 서울시성북구보문동7가11번지2층
전 화 _ 922-5120/1(편집) 922-2246(영업)
팩 스 _ 922-6990
메 일 _ kanapub3@chol.com
정 가 _ 12,000원
ISBN _ 89-8433-310-7